천하무적
윤가장

천하 무적 운가장 8 완결

2023년 10월 12일 초판 1쇄 인쇄
2023년 10월 17일 초판 1쇄 발행

지은이 운천룡
발행인 강준규

기획 이기헌 왕소현 임동관 박경무 강민구 조익현
책임편집 금선정
마케팅지원 이원선

발행처 (주)로크미디어
출판등록 2003년 3월 24일
주소 서울시 마포구 마포대로 45 일진빌딩 6층
Tel (02)3273-5135 **Fax** (02)3273-5134
홈페이지 rokmedia.com **E-mail** rokmedia@empas.com

ⓒ 운천룡, 2023

값 9,000원

ISBN 979-11-408-0928-8 (8권)
ISBN 979-11-408-0920-2 04810 (세트)

ROK
MEDIA
로크미디어

운천룡 신무협 장편소설

8

완결

천하무적
운가장

차례

제一장

무광의 말에 울지랑이 콧김을 내뿜으며 가슴을 두드렸다.

"무슨 말씀이십니까! 저 패천부왕 울지랑입니다! 제가 해결할 테니 안에 들어가셔서 편히 쉬고 계십시오!"

"뭘 들어가. 구경해야지."

무광의 말에 울지랑이 웃으며 말했다.

"하하하, 그럼 그렇게 하십시오."

그러고는 배 앞으로 성큼성큼 걸어갔다.

군사 역시 그 옆을 따라갔다.

울지랑은 자신의 눈앞에 들어온 사내를 향해 외쳤다.

"네놈이 여기는 어쩐 일이더냐!"

울지랑의 외침에, 반대편 배의 앞부분에 팔짱을 끼고 서 있던 남자가 대답했다.

"네놈이 망쳐 놓은 수로채를 원상 복구시키기 위해 왔다! 기회를 주마! 채주 자리를 나에게 넘기고 신물을 이리로 던져라. 그러면 목숨은 살려 주지."

"역시 그것이 목적이었군."

"잘 알고 있었구나! 네놈이 수적질을 못하게 하는 바람에 문을 닫는 수로채가 한둘이 아니다! 사태의 심각성을 알고 있다면 당장 물러나라!"

둘의 대화를 듣던 무광이 장천에게 물었다.

"저쪽에 있는 놈은 누구냐?"

무광의 물음에 장천이 웃으며 말했다.

"보아하니 장강수로채주와 경쟁 관계에 있다는 웅패신권 (熊敗神拳) 같습니다."

"웅패신권? 주먹질하는 놈인가 보네?"

"맞습니다. 나름 유명한 인간입니다."

장천의 설명에 다들 고개를 끄덕이며 계속 지켜보았다.

아니나 다를까 울지랑이 큰 소리로 상대방의 별호를 외치고 있었다.

"웅패신권! 네놈의 욕심을 위해서가 아니고?"

"닥쳐라! 나는 우리 위대한 장강수로채라는 거대 연합을 지키기 위해서 이 한 몸 나선 것이다!"

"크하하하하. 말은 번지르르하구나!"

울지랑이 내공을 모으며 한바탕하려는데 뒤에서 무광이 전음으로 말했다.

－야! 너 수로채에 미련 있냐?

갑작스러운 무광의 물음에 울지랑이 어리둥절한 표정을 지으며 되돌아봤다.

－멀뚱멀뚱 쳐다보지 말고 대답을 해야지!

－네? 아니요. 딱히 미련은 없습니다.

－그럼 쟤들한테 넘겨줘. 그리고 우리랑 같이 가자.

－그, 그럴까요? 생각해 보니 주군 곁에 있는 것이 더 좋겠네요. 하하.

사실 천룡을 주군으로 모시기로 마음을 먹은 뒤부터 천룡의 곁에 있고 싶다는 생각을 매일같이 하고 있던 울지랑이었다.

하지만 자신은 장강수로채라는 집단의 수장이었고 책임져야 할 식구가 한가득 했기에 그동안은 쉽사리 결정을 못 내리고 있었다.

그런데 오늘 이렇게 일이 벌어진 것이다.

울지랑은 무광의 전음을 듣고 잠시 생각했다.

그리고 마음을 굳힌 울지랑은 고개를 들어 자신을 찾아온 웅패신권을 바라보았다.

진지한 표정으로 품속에서 푸른빛이 나는 옥패를 꺼냈다.

옥패를 잠시 쳐다보고는 건너편 배를 향해 던지며 말했다.

"옜다! 가져라! 그리고 웅패신권 네가 채주해라. 난 오늘부로·그만두련다.”

“헉!”

웅패신권은 자신을 향해 날아오는 옥패를 소중하게 받아들었다.

갑작스러운 울지랑의 행동에 웅패신권은 놀란 얼굴로 자신의 손에 있는 수로채의 신물과 울지랑을 번갈아 바라봤다.

“너, 너 미친 거냐?”

자신이 알던 울지랑이 아니었다.

오히려 이러니 당황스러운 웅패신권이었다.

저놈의 평소 성격이라면 도끼를 던져도 수백 번은 던졌어야 정상이었다.

거기에 울지랑은 절대로 채주 자리를 넘길 놈이 아니었다.

누구보다도 그 자리에 욕심이 가득한 자였으니까.

그런데 지금 보라.

아무런 미련이 없는 표정으로 넘긴 것이다.

오히려 속이 시원한 표정을 지어 보이고 있었다.

“왜? 줘도 지랄이냐? 나는 넘겨줬으니 너희들끼리 채주를 정하든 네가 하든 맘대로 해라.”

울지랑의 말에 믿을 수 없는 표정으로 재차 물어보는 웅패신권이었다.

“저, 정말 나에게 넘기는 것이냐? 채주 자리를?”

“그거 원해서 온 거 아냐? 싫어?”

"아, 아니, 싫은 건 아닌데…….."

이걸 믿어야 할지 말아야 할지 헷갈렸다.

천하의 패천부왕이다.

최소한 팔 하나는 내줄 각오로 온 그였다.

그런데 막상 이렇게 쉽게 일이 풀리니 허무하기도 하고 뭔가 찝찝했다.

그러다가 옆에 수로채의 군사가 보였다.

저놈이 뭔가 함정을 파 놓은 것이 아닌가 의심스러웠다.

군사를 노려보며 말했다.

"저놈이 수를 쓴 것은 아니겠지?"

웅패신권의 말에 울지랑이 발끈하려고 할 때 뒤에서 고성이 들려왔다.

"아따! 새끼, 의심 더럽게 많네! 야! 그냥 가! 인마! 안 가?"

뒤에서 보고 있던 무광이 답답한 마음에 나와서 소리쳤다.

저놈은 또 뭐란 말인가?

어이가 없는 눈으로 무광을 바라보는 웅패신권.

그런 웅패신권 옆으로 여러 사람이 날아와 착지했다.

"아직도 이야기를 나누고 있소? 그냥 칩시다."

"저자는 절대로 채주 자리를 넘기지 않는다고 하지 않았소."

"넘길 마음이 있었다면 진작 넘겼겠지."

"저놈은 욕심이 가득해서 죽기 전엔 절대로 채주 자리를 넘기지 않을 것이오!"

뒤늦게 나타나 뒷북을 치는 그들.

그들은 장강수로채를 구성하는 연합의 고수들이었다.

뒤늦게 배를 이끌고 합류한 것이다.

그 모습에 울지랑이 소리쳤다.

"다 모이네. 다 모여. 야! 채주 자리 저놈한테 넘겼으니 너희들끼리 알아서 해라."

"뭐?"

"그게 무, 무슨 소리요?"

"넘겼……다고? 뭐를?"

"진짜?"

울지랑의 말에 다들 놀란 눈을 하며 웅패신권을 바라보았다.

웅패신권은 고개를 끄덕였다.

사실이라는 소리였다.

그 말에 다들 경악을 하며 울지랑을 쳐다보았다.

"저, 정말이라고? 저 독불장군이?"

"마, 맙소사! 그게 사실이라고?"

"시, 신물도 넘겼다고? 미친 거 아냐?"

다른 반응이 비슷했다.

"너는 도대체 무슨 짓을 하고 다녔길래 이렇게 믿음이 없냐?"

무광의 말에 울지랑이 뒷머리를 긁적이며 부끄러워했다.

그런 울지랑을 뒤로하고 무광이 다시 소리쳤다.

"야! 넘겼으니 얼른 가라. 우리 갈 길 멀다."

아까부터 자신들에게 하대하며 건방지게 구는 저 어린놈이 자꾸 거슬리는 수로채 연합 사람들.

"이런 건방진 새끼가! 너는 뭐 하는 놈이냐? 죽고 싶은 것이냐? 네 옆에 있는 패천부왕이 네놈의 목까지 지켜 준다고 믿는 것이냐?"

"지금 당장 그 주둥아리를 찢어 놓기 전에 아가리 닥치고 구석으로 꺼져라."

"아가야, 너 같은 핏덩이가 끼어들 자리가 아니다. 대가리를 뽀개기 전에 저리 꺼지거라."

무광을 향해 날아오는 엄청난 말들.

이제 겁을 먹고 울먹거리며 구석으로 갈 거로 생각했다.

그런데 겁먹고 구석으로 가라는 놈은 안 가고 패천부왕이 경악을 한 얼굴로 부들부들 떨면서 뒷걸음질 치고 있는 것이 아닌가.

"무슨?"

"저놈이 왜 저래? 미쳤나?"

"하하, 우리가 한 말을 자신에게 한 줄로 오해했나 봅니다."

이해가 가지 않는 모습에 다들 의아해하는데 엄청난 살기가 온 장강을 덮쳤다.

"헉! 뭐, 뭐냐!"

살기의 주인공을 찾기 위해 두리번거리는 그들.

찾는 것은 오래 걸리지 않았다.

이런 엄청난 살기를 내뿜고 있는 자는 바로 자신들이 방금 몰아붙였던 청년이었다.

"무, 무슨?"

크게 당황하는 그들의 귀에 한기가 느껴지는 음성이 들어왔다.

"뭘 찢어? 뭘 뽀개?"

흉신악살의 모습을 한 무광.

"어휴, 사형 또 열받으셨네."

"그러게요. 저거 사부 아니면 아무도 못 말리는데……. 사부 모셔 올까요?"

태성의 말에 천명이 말했다.

"사부님이 모르시겠느냐? 다 알고 계시겠지. 나오지 않으시는 걸 보니……. 무광 사형이 날뛰어도 상관하지 않으시겠다는 뜻이지."

"하긴…… 왠지 들어가는 느낌이 자리를 피해 주는 것 같긴 했어요."

천명이 태성의 말에 고개를 끄덕이며 뒤에 있는 애들에게 말했다.

"야, 잘 지켜보다가 정말로 죽을 것 같은 놈만 구해라."

"네!"

쾅쾅-!

말이 끝나기가 무섭게 무언가 터지는 소리가 들렸다.

다들 소리가 난 곳으로 시선을 돌렸다.

쿠쾅쾅쾅쾅-!

무광이 자신에게 막말을 한 놈들이 있는 배만 남기고 주먹으로 장강 위에 있는 모든 배를 다 때려 부수고 있었다.

쾅쾅쾅-!

"으아아악! 괴물이다!"

"사, 살려 줘!"

주먹 한 방에 네다섯 척의 배들이 산산조각이 나며 박살이 나고 있었다.

그 와중에 신기하게도 죽는 사람은 없었다.

그 모습을 입을 떡 벌리고 지켜보는 웅패신권과 연합의 고수들.

자신들의 무공으로는 배 하나도 부수기 힘든데, 저자는 여기저기 날아다니며 배를 아주 산산조각 내고 있었다.

심지어 힘들어하는 기색도 보이지 않았다.

이리저리 날아다니며 부수다 짜증이 났는지 하늘 높이 뛰어오르는 무광이었다.

그리고 하늘 높은 곳에서 그가 외쳤다.

"무극폭풍격(無極暴風擊)!"

쿠콰콰콰콰콰쾅-!

한 방에 장강 위에 있던 수많은 함선을 박살 내 버리는 무광.

"무, 무극?"

모두가 들었다.

"무극신공? 무, 무황?"

"그, 그러고 보니 무황이 젊어졌다는 소문을 들었는데……."

"서, 설마."

놀라거나 말거나 하늘에서 유유히 내려오는 무광이었다.

그들의 앞에 무황으로 보이는 자가 살기등등한 모습으로 서자 다들 사시나무 떨듯이 벌벌 떨었다.

그러거나 말거나 다시 묻는 무광.

"아까 뭐라고? 다시 씨부렁거려 봐."

웅패신권을 비롯해 수로채 연합의 고수들은 자라목처럼 움츠러들었다.

"귓구멍이 막혔냐? 다시 뚫어 줘?"

딱 봐도 무광의 주먹에 맞으면 세상 하직할 것 같은 강기가 맺혔다.

그 모습에 다들 다급하게 엎드리며 말했다.

"아, 아닙니다!"

"모, 몰라봬서 죄송합니다!"

"부디 요, 용서를!"

자신들이 아무리 수로채에서 알아주는 고수들이라고는 하지만 무황에겐 안 됐다.

상대도 봐 가면서 덤벼야 하는 것이다.

"주둥이를 찢고 대가리를 깬다며. 응? 해 봐. 해 보라고!"

계속되는 윽박질에 손발이 닳도록 싹싹 비는 수로채 사람들이었다.

보다 못한 패천부왕이 조심스럽게 다가와 말렸다.

미우나 고우나 그래도 한솥밥을 먹던 식구들이 아니던가.

"어, 어르신 그만하시지요. 애들도 알았으면 절대 그러지 않았을 겁니다. 제 얼굴을 봐서라도 제발."

울지랑의 말에 무광이 콧바람을 내뿜으며 뒤로 물러서며 한마디 했다.

"너희들 두고 보겠어."

무광이 잠시 진정한 모습을 보이자 안도의 한숨을 쉬며 말했다.

"이 자리가 그리도 탐이 났던가?"

"아닙니다! 채주님! 저희가 잠시 정신이 나갔었나 봅니다!"

"맞습니다! 저기 저놈 웅패신권 저 새끼가 끌어들였습니다. 저희는 그냥……."

패천부왕이 고개를 흔들며 말했다.

"아까도 말했다시피 나는 확실하게 넘겼다. 그러니 이제 나는 너희들의 채주가 아니다."

"안 됩니다! 한 번 채주님이면 영원한 채주님이지요! 저희는 채주님을 절대적으로 신임합니다!"

"맞습니다! 저희가 제정신이 아니었습니다! 채주님!"

눈물을 글썽이며 필사적으로 비는 그들이었다.

그들이 이러는 것도 다 이유가 있었다.

지금 보니 채주와 무황의 관계가 보통 관계로 보이지 않았다.

이대로 채주가 바뀌면 언제 무황이 쳐들어올지 모르는 두려움에 살아야 한다는 것을 깨달은 것이다.

웅패신권이 무릎걸음으로 다가와 신물을 건네며 엎드렸다.

"채, 채주님! 소신이 정신이 나갔었나 봅니다! 부디 용서를!"

그러면서 자신의 이마를 찍는 웅패신권이었다.

울지랑은 그런 그들의 모습을 보며 안쓰러운 눈빛을 했다.

그때 무광이 다시 다가와 말했다.

"야! 그만!"

바닥을 찍던 웅패신권은 그 자리에 돌처럼 굳은 채 멈췄다.

"그만 앵기고 가라고. 응? 야 웅패 뭐시기. 네가 오늘부터 수로채 채주다. 너희들이 명심할 건 별거 없고…… . 에이. 너네 전(前) 군사한테 들어라."

전 군사 방연은 수로채 사람들에게 앞으로 조심해야 할 일들과 절대로 해선 안 될 일들을 말해 주었다.

그 뒤로도 한참을 안 된다며 애원했지만, 울지랑의 단호한 모습에 이미 마음이 떠난 것을 확인하고 포기한 그들이었다.

"이제 그만 가라. 그동안 즐거웠고 앞으로 될 수 있음 보지 말자."

울지랑의 말에 다들 느릿느릿 배를 돌려 떠나려 할 때 무광이 한마디 더 했다.

"물속에 있는 놈들 싹 건져 가라. 한 놈이라도 두고 가면 네놈들도 저 강물 속에 처박을 테니."

"네? 네! 알겠습니다!"

서둘러서 물속에 있는 수하들을 건져 냈다.

수많은 사람들이 한 배에 올라서자 배가 기우뚱하며 가라앉으려 했다.

뒤뚱거리며 사라지는 배를 보는 울지랑은 왠지 시원섭섭한 기분이 들었다.

평생을 몸담아 온 수로채를 이런 식으로 넘길 줄이야.

천룡을 만나러 올 때까지만 해도 이런 일이 있을 줄은 상상도 하지 않았는데.

그래도 홀가분한 마음이 들었다.

어쩌면 오늘 일이 자신의 운명이라는 생각도 들었다.

항상 주군 곁에 가고 싶은 마음뿐이었는데, 이 기회를 살린 것은 정말 잘한 일이라 생각했다.

"이제 우리는 정말로 운가장 소속이 되었군."

"그렇습니다."

"너는 후회 안 하냐?"

"후회는 없지만…… 그래도 좀 마음이 아프네요. 평생을 몸담았던 곳인데."

그런 그들을 뒤에서 바라보던 사람들.

그중에 제갈군은 유독 기쁜 얼굴을 하고 있었다.

방연.

그에게 연신 눈길을 주고 있었다.

'흐흐흐, 이제 내 곁에서 도와줄 인재를 얻었구나.'

사실 운가장이라는 말을 들었을 땐 크기가 작은 장원인 줄 알았다. 그래서 가서 할 일이 뭐 있겠냐는 마음으로 쉽게 생각했다.

군사가 되고 나니 웬걸?

할 일이 많아도 너무 많았다.

이건 뭐 어디서부터 손을 봐야 할지 난감한 것 천지였다.

거기에 천룡을 따르겠다고 운가장 근처로 온 무리는 또 얼마나 많은지 이건 정말 어지간한 거대 문파급이었다.

'이게 일개 장원이라고?'

무사들의 수는 또 얼마나 많은지 돈이 쭉쭉 빠져나가고 있었고, 총관이라고 있는 놈은 능력이 부족해도 너무 부족했다.

가장 급선무가 저 총관의 자리를 바꾸는 것이었다.

그동안은 제갈군이 겸업으로 그 자리를 맡고 있었다.

이대로 뒀다간 운가장이 파산하게 생겼기 때문이었다.

무공밖에 모르는 인간들 천지여서 너무 주먹구구식으로 운영되고 있었다.

하지만 그의 바람과 달리 운가장은 점점 더 커졌고 결국 자신 외에 다른 누군가가 필요한 시점이었다.

그러던 중에 만난 것이다.

적임자를 말이다.

제갈군이 무광에게 말했다.

"저기 저 수로채 전 군사는 제게 맡겨 주시겠습니까?"

"응? 왜?"

"솔직히 저 혼자서 운가장의 모든 것을 관리하기엔 너무 일손이 부족합니다. 저 사람을 보니 말하는 것도 그렇고 장강 수로채라는 거대 세력을 오랫동안 이끌어 온 것 같으니 제가 원하던 인재상입니다."

제갈군의 말에 무광이 고개를 끄덕였다.

말이 군사지 요즘은 운가장의 모든 대소사를 전부 처리하고 있는 제갈군이었다.

"그래라. 그동안 너에게 너무 신경을 못 썼구나."

"하하, 아닙니다."

무광은 그런 제갈군의 등을 두드려 주고는 천룡에게 보고하고 오겠다며 선실로 들어갔다.

이렇게 일행에 새로운 무력과 두뇌가 생각지도 못하게 합류했다.

어느 한 마을이 불타오르고 있었다.

그곳엔 수많은 병사가 무언가를 연신 찾고 있었다.

반항하거나 말을 듣지 않는 자는 가차 없이 베었다.

그러고는 집에 불을 질러 버렸다.

혹시라도 안에 숨어 있을지도 모르는 그 누군가를 찾기 위해서.

"정천호(正千戶) 님! 아무래도 이곳엔 없는 것 같습니다!"

병사 하나가 달려와 장수에게 보고했다.

"으드득! 벌써 빠져나간 것인가?"

정천호의 얼굴이 흉신악살처럼 변했다.

"서둘러라! 다른 놈들에게 뺏겨선 안 된다!"

"네! 모두 다음 마을로 이동한다!"

일사불란하게 움직이는 군대를 바라보며 정천호는 비릿하게 웃었다.

"어디 얼마나 도망갈 수 있는지 두고 보자."

그 시각.

누군가를 피해 정신없이 도망을 치고 있는 한 청년이 있었다.

도망치는 와중에 저 멀리 불길이 보이자 비통한 얼굴로 눈물을 보이는 그였다.

"크흑! 나, 나 때문에…… 죄, 죄송합니다. 크흐흑!"

그리고 다시 달렸다.

연신 눈물을 흘리며, 험한 산길을 다급하게 도망치다 보니 여기저기 안 다친 곳이 없었다.

발은 여기저기 찢어져서 피가 흘러나왔고 고통스러울 텐데 이를 악물고 뛰고 있었다.

"멍청한 놈! 바보 같은 놈! 그런 힘을 가졌을 때는 조심을 해야 했는데! 이런 병신 같은 놈!"

그리 외치며 달리는 청년.

신기하게 조금 전까지 피가 나던 상처들이 아물고 있었다.

"사람을 치료하는 힘이길래 세상을 이롭게 하는 힘인 줄 알았는데……. 욕심 가득한 이들을 위한 힘이었구나."

어느 날 갑자기 자신에게 생긴 힘이 있었다.

사람을 치유하는 힘이었다.

처음에 청년은 그저 신기해하며 이 사람 저 사람을 치료했다.

사람들은 그를 칭송했다.

신선이 하계에 내려온 것이라고도 했고, 화타의 재림이라고도 했다.

그는 그런 사람들의 평이 좋았다.

누군가에게 이렇게 인정을 받고, 또 누군가를 위해 살아간다는 것이 이리도 행복한 일인지 몰랐다.

그래서 더욱 열심히 치료하고 다녔다.

문제는 그로 인해 수입이 줄어든 의원들이었다.

그들이 단체로 들고일어난 것이다.

의원들은 절강성 도지휘사에게 가 이 사실을 고하며 사술을 펼치는 악독한 자를 처단해 달라고 읍소했다.

물론 도지휘사의 품에 재물을 가득히 안겨 주었다.

도지휘사는 속으로는 함박웃음을 지으며 그들의 제안을 받아들였다.

거기에 도지휘사도 함부로 못 하는 절강성의 실세 단목세가에서도 요청이 들어왔다.

그들 역시 엄청난 보화를 도지휘사에게 보냈다.

단 한 사람만 잡으면 되는 일이었다.

잡아서 단목세가에 보내면 추가금까지 준다고 하니 일거

양득이었다.

도지휘사는 곧바로 자신의 휘하에 있는 정천호들을 소집했다.

그리고 그 청년을 찾으라고 명한 것이다.

협조하지 않는 마을이 있다면 무슨 수를 써도 좋다는 명령과 함께.

그 결과가 바로 이것이었다.

관부와 알 수 없는 무인들에게 쫓기는 신세.

무인들은 사람을 치유할 수 있는 능력을 갖춘 이 청년을 서로 차지하기 위해 싸우기까지 했다.

그 아귀다툼 덕에 무사히 빠져나올 수 있었지만.

그 이후로 계속 이렇게 도망을 다니는 신세였다.

자신에게 은혜를 입은 마을에서 지켜 준다며 숨겨 주었지만, 그 결과는 지금 눈에 보이는 저 연기다.

그냥 산으로 도망갔어야 했다.

저들은 자신을 절대로 포기하지 않을 것이다.

'이따위 저주 같은 능력은 이제 필요 없어!'

눈물을 훔치며 도망을 치는 그였다.

어느덧 해가 떨어지고 깊은 산속 기온은 급격하게 내려가기 시작했다.

청년은 나무 밑동 빈 곳에 숨어 오들오들 떨고 있었다.

물론 자신의 앞은 나뭇잎과 수풀들로 가려 놓은 상태였다.

불을 피울 수도 없었다.

배가 고팠지만 먹을 것을 찾으러 나갈 수도 없었다.

그저 어서 이 악몽 같은 나날이 빨리 지나가기만을 바랄 뿐이었다.

그 순간 인기척이 들려왔다.

청년은 재빨리 숨을 참으며 입을 막았다.

점점 가까워 오는 발소리.

그리고 목소리가 들려오기 시작했다.

"누가 봐도 사람이 가려 놓은 것 같은 이 어설픈 수풀은 뭐지?"

밖에서 들려오는 목소리에 청년은 심장이 철렁했다.

바스락-!

누군가 청년이 가려 놓은 수풀을 건드리기 시작했다.

촤악-!

단번에 걷어지는 수풀.

청년은 눈을 질끈 감고 앞으로 튀어 나갔다.

도망치려 했다.

하지만 가로막혀 잡혔다.

"놔, 놔라! 이런다고 내가 너희 같은 짐승들에게 협력할 것 같으냐! 죽으면 죽었지 절대로 네놈들을 위해 힘을 쓰진 않을 것이다!"

발버둥을 치며 악다구니를 질렀다.

"기운이 넘치네."

"그러게요. 미약한 기운이 느껴져서 다 죽어 가는 줄 알고 놀랐더니."

이 두 사람은 천룡과 무광이었다.

천룡이 저 멀리서 기척을 느끼고 이쪽으로 향하자 무광이 따라온 것이다.

가까이 오니 무광에게도 청년의 미약한 기가 느껴졌다.

너무도 약한 기운.

그래서 구하기 위해 이렇게 온 것인데.

"이익! 놔라!"

힘이 넘쳤다.

"특이한 놈이네. 기운이……."

"그래요? 전 그것까진 모르겠는데요."

"음, 데려가자. 아무래도 무슨 사연이 있어 보인다."

"네!"

무광은 자신의 손에서 벗어나기 위해 발버둥을 치는 청년을 점혈해서 재웠다.

지금은 무슨 말을 해도 안 들을 것 같았기 때문이었다.

순식간에 축 처진 청년.

들쳐 메고 다시 이동하려는 찰나.

"놔라!"

다시 버둥거리는 청년을 보며 깜짝 놀라는 무광이었다.

천하의 무황이 직접 한 점혈이다.

그것을 풀고 다시 버둥거리는 것이다.

"뭐, 뭐야! 아버지! 이게 무슨?"

"내가 말했잖냐. 특이하다고. 아무래도 특이한 신체 같은데? 조방이나 진천 같은."

"그, 그럼 오행체?"

"아마도?"

청년은 버둥거리다가 둘의 대화를 들었다.

둘의 대화 내용을 들어 보니 자신을 전혀 모르는 눈치였다.

그렇다면 정말로 지나가다 자신을 발견한 사람들일까?

청년은 믿지 않았다.

그러기엔 그동안 당한 것이 너무 많았다.

버둥거림이 멈추자 무광이 웃으며 말했다.

"소형제, 이제 좀 지치셨는가?"

"다, 당신들은 누구요? 나를 노리고 온 것이 아니오?"

"응? 노리다니? 누가 소형제를 노리오?"

영문을 모르겠다는 표정으로 되묻는 무광.

"그래서 이리도 겁을 먹고 있었던 것이군."

천룡이 왜 이러는지 알겠다며 고개를 끄덕였다.

천룡을 본 청년은 왠지 마음이 편해졌다.

지금 처음 본 사이인데도 그런 마음이 들었다.

저런 모습을 한 사람이 악인일 리가 없다는 생각이 절로 들었다.

지금까지 도망 다니면서 처음 느낀 감정이었다.

하지만 이내 고개를 세차게 저으며 떨쳐 냈다.

그 누구도 믿어선 안 된다.

이들 역시 아직 자신에 대해 잘 모르기 때문에 이런 친절을 베푸는 것으로 생각했다.

일단 자신에 대해 모르니 이대로 가자고 마음먹은 청년.

무광은 그런 청년의 마음을 아는지 모르는지 움직임이 멈추자 내려놓았다.

"이제 발버둥 끝나셨는가?"

무광의 말에 묵묵히 고개를 끄덕이는 청년이었다.

"너무 경계하지 마시게. 그저 지나가다가 미약한 숨소리가 들려 위험한 상황인 줄 알고 나선 것이니."

"감사합니다."

청년의 인사에 천룡과 무광이 미소를 지었다.

야영지에 도착하자 사방에서 맛있는 냄새가 진동했다.

"우와! 간만에 천명이가 힘 좀 썼나 보구나?"

천룡의 말에 천명이 뒷머리를 긁적이며 대답했다.

"제가 아닙니다."

"응? 네가 아냐? 그럼 누군데? 우리 중에 너 말고 요리할 줄 아는 애가 누가 있어?"

그러자 다들 시선이 한곳에 쏠렸다.

거기엔 화려한 칼 솜씨로 재료를 다듬고 있는 울지랑이 보였다.

"저, 저거…… 진짜냐?"

"네. 한때 요리사가 꿈이었다네요."

"진짜로?"

"네."

천룡이 한참을 멍하니 바라보다가 크게 웃었다.

"하하하하, 남들에게는 눈에 보이는 것만 믿는다고 뭐라 했는데 남 말할 처지가 아니었구나. 나야말로 눈에 보이는 것으로 판단하고 있었구나."

반성과 작은 깨달음이었다.

그 순간 천룡의 안에서 무언가의 봉인이 풀렸다.

아직 그것이 무엇인지는 알지 못하고 있는 천룡이었다.

⁂

다음 날 아침.

청년은 이들과 떨어지기로 마음을 먹었다.

자신과 같이 다니기엔 이 사람들이 너무 위험했기 때문이었다. 사람을 믿지 못하게 된 것도 있지만, 자신에게 이렇게 친절을 베풀어 준 착한 이들이 자신 때문에 해를 당하는 것도 많이 봐 왔기에 서둘러 떨어지려는 것이었다.

"어제는 정말로 감사했습니다. 제 이름은 손문입니다. 훗날 기회가 된다면 어제 받은 은혜를 꼭 갚겠습니다."

"손문이라. 이름 좋네. 그러지 말고 가는 길이 같으면 우리랑 같이 가지."

천룡의 말에 손문이 고개를 저으며 대답했다.

"저에 대해 잘 알지도 못하잖습니까. 저랑 다니면 여러분들이 위험합니다."

"위험하다고? 왜?"

고개를 갸웃거리며 물어오는 천룡을 보며 손문이 말했다.

"모르시는 것이 더 좋습니다. 아무튼, 여러분들이 제게 주신 따뜻함 잊지 않겠습니다. 그럼 부디 살펴 가시길."

그리고 몸을 돌려 발걸음을 옮겼다.

'저 청년 정말 위험하다. 아무래도 오행체인 것을 눈치챈 인간들이 있나 보다.'

이미 청년을 살펴본 천룡은 손문이 오행체임을 확신했다.

그렇다면 이리 보내는 것은 정말로 손문을 위험하게 하는 일이었다.

천룡은 지체 없이 손문에게 달려가 그를 잡았다.

"그러지 말고 같이 가세."

손문의 발걸음이 멈췄다.

그리고 천천히 돌아서 천룡을 바라보았다.

나쁜 사람은 아니었다.

자신을 아는 눈치도 아니었다.

그저 자신을 도우려는 저 눈빛.

그동안 많이 봐 온 눈빛이었다.

그래서 더욱 화가 났다.

왜 이리 말을 안 듣는지 모를 일이었다.

손문의 언성이 올라갔다.

"제가 방금 다 말씀을 드렸을 텐데요? 저와 다니면 위험하다고."

"위험하다고 위기에 처한 사람을 어찌 그냥 두고 가겠는가? 그럴 순 없네. 우리와 함께하세."

"저, 저는 정말로 위험한 놈입니다. 여러분들이 정말로 몰라서 그러는 겁니다."

"무엇이 위험하단 말인가? 내가 볼 땐 전혀 위험하지 않네."

"몰라서 그런다고요! 내가 가진 이 저주 같은 능력 때문에…… 얼마나 많은 이들이 목숨을 잃었는데……. 다, 당신들이 뭘 알아!"

결국, 눈물을 흘리며 울부짖는 손문이었다.

"이 빌어먹을 능력을…… 크흐흑!"

그동안 얼마나 마음고생을 많이 했는지 알 수 있는 울음이었다.

천룡은 조용히 다가가 그런 손문을 달래 주었다.

한참을 펑펑 울고 나니 조금 나아진 손문.

천룡과 일행들에게 사과했다.

"죄송합니다. 제가 잠시 감정이 격해졌습니다."

"괜찮네. 그런데 저주받은 능력이라니?"

천룡의 물음에 손문은 잠시 고민했다.

'이들이라면…… 말해도 되지 않을까? 이들마저도…… 변한다면…… 그래……. 그땐 내 운명을 탓하며 자진하자.'

마지막으로 이들을 믿어 보기로 한 손문이었다.

만약 이들마저도 자신을 향해 욕망의 눈빛을 발산한다면 그냥 자결하기로 마음먹었다.

너무 힘들었기 때문이었다.

자신 하나만 사라지면 될 일이었으니까.

그리 생각하니 마음이 편해졌다.

"저에겐 특이한 능력이 있습니다. 사람을 치유하는 능력이지요."

손문은 이제 사람들이 전부 놀랄 것으로 생각했다.

그런데 놀라기는커녕 다들 무덤덤한 표정으로 경청하고 있었다.

"왜 말을 하다 마나? 계속하게."

"아니, 놀라지 않습니까? 사람을 치유하는 능력이라는데?"

오히려 손문이 되물었다.

"그게 뭐? 놀라야 하나? 아주 좋은 능력이구먼. 그게 다야? 그게 왜 저주받은 능력이야? 축복받은 능력이지."

"맞습니다! 사람을 구하는 힘이 어찌 저주 받은 힘이라고 하시는 겁니까?"

이들은 달랐다.

지금까지 자신이 봐 온 사람들과는 완전히 달랐다.

"이, 이 능력으로 많은 사람을 구했지요. 세상 사람들이 저를 화타의 재림이라고 하더군요. 의신(醫神)이라는 과분한 별호도 붙었습니다."

"아! 의신! 의신 손문! 그게 당신이었군. 하하하, 이거 반갑소."

제갈군이 환하게 웃으며 말했다.

"아, 나도 들어 본 것 같네. 화타의 환생이니 뭐니 하면서 세상 사람들이 떠들었다지?"

"저자가 만지는 사람들은 모두 치유가 되어 멀쩡하게 변한다고 하지요."

다들 신나서 떠들어 댔다.

막상 그것을 듣는 당사자는 암울했다.

"아니, 그런데 왜 쫓기는 것인가?"

"저를 쫓는 이들은 이 능력으로 자신들의 사리사욕을 채우려 합니다. 저는 그것에 대해 끝까지 저항했지만……."

다시 눈물을 흘리는 손문.

짐작이 갔다.

"저를 믿어 준 마을을 아주 박살을 내더군요. 저, 저는……
그곳에서 할 수 있는 일이 없었습니다."

천룡은 그런 손문의 등을 토닥이며 말했다.

"우리와 함께 가자! 내 너를 지켜 주지! 내 곁에서 맘껏 사
람들을 위해 그 힘을 사용해라."

천룡의 말에 손문이 고개를 들어 바라보았다.

"저를 지켜 줄 힘이 있으십니까?"

"있지. 그러니 이리 말하는 것이 아닌가."

자신보다 어려 보이는 자가 자연스럽게 하대를 하는 데도
전혀 이상하지 않았다.

오히려 그것이 당연하다는 것처럼 느껴졌다.

손문의 가슴속에서 무언가가 피어났다.

천룡을 믿어 보자는 마음이.

"알겠습니다. 그럼 잘 부탁드리겠습니다."

"하하하, 걱정하지 마라. 무슨 일이 있어도 널 지켜 주마."

그렇게 천룡 일행에 손문이 합류를 했다.

절강성(浙江省) 서호 인근.

그곳에 웅장한 건물이 자리하고 있었다.

현판에는 힘찬 필체로 단목세가라 적혀 있는 곳.

단목세가의 가주실에 가주가 의자에 앉은 채 무언가를 지켜보고 있었다.

가주가 지켜보는 가운데 세가의 장로들이 화가 난 말투로 아랫사람들을 다그치고 있었다.

"놓쳤다고? 지금 그걸 말이라고 하는 것이냐?"

"죄, 죄송합니다."

"죄송? 지금 죄송하다고?"

퍼억─!

쿠당탕탕─!

"죄송할 짓을 말아야지!"

"어허, 심 장로. 진정하시게."

"구 장로! 이게 진정할 일이오? 그놈을 잡기 위해 그동안 들인 공이 얼만 줄 아시오?"

장로들끼리 싸움으로 번질 모양새가 보이자, 가주인 단목천이 책상을 가볍게 두드렸다.

탕탕─!

"그만!"

가주의 말에 장내는 순식간에 조용해졌고, 장로를 비롯해 그곳의 모든 사람이 자세를 바로잡았다.

"놓쳤다면 대책을 세워야지. 그렇게 소리만 치면 되겠소?

아니 그런가."

"마, 맞습니다. 가주님. 소, 소신이 그만 흥분하여."

"심 장로는 그게 문제요. 욱하는 성격. 고치라고 몇 번을 말해야 들을는지. 쯧쯧."

"죄, 죄송합니다."

"되었고 어쩌다 놓쳤느냐?"

가주가 방금 혼나던 수하에게 직접 물었다.

"또 다른 무리가 그자를 쫓고 있었습니다. 그들과 충돌하는 바람에……."

"아니, 우리 애들을 상대로 싸움을 걸 정도로 강하다고?"

"그렇습니다! 그들은 강했습니다. 그리고 그들 역시 절박해 보였습니다."

"절박해 보였다?"

"네! 이를 악물고 저희를 막아섰습니다. 그런 그들을 상대하다가 놓친 겁니다."

"흐음."

단목천이 탁자를 두드리며 생각에 빠졌다.

"그놈이 도망을 간 방향은?"

"보타산(普陀山) 방향입니다."

"현재 상황은?"

"보타산에 애들을 보냈습니다."

"관부에서는?"

"뒷북을 치며 애꿎은 마을만 들쑤시고 다닌다고 합니다."

"쯧쯧! 그러면 가서 정보를 주고 협조를 구해야 할 것이 아니냐!"

"헉! 죄, 죄송합니다."

수하는 미처 그 생각을 못 했는지 고개를 조아리며 용서를 구했다.

"지금이라도 도움을 요청해! 그놈이 산을 넘어가면 더 골치가 아파진다!"

"네! 알겠습니다!"

서둘러 나가는 수하를 보며 단목천이 고개를 절레절레 흔들었다.

"그나저나 도대체 뭐 하는 놈들이지? 그놈의 능력이 절실하게 필요한 문파인가?"

"알아볼까요?"

옆의 젊은 남자가 고개를 조아리며 말했다.

"아니야. 그놈을 우리가 먼저 잡든 그들이 먼저 잡든 간에 만날 테니. 그나저나 운가장이라는 곳에 대한 조사를 해 봤나?"

"네! 조사를 해 보니 말도 안 되는 곳이었습니다."

"읊어 봐."

"일단 삼황이 그곳에 거주하는 것으로 확인되었습니다."

가장 먼저 나온 말에 다들 웅성거렸다.

"소문이 사실이란 말인가?"

"맙소사! 그럼 정말로 무림맹에 그들이 등장했었다는 얘기가 아닌가."

장내가 다시 시끄러워지자 가주가 책상을 두드렸다.

"조용!"

순식간에 조용해진 장내.

"계속 말해."

"네! 칠왕십제 중에 둘이 그곳에서 거주하고 있고, 제갈가의 천재라는 소와룡이 그곳의 군사로 있습니다. 거기에 패천부왕이 그의 수하라고 선언했고, 당가와 무당이 혈맹을 선언했습니다."

무황성, 천검문, 구룡방에 관한 것은 당연한 이야기였다.

한마디로 중원 전체를 좌지우지하는 강력한 세력의 탄생이었다.

"가주 운천룡이라는 자의 무공은 측정 불가입니다."

보고를 마치자 다시 웅성거리기 시작했다.

"그게 정말 인간이란 말인가?"

"삼황이 꼼짝을 못 한다니. 아니, 얼마나 강해야 그것이 가능하단 말인가?"

그들의 말에 단목천이 속으로 비웃었다.

자신의 무공 수위는 이미 삼황을 능가했다고 자부하는 바.

아직까진 비밀이었다.

마진강의 명령이었다.

자신이 명령을 내리기 전까지는 자신을 철저하게 숨기고 살라고.

그동안 자신을 얽매이던 그 사슬이 풀렸다.

'크크크, 이제 슬슬 나도 세상에 이름을 알릴 때가 되었나?'

단목천이 소란스러운 장내를 둘러보더니 말했다.

"그만!"

가주의 말에 다들 고개를 숙이며 가주 쪽으로 몸을 돌렸다.

"그대들에게 내가 말해 줄 것이 있다."

단목천의 말에 다들 고개를 들어 바라봤다.

"그대들이 보기엔 내 무공은 어디쯤에 속할 것 같은가? 칠왕십제?"

단목천의 말에 다들 그렇다는 말은 차마 하지 못했다.

지금까지 삼황과 운천룡에 대한 칭찬을 늘어놓았는데 그보다 급이 낮은 칠왕십제급이라 어찌 말을 한단 말인가.

저들이 말을 못 하는 이유를 아는 단목천은 웃으며 말했다.

"나는 삼황을 능가했다고 생각한다."

"헉……!"

"네……?"

단목천의 선언에 장내에 있는 모든 사람이 화들짝 놀랐다.

"왜? 믿지 못하겠는가?"

"그, 그것이 아니옵고."

"믿지 못하겠지. 나라도 믿지 못할 것 같군."

단목천이 자신의 기세를 개방했다.

고오오오오-!

"크으으윽!"

"커허헉!"

"가, 가주!"

갑자기 뿜어내는 엄청난 기세에 장내에 있는 모든 이들이 무릎을 꿇으며 고통스러워했다.

그 모습이 만족스러운지 미소 지으며 힘을 거두는 단목천.

"미안하군. 그래도 약간 기세를 내보낸 것인데 그리 쓰러지면 어찌하나?"

단목천의 말에 다시 경악하는 사람들.

"그, 그것이 사실이라면…… 가, 가주께선 정말로?"

"그렇다네. 나는 예전에 그들의 경지를 넘어섰네."

"경하드리옵니다!"

모두가 감격한 얼굴로 목청껏 소리 질렀다.

"이제 세상에 우리 가문을 알릴 것이다. 모두 그리 알고 철저히 준비하도록!"

"충!"

모두가 한껏 들뜬 목소리로 우렁차게 대답했다.

그런 가신들을 보며 단목천은 잠시 흐뭇하게 바라보다가 명령을 내렸다.

"자! 이제 다시 그놈을 쫓아라! 멀리 가진 못했을 것이니. 반드시 산 채로 잡아 와야 한다! 알겠느냐?"

"충!"

"그리고 관부에도 알려! 어느 방향으로 도망갔는지."

"운가장은 어찌할까요?"

"지금 당장은 놔둬. 어차피 우리 아니어도 운가장을 노리는 사람은 더 있으니. 일단 지금은 그놈을 잡는 것이 급선무다."

"알겠습니다!"

단목천의 명에 사람들이 일사불란하게 움직였다.

그런 수하들의 모습을 보며 미소를 짓는 단목천이었다.

❦

천룡 일행과 합류를 한 손문.

그는 그 후에도 유심히 천룡 일행을 지켜보았다.

언제 돌변을 할지 몰랐기에.

하지만 저들은 정말로 자신에게 관심이 없어 보였다.

사실 천룡은 눈치를 채고 있었다.

이자가 오행체 중의 한 명이라는 사실을.

다만 경계가 심하고 마음고생도 심하게 했던 것 같아 마음을 열고 다가올 때까지 지켜보는 것이다.

그런 사실을 알 리 없는 손문은 연신 경계를 하며 따라가고 있었다.

그래도 그는 작은 희망을 품었다.

정말로 저들이 진심으로 자신을 대해 줄지도 모른다는, 자신을 정말로 지켜 줄지도 모른다는 희망 말이다.

그러나 손문은 머지않아 다시 두려움에 빠지고 만다.

자신을 쫓던 자들이 나타난 것이다.

이번에 나타난 무인들은 전에 자신을 찾던 무인들과는 질적으로 달라 보였다.

"크크크크. 고작 도망을 간 곳이 여기더냐?"

"네놈 때문에 우리가 혼난 것을 생각하면 당장 죽여야 마땅하나 상처 하나 없이 잡아 오라는 명이 있기에 참는 것이다."

"우리를 얌전히 따라오거라."

그리 말을 하고는 주변의 사람들을 스산한 눈빛으로 바라보는 무사들.

"나머진 모두 죽여라. 목격자가 있으면 골치 아프니."

제일 선두에 있던 남자의 명에 일제히 검을 뽑아 들고 천룡 일행을 향해 다가가려 했다.

천룡 일행은 어이가 없는 표정으로 이 상황을 지켜보고 있었다.

그때 손문이 그들 앞을 가로막아 섰다.

"안 되오! 이들은 그냥 보내 주시오!"

"뭐?"

"나만 잡아가면 될 것이 아니오! 이들은 아무런 죄가 없소!"

"그것은 우리가 판단한 일이다."

무사는 남자의 말을 무시하며 다가가려 했다.

그러자 손문이 품속에서 작은 칼을 꺼내 자신의 목에 상처를 냈다.

"뭐 하는 짓이냐!"

"저들을 보내 주지 않는다면 나는 자해를 할 것이오! 그러면 곤란한 것은 당신들이겠지. 나를 상처 하나 없이 데려오라고 했으니."

"뭐? 이익!"

선두의 무사가 화가 난 얼굴을 했지만, 딱히 어쩌지는 못했다.

정말로 저자가 자해해서 온몸이 상처투성이가 된다면 자신들의 목숨은 없는 거나 마찬가지였기 때문이었다.

이미 한 번 실패했기에 두 번의 용서는 없었다.

무사는 손문을 달래기 시작했다.

"아, 알았다. 저들을 무사히 보내 줄 테니 일단 그 칼부터 바닥에 내려놓아라."

"그럴 순 없소! 저들이 무사히 이곳을 벗어나는 것을 확인한 후에 거둘 것이오!"

"그, 그래. 알았다. 뭣들 하느냐! 저들을 어서 보내지 않고!"

대장 무사의 명에 그들을 보내 주려 하는데 남자가 다시 막아섰다.

"저들이 큰 대로변까지 가는 것을 확인해야겠소!"

"으드득! 아, 알겠다."

이를 갈면서 겨우겨우 대답하는 대장 무사였다.

"움직여라. 큰 대로변이 나오면 풀어 주겠다."

대장 무사의 말에 사람들은 환호를 지르며 서둘러 이동할 것으로 생각했다.

그런데 웬걸 다들 시큰둥한 표정으로 서 있었다.

"싫은데?"

심지어 대놓고 싫다고 말하고 있었다.

"뭐? 이해가 안 되는 거냐? 네놈들을 살려 주겠다니까?"

"그걸 왜 네놈이 결정해?"

"뭐라고?"

대장 무사가 순간 얼이 빠졌다.

이런 상황은 상상을 해 보지 않았기에 더욱더 당황스러웠다.

손문을 믿고 이러는 것인가?

짜증이 났다.

남자를 넘기고 나서 저놈들을 반드시 도륙하고 말겠다고
다짐했다.

하지만 지금은 참아야 했다.

"하하, 아까 내가 말실수했네. 자네들에게 그 어떤 해도 없
을 것이니 따라오게."

최대한 나긋나긋하게 말하는 대장 무사.

"아, 새끼. 말귀 더럽게 못 알아먹네. 싫다고!"

빠직-!

머릿속에서 무언가 끊어지는 소리가 들렸다.

그래도 초인적인 인내심으로 간신히 다시 연결했다.

"그, 그래. 이유가 뭐냐? 싫은 이유."

부들부들 떨면서 물어보는 대장 무사였다.

"큰 대로변으로 가면 팰 수가 없잖아."

"뭐?"

오늘따라 자주 반문을 하게 되는 무사.

"사람 많은 곳으로 가면 네놈들을 팰 수가 없다고. 한적한
여기를 놔두고 왜 힘들게 내려가냐?"

"지, 지금 그걸 말이라고……."

"어디 놈들인지 모르겠는데 지금 너희들 상황 판단이 안
되지?"

오히려 자신이 해야 할 말이다.

그런데 저쪽에서 그 소릴 하고 있으니 더 어이가 없는 대

장 무사였다.

"얘는 놔두고 그냥 돌아가면 봐주고."

결국, 대장 무사의 이성이 날아갔다.

"이, 이 새끼들이. 아주 죽여 달라고 비는구나. 오냐! 네 놈 사지를 모조리 잘라서 보는 앞에서 자근자근 밟아 주지."

그 모습에 손문이 크게 당황하며 소리쳤다.

"지, 지금 뭐 하는 것이오! 이들은 당신들이 상대를 할 수 있는 자들이……."

퍼퍼퍼퍽-!

쿵- 쿠쿵-!

털썩-!

사방에서 북 터지는 소리가 들리더니 이내 나무가 넘어가는 소리가 사방에서 들렸다.

"다 처리했습니다. 고 앞에 놈만 처리하시면 될 것 같습니다."

손문이 너무 놀라 사방을 둘러보니 자신과 함께 온 이들이 무인들을 모조리 제압한 것이다.

그것도 순식간에 말이다.

대장 무사 역시 깜짝 놀라며 뒷걸음질을 쳤다.

"고, 고수들이더냐!"

너무 놀라 허둥지둥 대며 계속 뒷걸음질을 쳤다.

그 모습에 천명이 웃으며 걸어 나갔다.

"응. 이제야 그걸 깨달았구나?"

천명의 말에 대장 무사가 경공을 펼쳐 그곳을 빠져나가려 했다.

하지만.

퍼억-!

"커억!"

쿠당탕탕-!

움직이기도 전에 복부에 꽂힌 주먹에 볼썽사납게 날아갔다.

단 한 방에 속이 뒤집힌 대장 무사.

어찌나 눈이 커졌는지 튀어나오기 일보 직전이었다.

"너희들 정체가 뭐냐?"

무사가 묻자 주먹을 날린 태성이 천천히 걸어가며 말했다.

"그건 우리가 물을 말이고. 너는 대답만 하면 된다. 알았지?"

"내, 내가 누군지 알고 이러는 것이냐!"

대장 무사의 말에 다들 귀를 쫑긋 세우고 집중했다.

정말로 궁금했다.

"오! 누군데?"

태성의 물음에 남자가 답했다.

"이곳을 지배하고 있는 단목세가의 무사다!"

무사의 말에 다들 엄청나게 실망한 눈빛으로 시선을 돌렸다.

"나 참 나, 아니 칠왕십제 중의 한 명이라고 해도 놀랄까 말까인데 단목세가의 무사? 꼴랑? 장난하냐?"

"이놈들! 나를 해하면 단목세가에서 너희를 가만두지 않을 것이다!"

"우리가 누군 줄 알고? 너 알아? 우리가 누군지?"

"그, 그건."

"봐 봐. 모르잖아. 그런데 어찌 복수하냐? 그리고 여기 우리밖에 없어. 네놈이 죽어도 알 사람이 없다 이거지."

"아, 알 사람 있다! 우리가 이곳으로 파견된 것을 세가의 모든 사람이 알고 있다."

"그래?"

태성이 턱을 매만지자, 살길이 나왔다는 생각에 몰아붙이는 무사였다.

"나, 나를 풀어 주고 저자를 우리에게 넘긴다며 조용히 물러가겠다."

자신이 생각해도 괜찮은 협상이라 생각했다.

보아하니 아직 손문의 가치를 알지 못하는 자들 같았다.

그런 자를 위해 단목세가와 척을 지면서까지 지키려 하지는 않을 것으로 생각했다.

하지만.

"싫은데? 단목세가가 뭐라고. 그런 거에 겁먹을 줄 알았냐?"

"뭐, 뭐?"

천하 오대세가에는 들어가지 못해도 이 지역의 패자다.

그런데도 이들은 아무렇지 않은 듯 얘기를 하고 있었다.

"애도 아니고 한 대 맞았다고 바로 뒷배를 말할 줄 몰랐네."

그 말에 무사의 얼굴이 빨개졌다.

수치스러웠다.

그게 자신이 기억하는 마지막 감정과 기억이었다.

한편, 이 모든 것을 지켜보던 손문은 놀란 눈만 깜박이고 있었다.

자신을 지켜 준다길래 아무것도 몰라서 한 얘긴 줄 알았다.

지금 보니 아무것도 몰라서 한 얘기가 아니라 정말로 강해서 그런 말을 한 것이었다.

'맙소사! 정말로 강하잖아?'

순식간에 자신을 찾아온 무인들을 기절시킨 저 무력.

지금까지 자신을 돕겠다고 많은 무인이 나섰지만 이렇게 강한 무인들은 처음이었다.

거기에 저들이 저 많은 무인을 기절시키고 한 말이 그를 더욱더 놀라게 했다.

"대충 어디서 노리는지 알았으니 가자."

"네."

아무도 해치지 않았다.

자신이 알던 무인들이 맞는가?

당연히 저기에 기절한 자들을 모조리 도륙을 내고 증거를 없앨 줄 알았다.

자신을 쫓는 단목세가는 정말로 악독하고 강한 곳이었으니까.

"정말로 이렇게 두고 갑니까? 걱정이 되지 않으십니까? 단목세가는 정말로 강한 가문입니다."

손문이 조심스레 얘길 하자 천룡이 웃으며 말했다.

"오라 그래. 얼마나 강한지 보면 알겠지."

마음가짐 자체가 달랐다.

저런 당당함이 부러웠다.

손문은 그런 천룡을 잠시 바라보다가 쓰러져 있는 무인들에게 다가갔다.

그런 손문을 보며 천룡이 고개를 갸웃거렸다.

"왜 가는 거야? 보복이라도 하려고?"

천룡의 말에 손문이 웃으며 말했다.

"아닙니다. 혹시라도 다친 사람이 있다면 치료를 하려고요."

그 말 한마디에 천룡이 감동했다.

"너…… 정말 착하구나?"

"아닙니다. 그저 오지랖이지요."

"아니야. 내가 지금까지 봐 온 사람 중에서 가장 좋은 놈 같다."

생각해 보니 아까도 자신의 목숨을 걸고 다른 이들을 지키려 하지 않았던가.

보면 볼수록 맘에 들었다.

천룡이 세상 인자한 미소로 손문을 바라보았다.

그런 천룡 옆으로 황제가 다가와 말했다.

"정말로 착한 청년이군요."

"그렇습니다."

"또, 또! 아우에게 자꾸 존대하십니까."

"아, 미안."

"아무튼, 마음 같아선 데려가서 키워 보고 싶은 청년입니다."

황제의 말에 천룡도 동의한다는 표정으로 고개를 끄덕였다.

손문은 바닥에 쓰러진 자들을 하나하나 살피고 돌아왔다.

"다행히 크게 다친 이는 없군요. 이것으로 확실하게 알겠습니다. 은인분들도 좋은 분들이라는 것을요."

손문의 마음이 서서히 열리기 시작했다.

손문은 천룡을 바라보면서 환하게 웃고 있었다.

같이 다니면서 처음으로 보는 환한 모습이었다.

천룡 일행은 절강성으로 입성하기 위해 기다리고 있었다.

일단은 상단으로 위장하고 돌아다니고 있기에 검문을 받으려고 기다리는 것이었다.

"원래 이렇게 성에 들어갈 때마다 검문을 받아야 하는 거야?"

천룡의 질문에 백금만이 대답했다.

"네! 일단은 밀수품이나 가지고 들어가서는 안 될 물품은 단속해야 하니까요."

"그렇군."

백금만의 설명에 고개를 끄덕이는 황제와 천룡이었다.

한참을 기다리니 만보상회 차례가 왔다.

백금만이 그들에게 다가가 무언가를 건네고 있었다.

통행증과 상회등록증을 보여 주고 있었다.

"너희는 안 된다! 만보상회는 이 성에 출입 금지다!"

"아니, 이유라도 알려 주십시오!"

"닥쳐라! 치도곤을 내기 전에 어서 썩 꺼져라!"

요지부동이었다.

백금만은 결국 고개를 푹 숙인 채로 돌아왔다.

"무슨 일인가?"

천룡의 물음에 백금만이 상심 가득한 목소리로 대답했다.

“제가 전에 말씀드렸지요? 이곳과 광동에선 저희 상회를 거부한다고.”

“이유가 무엇인데?”

“저도 그것을 모르겠습니다. 그것을 알면 이렇게 답답하지나 않지요.”

“흠, 장천.”

“네!”

“알아볼 수 있겠어?”

천룡의 말에 장천이 고개를 끄덕이며 대답했다.

“네! 제가 금방 가서 알아 오겠습니다!”

그리고 순식간에 자취를 감추는 장천이었다.

그 모습에 손문은 놀랐다.

‘저자도 엄청난 고수였구나. 장주님은 도대체 정체가 무엇일까?’

보면 볼수록 놀라운 일의 연속이었다.

“일단 여기서 이러고 있을 게 아니라 어디든 가서 자리를 잡자.”

“네!”

결국, 성에 들어가지 못하고 외곽으로 이동해서 야영하기로 했다.

시간이 흐르고.

어느새 밤이 되었다.

모든 사람이 잠이 든 깊은 밤.

누군가가 야영지를 향해 접근하고 있었다.

그 소리에 야영지에 있던 사람들이 하나둘 눈을 떴다.

"소리가 갑옷 소린데요?"

무광이 조심스럽게 다가와 속닥였다.

"응, 아무래도 이상하다. 군이 상단을 치러 오다니."

"어찌할까요?"

"일단 황상께서 신경을 쓰시지 않게 전부 제압해. 제일 대가리만 잡아 와."

"네!"

천룡의 명에 운가장의 무인들이 은밀하게 소리가 들려오는 곳으로 사라졌다.

얼마간의 시간이 지난 후 다가오는 소리가 완전히 사라졌다. 그리고 무광이 겁에 잔뜩 질린 장수 하나를 들고 나타났다.

"이놈이 군대를 끌고 온 책임자랍니다."

"그래?"

천룡은 황제가 잠들어 있는 막사를 잠시 바라봤다.

숨소리가 고른 것이 깊은 잠에 빠진 것 같았다.

"일단 다른 곳으로 이동하자."

"네."

야영지에서 제법 거리가 멀어진 곳에 장수를 내려놓고 심문을 하기 시작했다.

"뭐냐? 뭔데 우리한테 접근하는 것이냐?"

"읍읍읍."

천룡의 물음에 장수가 신음을 냈다.

"아! 아혈을 막아 두고 깜박했네요."

무광이 장수의 아혈을 풀었다.

"푸하! 사, 살려 주십시오! 저, 저는 그저 시키는 대로만 했을 뿐입니다! 이렇게 무공이 고강한 강호인들인 줄 알았다면 절대로 오지 않았을 겁니다."

입이 열리자마자 정신없이 내뱉는 말들.

얼마나 고통스럽게 맞고 왔는지 알 수 있는 대목이었다.

"왜 우리를 치려고 했냐고."

"절강성 도지휘사의 명입니다. 이곳에 불순한 무리가 있으니 모두 잡아 오라는 명입니다. 정말입니다. 해칠 생각은 없었습니다."

"불순? 우리가?"

"저는 아무것도 모릅니다. 그저 명령이 그렇게 내려왔기에 온 것입니다."

"그래? 우리가 누군지 알면 너 깜짝 놀랄 건데."

"네?"

"너희가 지금 얼마나 엄청난 짓을 했는지 알면 깜짝 놀랄 거라고."

장수는 이게 무슨 말인지 이해를 못 했다.

'단순한 무인들이 아닌가?'

"절강성 도지휘사에 대해 읊어 봐."

"네! 절강성 도지휘사는……."

장수는 자신이 아는 모든 것을 줄줄이 말했다.

무광이 옆에서 주먹을 쥐었다 폈다 하는 것을 보며 초인적인 힘으로 모든 기억을 짜내고 있었다.

"……입니다. 소, 소인이 아는 것은 이게 전부입니다! 정말입니다!"

장수의 말에 의하면 천하에 둘도 없는 개새끼였다.

고을마다 할당된 세금을 두 배로 걷어 내고, 자신의 맘에 들지 않는 자는 이런 식으로 잡아가 벌을 내렸단다.

또한, 지방 유지들에게 뇌물을 받아 그들의 뒤를 봐주었으며, 사람들을 강제로 동원해 자신의 장원을 짓게 하고 개인적인 행사에 동원했단다.

말을 듣지 않으며 가차 없이 벌을 내렸다고 한다.

"이런 개새끼를 봤나."

천룡이 분노해서 말했다.

"아주 지랄이란 지랄은 다 하고 있구나."

분노한 천룡.

이글거리는 눈으로 장수를 바라보았다.

"너 내가 누군지 알아?"

그걸 알 리가 없었다.

고개를 젓는 장수.

"너네 도지휘사가 그렇게 못된 놈이면 혹시 그에 대한 증거를 가지고 있느냐?"

"네? 그, 그게 무슨? 도대체 누, 누구시길래 증거를 말씀하시고 이러시는 건지."

자신의 정체에 관해 묻더니 뜬금없이 도지휘사의 비리에 관해 물었다.

어리둥절한 장수에게 다가가 천룡은 조용히 품속에서 황룡금패를 꺼냈다.

"이게 황룡금패라는 거야. 들어 봤어?"

'황룡금패?'

장수는 어디서 많이 들어 봤는데 하며 갸웃거리다가 경악을 했다.

"커헉! 사, 사사사, 상국 저, 전하?"

장수의 말에 천룡이 고개를 끄덕였다.

"너는 지금 이 나라의 상국을 치러 온 거야. 황상께서 황명을 내리셨지. 나를 대할 때는 자신을 대하듯 하라고. 그게 무슨 뜻인지 알아?"

장수는 사색이 된 채로 고개를 저었다.

"아, 아닙니다! 저, 전하! 저, 절대로 그런 것이 아니옵니다!"

"아니긴 이렇게 우르르 몰려오고서는 발뺌하는 거야?"

"소, 소신은 저, 정말로 모르고……."

장수의 말에 천룡이 고개를 저으며 말했다.

"네가 알든 모르든 그건 중요치 않아. 중요한 것은 너는 지금 역모를 했다는 거야."

천룡의 말에 장수가 사색이 된 채로 재빨리 엎드리며 빌었다.

"소, 소신은 정말로 아무것도 모르옵니다! 전하! 토, 통촉하여 주시옵소서!"

손발이 닳도록 비는 장수의 등을 토닥이며 말했다.

"기회를 줄까?"

천룡의 말에 장수가 정신없이 고개를 끄덕이며 대답했다.

"네! 네! 부디 자비를……."

"좋아! 그럼 우리가 조만간 도지휘사를 보러 갈 테니 그때까지 그놈이 저지른 비리와 폭정에 대한 증거를 모아 놓도록. 알겠느냐?"

장수는 정신없이 고개를 끄덕였다.

"대답해야지."

"네! 알겠습니다!"

"이 일은 절대 비밀로 해야 하고. 알겠지?"

"네! 신의 목숨을 걸고 맹세합니다!"

그런 장수에게 천룡은 다시 한번 신신당부했다.

"만약 우리가 간 것을 도지휘사가 알고 있다. 그러면 네놈부터 잡을 거다. 잡아서⋯⋯."

천룡이 손을 들어 못을 긋는 시늉을 했다.

"너뿐 아니라 너의 구족이 이리될 것이야."

"시, 신. 반드시 사, 상국 전하의 명을 이행할 것이옵니다!"

"그래, 명을 제대로 이행하면 내 너의 모든 잘못을 용서해 주지."

"마, 망극하옵니다. 전하!"

"어서 가 봐. 이러다가 해가 뜨겠다."

"충!"

장수는 자신이 낼 수 있는 모든 힘을 다해 달려가기 시작했다.

해가 뜨기 전에 성에 도착해서 모든 것을 해야 하기 때문이었다.

장수를 보낸 천룡은 사람들에게 말했다.

"일단 근처 현으로 이동하자. 정보를 좀 얻어야 할 것 같다."

"네!"

❦

항저우 근처 안지현(安吉县).

조천생은 안지현의 지현을 만나고 있었다.

"사, 상서 대인께서 이 누추한 곳까지 어인 일이십니까?"

맨발로 달려 나와 조천생을 반기는 지현이었다.

"허허허, 잘 지냈는가? 오면서 보니 현 주민들의 표정이
아주 밝더군. 자네가 얼마나 잘하고 있는지 아주 잘 알겠네."

"쑥스럽습니다. 다 그분과 상서께서 지시한 것을 지킬 뿐
입니다."

"안 지키고 있었다면 정말로 큰일이 일어날 뻔했는데 아주
완벽히 잘하였네."

조천생의 말이 이해되지 않았지만, 좋은 게 좋다고 잘했다
고 하니 그저 웃을 뿐이었다.

"그런데 정말로 어떤 일이십니까?"

"절강에 볼일이 있어서 지나가던 차에 잠시 신세를 좀 질
까 하고 와 봤네. 괜찮겠지?"

"아이고! 그럼요! 저를 바른길로 인도해 주신 상서 대인이
면 언제든 환영입니다!"

"이번엔 사람이 좀 되네."

"걱정하지 마십시오. 객당이 많이 비어 있습니다. 잘되었
습니다. 상서 대인께 보답을 할 기회가 있을까 하고 걱정했
는데 이번에 제대로 보답을 하겠습니다."

과거 조천생과 유가연이 기회를 준 덕에 중원에서 가장 살
기 좋은 현이 되었다고 소문이 자자한 곳이다.

덕분에 황제에게 포상도 받았다.

조천생 역시 마음이 뿌듯했다.

갱생시켜 보자는 마음으로 진행했던 것인데, 이렇게 좋은 결과로 나타나니 그의 기분이 정말 좋았다.

지현의 어깨를 토닥이던 조천생은 자신의 일행과 다시 오겠다며 자리를 떠났다.

지현은 서둘러서 객당을 청소시키고 요리사들에게 최고급 요리를 준비하라고 일렀다.

한편, 조천생은 황제와 천룡에게 가서 상황을 설명하고 안내했다.

"하하하, 그랬군요. 역시 형님은 대단하십니다."

"제가 뭘 했습니까? 그저 그녀가 다 한 일이지요."

현의 분위기를 보며 연신 즐거워하는 황제였다.

자신이 원하는 나라가 이런 나라였다.

만백성이 저리 환하게 웃으며 근심 걱정 없이 살아가는 나라.

자신이 만들어야 할 나라의 미래 모습을 보는 것 같아 기분이 좋았다.

"상을 줘야겠군."

황제의 말에 조천생이 고개를 조아리며 말했다.

"폐하께선 이미 그에게 상을 내리셨습니다."

"응? 내가? 언제?"

"전에 백성들의 칭송이 자자한 현이 있다며 직접 상을 내려 주시지 않았습니까. 기억이 나지 않으십니까?"

"아! 그곳이 이곳인가?"

"네! 그러하옵니다."

"하하하하. 그랬군."

입가에서 웃음이 떠나질 않는 황제를 보며 천룡은 미소 지었다.

과거 두려움과 슬픔에 빠져 우울했던 모습은 이제 더는 없었다.

자신을 보며 웃는 천룡과 눈이 마주친 황제는 천룡에게 다가가 말했다.

"이것 역시 전부 형님 덕입니다. 하하하."

"아닙니다. 제가 한 일은 없습니다."

"아니에요. 아닙니다. 제가 이렇게 웃을 수 있는 것도, 그리고 이렇게 세상을 돌아다닐 수 있는 것도 모두 형님이 계셨기에 가능한 일입니다."

얼마나 애정이 넘치는지 천룡을 바라보는 황제의 눈이 뜨거웠다.

"일단은 정체를 숨기는 것이 나을 것 같군요. 형님께서는 어찌 생각하십니까?"

"암행이니 정체를 숨기는 것이 좋다고 저 역시 생각합니다."

천룡의 말에 황제가 고개를 끄덕였다.

"조 상서. 우리는 상단의 일행일세. 알겠는가?"

"네! 알겠사옵니다."

대화를 하다 보니 어느덧 현청이 보였다.

그 앞에 지현을 포함한 현청의 대신들이 모두 나와 있었다.

그 모습에 조천생이 당황하며 말했다.

"폐, 폐하. 저, 저건 제가 시킨 것이 아닙니다."

당황하는 조천생의 모습에 황제가 음흉한 미소를 지으며 말했다.

"우리 조 상서께서 저런 대접을 좋아하시는지 이제 알았소. 하하, 역시 상서도 사람이셨구려."

"아, 아닙니다. 폐, 폐하. 오해십니다."

누가 보면 정말로 자신이 시켜서 전부 나온 것으로 오해하기 딱이었다.

"우리 조 상서가 슬슬 권력의 맛에 눈을 뜨나 봅니다."

황제가 천룡을 보며 말을 하자, 천룡 역시 같은 미소를 보이며 조천생을 바라보았다.

눈을 질끈 감는 조천생이었다.

무슨 말을 해도 이미 늦었다.

저 둘은 자신을 놀리기로 작정했다는 것을 깨달았다.

"어허! 황제가 말을 하는데 눈을 감다니. 이거 보십시오.

권력이 이렇습니다."

"그렇군요. 안 되겠습니다. 날을 잡아서 한 번 거나하게 대접을 해 드려야겠군요."

울상이 된 조 상서의 앞으로 지현이 달려와 고개를 숙였다.

"상서 대인! 모든 준비가 다 되었습니다. 누추하지만 편히 쉬었다 가십시오!"

어찌나 정성을 다해 인사를 하는지 머리가 땅에 닿을 듯했다.

"이, 이보게. 너, 너무 과하네. 이렇게까지 하지 않아도 되네."

쩔쩔매는 조 상서를 보며 지현은 고개를 연신 끄덕였다.

자신보다 한참 낮은 곳에 있는 자에게도 저리 대하는 분이시라니.

"역시! 청렴결백하신 분은 다르십니다. 이런 점은 제가 아직도 배워야 할 자세 같습니다. 하하하."

크게 오해를 하는 지현이었다.

지현은 조 상서가 자신이 데려온 사람들이 오해를 할까 봐 이렇게 행동하는 것으로 생각하고 조 상서의 일행에게 설명을 했다.

"제가 너무 큰 은혜를 입어서 이런 것이니 너무 부담 갖지 마시길 바랍니다. 조 대인께서는 이런 대접을 받을 자격이 되십니다. 자 자, 어서 안으로 들어가시지요."

지현의 안내에 조천생은 연신 뒤를 힐끔거리며 천천히 들어갔다.

그런 조천생을 보며 환하게 웃는 황제와 천룡이었다.

"자, 형님. 저희도 들어가시죠."

"알았네."

다른 사람들 앞이라 다시 하대하기 시작한 천룡이었다.

그 뒤를 천룡 일행들이 따라 들어가는데 딱 한 사람이 움직임 없이 멍하니 서 있었다.

바로 손문이었다.

'이, 이게 뭐야? 사, 상서라고? 지현이 저리 극진히 대하는 것을 보니 사실인가 본데? 그, 그럼 그런 상서가 극진히 모시는 저 두 명은 누구야?'

혼란스러웠다.

그냥 일반 상단 무리인 줄 알았는데 알고 보니 무림의 고수들이었다.

그런데 오늘 일로 더 알 수가 없었다.

아무래도 자신이 짐작한 것보다 더 엄청난 사람들인 것 같았다.

"뭐 해? 어서 와."

무광의 부름에 정신을 번쩍 차린 손문이 허둥지둥하면서 안으로 들어갔다.

시간이 지나 저녁이 되었다.

지현은 정말로 산해진미를 잔뜩 차려 올렸다.

저녁을 다 같이 먹고 있을 때 지현이 물었다.

"이번에도 생일 때문에 내려오신 겁니까?"

"생일이라니? 그게 무슨 소린가?"

"어? 절강성 도지휘사 생일 때문에 오신 것이 아니었습니까? 상서께서 이곳까지 오실 일이 무엇일까 생각했는데 그것밖에 없어서……."

"도지휘사가 생일이라고?"

"네! 요즘 그것 때문에 이곳이 난리입니다. 이 왕야가 계실 때보다 더합니다."

이 왕야 이야기에 황제가 잠시 움찔했지만, 조천생은 그것을 보지 못했다.

"그 정도인가? 아니, 폭정이 심하다는 얘기는 이곳으로 오면서 들었네."

"그 정도가 아닙니다. 오죽했으면 저희 현으로 사람들이 몰려오겠습니까? 가뜩이나 그것 때문에 요즘 아주 죽겠습니다."

"사람들이 다 이곳으로 몰려온다고?"

"네. 그래서 주변 현의 지현들이 다 저를 원망합니다. 자기들 것을 뺏어간다나 어쩐다나."

"백성들이 어디 개인 물건인가! 괘씸한 것들!"

조천생이 흥분하며 벌떡 일어나서 씩씩거렸다.

"지, 진정하십시오. 이렇게 흥분하신다고 해결될 문제가 아닙니다. 그래도 잘되었습니다. 이렇게 내려오셨으니 이곳 상황을 잘 살펴보시고 부디 황상께 말씀 좀 잘해 주십시오."

지현의 말에 조천생은 그제야 자신이 누구와 같이 있는지를 깨닫고 슬그머니 자리에 앉으며 대답했다.

"그, 그리하지."

대답하며 황제의 눈치를 살피는 조천생이었다.

황제의 얼굴이 시뻘겋게 변해 있었다.

당장이라도 달려 나가 도지휘사를 비롯해 주변의 지현들의 목을 칠 기세였다.

조천생은 가시방석에 앉은 기분으로 어찌해야 하나 생각하고 있었다.

모든 것을 밝히고 황제를 말려야 하나 고민을 하는데, 천룡이 황제 옆에서 황제와 대화를 하고 있었다.

상황을 보아하니 다행히 천룡이 황제를 잘 달래며 진정시키고 있었다.

이곳에 황제가 있는지 없는지를 모르는 지현은 연신 부탁을 하며 읍소하고 있었다.

조천생은 지현을 잘 달래고 서둘러서 그 자리를 파했다.

지현은 나가는 그 순간까지 연신 잘 부탁드린다고 읍소를 하며 나갔다.

방으로 돌아온 사람들은 어찌할 것인지에 대해 의논하기 위해 모였다.

　"생각보다 폭정이 심각한 모양입니다. 다 내가 부덕한 탓이오."

　황제가 자책하며 말하자 천룡이 고개를 흔들며 말했다.

　"아닙니다. 제대로 보고를 하지 않은 지방 관료들이 문제지요. 폐하께서 천신도 아니신데 보고 받지도 않은 이 먼 곳의 사정까지 어찌 다 아시겠습니까."

　"고맙습니다. 형님."

　황제와 천룡이 심각하게 대화를 시작했고 사람들은 다들 무거운 분위기에서 고심하고 있었다.

　하지만 단 한 사람, 손문은 이 상황에 어울리지 않는 표정으로 입을 막고 있었다.

　너무도 엄청난 소리를 들은 것이다.

　'폐, 폐하라니. 폐, 폐하…….'

　이 넓은 중원에서 폐하라는 호칭을 받는 이는 단 한 사람이다.

　그 누구에게도 칭할 수 없는 오로지 한 사람에게만 허락된 호칭.

　바로 황제였다.

　만물의 주인이라는 대명의 황제.

　이제야 알 것 같았다.

왜 상서라는 고위직에 있는 관료가 저리도 극진히 대하는 지를.

여기서 소리를 치면 저들에게 방해가 될까 봐 자신의 입을 막고 혼자서 놀라움을 가라앉히고 있었다.

거기다가 손문을 더 놀랍게 한 것은 바로 천룡이었다.

황제에게 형님이라는 소리를 듣는 이였다.

보아하니 황제가 천룡을 대하는 자세는 정말로 아우가 좋아하는 형님을 위해 헌신하는 모습이었다.

연기가 절대로 아니었다.

'이게 지금 꿈은 아니겠지?'

현실성이 전혀 없는 그림이 지금 자신의 눈앞에서 펼쳐지고 있었다.

그런 손문을 본 무광이 고개를 흔들며 천룡에게 전음을 보냈다.

-아버지, 저기 저놈 곧 숨넘어갈 것 같은데요. 제가 데리고 나가서 설명 좀 하고 올게요.

무광의 전음에 고개를 돌려보니 얼굴이 새파랗게 변해 가는데도 숨을 참고 있는 손문이 보였다.

그 모습에 천룡이 이마를 짚으며 고개를 끄덕였다.

-잘 설명해 줘라.

-네.

무광은 손문을 데리고 나갔다.

손문이 그제야 숨을 내쉬며 궁금한 점을 물어보기 시작했다.

"저, 저기 아, 안에 계신 분이 저, 정말로 화, 황제 폐하 맞습니까?"

"그래. 황제 폐하시다. 그 옆에 계신 분은 바로 이 나라의 상국 전하시고. 조 상서는 알 테고."

강호의 무인들인 줄 알았는데 황궁 사람들이었다.

그것도 숨넘어갈 정도로 아득히 높은 위치에 있는 사람들이었다.

"화, 황제 폐하께서 어, 어찌 밖에?"

"암행 중이시지. 세상 돌아가는 것을 보겠다고 나오셨다."

"그럼 지금 말씀하시는 분께서는 금의위십니까?"

자신을 보며 금의위냐고 묻는 손문에게 무광이 씨익 웃으며 말했다.

"아, 나는 황궁 사람이 아니다. 강호 사람이다."

"네?"

"흠, 네가 알려나……? 나는 강호에서 무황이라고 불리지."

"……"

"모르지? 일반인들은 강호에 대해 잘 모르니 이해한다."

손문의 표정에 변화가 없자 무광은 자신에 대해 잘 몰라서 저런 표정을 짓는 거라 생각했다.

그런데 손문이 펄쩍 뛰면서 말했다.

"네에에에? 무, 무황이시라고요?"

"어? 나를 알아?"

"아, 알죠! 무황을 모르는 사람이 세상 천지에 어디 있습니까? 그, 그런데…… 황제 폐하 앞에서 별호에 황을 붙여도 됩니까?"

"아, 나도 그거 때문에 엄청 찝찝했는데, 폐하께서 허락하셨다."

"허……."

중원의 주인이라는 황제와 강호의 최강자라 칭해지는 무황이라니. 자신이 지금 얼마나 엄청난 곳에 몸을 의탁했는지 깨달았다.

'그, 그래서 날 지켜 줄 힘이 있다고 하신 거구나.'

이제야 깨달았다.

천룡이 왜 자신을 지켜 줄 힘이 있다고 했는지를.

"이제 다 놀랐지?"

"네? 네."

"이제 들어가자. 나머지 애들은 나중에 소개해 줄 테니 오늘은 여기까지만 놀라고."

"더, 더 놀랄 것이 있습니까?"

손문은 도망을 다니느라 강호에 퍼진 일에 대해 전혀 몰랐다.

"나중에. 크크크. 나중을 위해 남겨 두자. 안 들어가?"

"저, 저는 잠시 머릿속을 정리 좀 하고 들어가겠습니다."

손문의 말에 무광이 고개를 끄덕였다.

그리고 몸을 돌려 안으로 들어가는 무광이었다.

'아니, 지금 들은 것 말고 더 놀랄 일이 있다고? 에이. 그런 게 어디 있어.'

자신을 놀리기 위해 한 말이라 생각을 한 손문은 그제야 긴장이 풀렸는지 미소를 지었다.

"정말로 좋은 분들이시다."

손문은 무광이 왜 자신을 데리고 나왔는지 알 수 있었다.

배려한 것이다. 자신은 이방인이니까 그냥 건너가 쉬라고 말해도 되는데 이렇게 배려를 해 준 것이다.

그것은 자신들의 일행으로 받아들였다는 소리였다.

처음으로 소속감이라는 것을 느낀 손문은 이 생소한 기분이 너무 좋았다.

이 기분을 앞으로도 쭉 느끼고 싶었다. 손문은 무광이 들어간 문을 바라보면서 무언가를 결심했다.

"그래. 이제 내 목표는 저곳의 식구가 되는 것이다."

주먹을 꼭 쥐고 굳은 다짐을 하는 손문이었다.

제二장

안지현 현청에 머문 지 며칠이 지났다.

그사이 조용했던 현에 하나의 사건이 터진다.

현을 지나 항주로 가던 젊은 무리가 여인을 희롱하고 그것을 말리는 사람들에게 해코지를 한 것도 모자라 객잔에 불을 지르고 사람들을 마구잡이로 팬 사건이 일어난 것이다.

군사들이 즉각 출동해서 그들을 모두 포박해 왔다.

피해자들은 자신들의 억울함을 풀어 달라며 현청 앞에 엎드리며 외쳤다.

본 사람도 많고 증거도 확실하기에 당연히 벌을 받을 것인데 왜 이리 몰려와서 저리 억울하다며 외치는 것인가.

문제는 그자들의 신분이었다.

하나같이 지현이 함부로 할 수 없는 자들의 자식들이었다.

　"네 이놈! 내가 누군지 알고 이런 짓을 하느냐! 당장 이 포박을 풀지 못할까!"

　"지금이라도 이 포박을 풀면 목숨만은 살려 주겠다! 어서 풀지 못할까!"

　"일개 지현 따위가 지금 우리가 누군지 알고 이러는 것이냐!"

　자신들의 아비가 누군지 고래고래 소리를 치며 소란을 피우는 이들이었다.

　사람들도 그 사실을 잘 알고 있기에 이렇게 몰려와서 통곡을 하며 억울함을 풀어 달라고 빌고 있는 것이다.

　지현이 심각한 얼굴로 악을 쓰며 고래고래 소리치는 세 청년을 바라보았다.

　"어찌할까요?"

　저들의 말을 들은 현승이 두려운 얼굴로 물어왔다.

　"하아, 나라고 무슨 방법이 있겠느냐? 일단 깨끗한 방으로 모셔라. 생각을 정리하고 나서 판결을 내려야겠다."

　"현명하신 결정이십니다."

　일단 깨끗한 방에 가두고 최대한 불편함이 없게 하라 지시를 내리고 이마를 짚는 지현이었다.

　"하아, 미치겠군. 하필이면 도지휘사와 도지휘동지의 자식들이라니……."

골치가 아팠다.

자신은 정칠품의 관직이다.

저들의 아비들은 자신이 감히 쳐다도 보지 못할 위치에 있는 권력자들이었다.

특히 이곳 절강성에서는 저들이 곧 법이었다.

자신 같은 힘없는 지현 따위는 쥐도 새도 모르게 사라지게 할 수 있는 자들이었다.

더욱이 저들의 아비들은 포악하며 자비가 없었다.

일개 지현이 자기 자식들을 이렇게 대우하고 가뒀다는 것을 안다면 당장 군을 이끌고 와 자신의 사지를 찢을 것이다.

가뜩이나 요즘 혼자 나댄다며 자신을 향한 시선이 좋지 않은데 이런 일까지 벌어졌으니 미치고 팔짝 뛸 일이었다.

그러다가 자신의 현청에 조천생이 와 있는 것을 생각하고는 고개를 들었다.

"그래! 조 대인이 계셨군. 그분께 물어봐야겠다."

지현은 천천히 몸을 일으킨 뒤 힘없이 조천생이 있는 곳으로 향했다.

딱히 조천생이라 해도 해결할 방안은 없겠지만 어쩌겠는가.

당장 자신이 기댈 곳은 조천생밖에 없는 것을.

가는 내내 후회가 됐다.

'아까 그냥 포박을 풀어 주고 싹싹 빌 걸 그랬나? 아무리

조대인이라도 그들과 맞서 싸우기엔……. 아니지. 조대인은 그냥 여기를 떠나면 그만 아닌가. 하아, 내가 미쳤지. 광명정대는 무슨. 역시 사람은 살던 대로 살아야 하는 건데…….'

머리를 계속 쥐어뜯으며 마지막 희망을 찾아 열심히 걸음을 옮기는 지현이었다.

한편, 조천생은 황제와 천룡이 있는 방에서 함께 다과를 즐기고 있었다.

앞으로의 일을 의논하고 있는데 밖에서 지현의 목소리가 들려왔다.

"상서 대인, 잠시 들어가도 되겠습니까?"

힘이 없는 목소리였다.

무슨 일인가 싶어 고개를 갸웃거리며 말했다.

"들어오시게."

드르륵—!

문을 열고 들어오는 지현의 안색은 한눈에 봐도 좋지 않았다.

조천생이 그 모습을 보고 걱정스러운 얼굴로 물었다.

"무슨 일이 있는 건가? 얼굴이 다 죽어 가는구면."

조천생의 말에 지현이 울먹거리며 조천생의 다리를 잡고 애원했다.

"저, 저 좀 살려 주십시오! 제가 믿을 곳은 이제 상서 대인뿐입니다. 부디부디 소인을 가엽게 여기시어 저를 이 위기에서 구해 주십시오. 대인!"

다짜고짜 자신의 다리를 붙잡고 엉엉 울며 매달리는 지현을 간신히 달래 떼어 놓고 이유를 물었다.

"이보게. 이유를 말해야 할 것이 아닌가. 그래야 내가 도와주든지 할 것이 아닌가."

조천생의 말에 지현이 눈물을 닦으며 말했다.

마을 객잔에서 술을 마시던 자들이 음식이 맘에 안 든다며 행패를 부렸고, 그 과정에서 이들이 객잔을 불태우고 그곳 주인과 종업원들을 사정없이 폭행했다는 것이다.

심지어 군사들이 갔을 때는 객잔 주인의 딸을 끌고 가려 했고, 그것을 못 하게 말리는 객잔 주인을 마구 밟고 있었단다.

그래서 잡아 왔는데 그들의 정체가 이곳 절강성의 실세들인 도지휘사와 그 수족들의 자식들이라는 것이다.

자신의 직위도 직위지만 이들은 이곳 절강성에서는 황제나 다름없기에 자신의 목숨은 이제 끝이라며 다시 서럽게 울었다.

"대인! 소인이 이제 믿을 곳을 대인뿐입니다! 저자들을 잡아들인 순간부터 소인은 저들과는 건널 수 없는 강을 건넜습니다. 조 대인! 소인을 살려 주십시오!"

어찌나 애절하게 매달리는지 조천생이 안쓰러운 마음에 달랬다.

"알겠네. 일단 진정하시게."

한편, 옆에서 이 기가 막힌 이야기를 듣고 있던 황제와 천룡은 분노가 치솟았다.

벌떡-!

"이런 개잡놈들을 보았나! 그런 개 잡종 같은 것들이 활개를 치고 다닌단 말인가?"

지현은 울다가 고개를 들어 씩씩거리는 사람을 보았다.

저들마저 저리 분노하는 것을 보니 조천생이 자신을 불쌍히 여겨 도와줄 것이라는 희망이 생겼다.

"무엇하느냐! 당장 그 자식들을 현청 마당에 대기시켜라! 내 직접 심문하겠다! 주리를 틀고, 팔, 다리를 잘라 일벌백계(一罰百戒)할 것이다!"

지현은 지금 저자가 무슨 말을 하는지 몰라 어리둥절한 모습으로 조천생을 바라보았다.

지금 이게 무슨 상황인지 설명을 바라는 눈빛이었다.

조천생이 당황한 모습으로 종종걸음으로 분노하는 남자에게 다가가더니 화를 내는 남자의 귀에 무언가를 속닥거렸다.

지현은 고개를 갸웃거리며 저게 무슨 상황인지 파악하려고 애썼다.

"폐, 폐하. 여기서 정체를 밝히시면……."

안 된다고 말하기도 전에 황제가 버럭 화를 냈다.

"정체가 뭐! 저런 인간 말종 같은 놈들이 짐의 심기를 건드렸는데 지금 그것이 중요한가? 지금 짐이 명하지 않는가! 저들을 당장 끌고 오라고!"

그 순간 지현의 귀에 똑똑히 들렸다.

'짐? 짐이라고?'

세상천지에 자신을 짐이라 지칭하는 사람은 없다.

굳이 있다면 딱 한 명이 있긴 한데.

'서, 설마?'

아닐 것이라고 생각했다.

아니어야 했다.

그런데.

"그대 이름이 무엇이냐?"

남자의 말에 지현이 조천생을 바라봤다.

그러자 조천생이 진중한 표정으로 입을 열었다.

"무엇하느냐. 폐하께서 하명하고 계시지 않느냐!"

"네?"

"이놈이! 어서 답하지 못하느냐!"

"헉! 화, 황제 폐하시라고요?"

"그렇다. 어서 대답부터 하거라!"

지현은 정신이 없었다.

갑자기 거기서 황제가 왜 나온단 말인가.

그러나 몸이 먼저 반응했다.

"마, 만세! 만세! 만만세! 신, 안지현을 다스리는 지현 율량

생! 황제 폐하를 뵈옵니다!"

재빠르게 몸을 일으킨 뒤에 절을 올리는 지현이었다.

지현의 인사를 받는 둥 마는 둥 하며 황제는 분노의 목소리로 명령했다.

"그래, 그래. 내 너에 대한 이야기는 많이 들었다. 이 현을 절강성에서 가장 살기 좋은 현으로 만든 자라지?"

"마, 망극하옵니다! 폐, 폐하."

"이런 인재가 저런 인간 말종 같은 놈들 때문에 기를 펴지 못하고 눈치를 봐야 하다니……. 잘못되었다! 잘못되었어!"

황제의 언성이 다시 올라가기 시작했다.

"이러니 천하의 인재들이 관직을 마다하고 자꾸 은거를 하며 숨는 것이 아닌가!"

분노한 황제.

그 누구도 그를 말릴 수 없을 것 같았다.

"폐하, 고정하시지요."

분노한 황제의 몸에 손을 대며 말하는 청년.

지현은 화들짝 놀랐다.

천자의 몸에 손을 대는 불경을 아무렇지도 않게 저지르고 있었다.

지현은 눈을 질끈 감았다.

자칫 황제의 분노가 저자뿐 아니라 자신에게까지 올 수도 있었기 때문이었다.

하지만 그런 일은 일어나지 않았다.

오히려 전혀 상상도 못 했던 말들이 튀어나오고 있었다.

"이런. 형님 앞에서 또 제가 언성이 올라갔군요."

"아닙니다. 폐하."

"형님의 생각은 어떠합니까? 저들을 어찌하면 좋겠습니까?"

황제의 말에 천룡이 곰곰이 생각했다.

"일단은 직접 대면을 해 봐야 할 것 같습니다."

"옳습니다. 형님 말씀대로 하지요."

그리고 황제가 지현을 바라보며 말했다.

"그대는 지금 당장 가서 그 잡놈들을 대령하라."

"며, 명 받드옵니다! 폐하!"

분노에 가득 찬 명령을 받은 지현은 온몸에 식은땀이 난 채로 서둘러 뒷걸음질로 밖을 나갔다.

왠지 지체하면 안 될 것 같은 기분이 들었다.

그들이 있는 방으로 이동하면서 겨우 이마의 땀을 닦는 지현.

"후와, 이게 무슨 일이야? 이게 꿈인가? 생신가?"

아직도 믿어지지 않았다.

황제라니.

"그런데…… 그 옆에 계신 분은 누구지? 황상께서 형님이라고 부르는 것도 놀라운데, 극존칭을 쓰며 정말로 윗사람

대하듯이 대하다니.”

지현은 고개를 저으며 생각을 떨쳐 냈다.

“에이, 고민해 봐야 알 수 있는 것도 아니고. 일단 위기를 벗어난 것에 감사하자. 흐흐흐.”

아까 전만 해도 자신의 행동을 후회했는데, 지금 생각해 보니 그게 신의 한 수였다.

이제 거리낌이 없었다.

자신의 뒤엔 황제가 있었다.

점점 신이 나며 자꾸 웃음이 나왔다.

더욱이 황제가 자신을 기억하고 있다 하지 않는가.

자신에게 인재라는 말까지 했다.

자신을 크게 쓰겠다는 표현도 하신 것 같다.

고조된 기분은 지현의 머리끝까지 올라갔고, 지현은 날아 갈 것 같은 기쁨에 결국 광소를 터트렸다.

“크하하하하. 이것이 전화위복(轉禍爲福)이라는 것이구나! 하하하!”

황제가 뒤에 있는데 세상 두려울 것이 무엇이야.

당당하게 그들이 있는 감옥으로 향하는 지현이었다.

“크크크. 이놈들 다 죽었으!”

한편, 이들을 경호하던 무인들은 재빠르게 파발을 보내 현 상황을 도지휘사에게 알렸다.

파발을 받은 도지휘사는 대노해 자신이 직접 지현의 사지를 찢겠다며 군을 이끌고 안지현을 향해 출동했다.

그것이 자신의 마지막 출정인지도 모른 채 말이다.

꽃

단목세가 가주가 붉어진 얼굴로 보고를 하는 수하들을 질책하고 있었다.

"다 잡은 놈을 놓쳤다고? 내가 분명히 말했지? 두 번의 기회는 없다고!"

"가, 가주님. 사, 사정이 있었습니다!"

"사정? 그래. 어디 들어 보자. 이번엔 무엇 때문에 놓쳤느냐? 또 방해꾼이 있었느냐?"

"그, 그렇습니다! 그, 그들의 무공이 저희보다 강했습니다. 저희가 손 쓸 틈도 없이 제압당할 정도의 강자들이었습니다."

"허! 그러하냐? 또 정체를 모를 고수들이겠지? 그렇지?"

"아, 아닙니다! 이번엔 정체를 확실하게 알고 있습니다!"

당연히 정체 모를 자들에게 당했다고 변명을 할 거로 생각했는데 아니었다.

단목천이 호기심 가득한 얼굴로 수하를 바라봤다.

"그래? 누구더냐?"

"마, 만보상회 무사들이었습니다."

"만보상회?"

"네! 그렇습니다! 저희가 똑똑히 보았습니다. 만보상회의 깃발을 말입니다!"

수하의 말에 단목천이 탁자를 두드리며 생각에 잠겼다.

그러다가 말했다.

"만보상회가 그랬단 말이지? 우리가 누군지 얘길 했느냐?"

"네! 단목세가라 분명히 언질을 주었습니다. 또한, 저희 세가의 행사이니 참견하지 말라고도 했습니다."

"그런데도 너희를 공격하고 그자를 데려갔다는 건가?"

"그, 그렇습니다! 단목세가 따위는 신경도 쓰지 않는다며 오히려 저희를 놔주기까지 했습니다. 크으윽!"

마지막 말에 자극을 받은 것일까?

단목천의 몸에서 검은 기운이 넘실거리며 사방을 옥죄었다.

"지금 무어라 하였느냐? 우리 가문을 뭐라 했다고?"

"크, 크으윽! 시, 신경도 쓰지 않는다고."

"건방진!"

점점 더 거세지는 기운.

입에 거품을 물고 기절하는 자들이 속출했다.

"가, 가주님! 부, 부디 기, 기운을……."

힘겹게 외치는 수하의 애원에도 단목천은 기운을 거두지 않았다.

오히려 차가운 눈빛으로 수하들을 바라보며 말했다.

"가문에 먹칠하고도 살려 달라고 하는 것이냐? 하하하."

우드드득─!

사방에서 뼈가 부서지는 소리가 들렸다.

단목천의 기운에 수하들의 목이 돌아가며 절명한 것이다.

털썩─ 털썩─!

짚단처럼 쓰러지는 수하들을 보며 단목천이 말했다.

"아까 말하지 않았느냐? 두 번의 용서는 없다고. 난 미리 말해 두었으니 억울해하지 말거라."

단목천이 기세를 거두자 밖에서 대기하고 있던 자들이 우르르 들어와 시신들을 들쳐 메고 나갔다.

다시 조용해진 방 안에서 홀로 탁자를 두드리며 생각을 하는 단목천.

'만보상회라. 만보상회⋯⋯. 아무래도 만금충을 만나야겠군.'

생각을 정리한 단목천이 일어나 문을 열고 나가며 몸을 날렸다.

❦

안지현의 현청 마당에 무릎 꿇린 채 쉬지 않고 소리를 지르는 세 청년.

벌써 한 시진 동안 지치지도 않고 욕설과 저주를 퍼붓고 있었다.

어떤 의미에선 대단한 놈들이었다.

지현이 가운데 의자에 앉아 그들이 하는 말을 그냥 얌전히 듣고 있었다.

옆에는 황제와 천룡이 앉아 조용히 차를 마시고 있었다.

황제가 들어오기 전에 지현에게 말했다.

실컷 떠들게 두라고.

그게 이승에서 마지막 말일 테니.

지현은 황명을 충실히 이행 중이었다.

"야이! #%#&@# 놈아! ####해서 @@를 해 버릴까 보다! 당장 이거 안 풀어?"

"%% 놈이 진짜 사지를 찢어발기기 전에 당장 풀어! 풀라고! XXX야!"

세상에 저리 많은 욕이 있는지 처음으로 경험하는 황제였다.

"세상에 저리 많은 욕설이 존재하는지 오늘 처음 알았습니다."

"하하, 저것보다 더 많습니다. 저들은 그래도 귀족이라고 나름 격식 있는 욕을 하는군요."

"허! 저게 격식 있는 것입니까? 소제의 귀가 썩을 것 같습니다."

"그렇습니까? 제가 저들의 소리가 들리지 않게 기막을 펼쳐 드릴까요?"

"하하, 아닙니다. 이것도 세상 경험이 아니겠습니까. 소제가 잠시 어리광을 부린 것입니다."

이곳의 상황과는 전혀 다르게 평온한 분위기의 두 사람이었다.

다시 한 시진이 지나자 이제 좀 지쳤는지 세 청년의 말수가 급격히 적어졌다.

"헉헉! 이 독한 놈이. 이 정도 겁을 주었으면 응당 맨발로 달려 나와 엎드려야 하거늘."

"그러니까! 헉헉. 저 새끼 진짜 독한 새끼네."

"야, 그냥 풀어 줘. 우리 아무 짓도 안 하고 조용히 갈게. 응?"

이제 달래기 시작하는 그들이었다.

자신들의 협박이 씨알도 안 먹힌다는 것을 두 시진이나 지나고 나서야 깨달은 것이다.

"우릴 풀어 준다면 오늘 일은 없던 것으로 하는 것은 물론이고 금전도 주겠네."

"이 친구 말이 맞네. 내 지금 수중에 가진 것이 많지 않지만 그래도 자네 일 년 녹봉을 될 걸세."

"나, 나도 보탤 것이네. 이것이 부족하다면 돌아가서 금은보화를 보내 주겠네. 약속하네. 증서로 남겨도 되네. 풀어만 주시게."

하지만 여전히 꿈적도 안 하는 지현을 보며 그들은 결국 포기를 하며 고개를 흔들었다.

　"어휴! 이래도 안 통해? 뭐 저런 게 다 있냐? 독하다 독해. 그래. 맘대로 해라. 맘대로. 씨-."

　"에이씨! 그래, 맘대로 해라. 지가 죽고 싶지 않으면 우리를 뭐 어떻게 하겠어?"

　"에라, 모르겠다. 죽이든 살리든 맘대로 해라. 대신 그것은 알아 둬라. 내 수하들이 아버님께 이미 이 사실을 다 전했을 것이다."

　"크크크, 그렇지. 아마 지금쯤 거의 다 오셨을 것이다. 각오해라."

　"우리를 빨리 풀어 주지 않은 것을 평생 후회하게 해 주마."

　"내 네놈을 내 하인으로 만들어 개처럼 끌고 다닐 것이다."

　"크크크, 그거 좋네. 나는 그 옆에서 몽둥이로 때려 주지."

　아예 바닥에 드러누운 채 지현을 향해 온갖 협박을 다 해 대는 대갓집 자식들이었다.

　그렇게 떠들고 있는데 세 청년의 얼굴 쪽에 그림자가 다가왔다.

　뭐가 햇빛을 가리는가 싶어 고개를 올려다보니 자신 또래로 보이는 세 명이 각각 앞에 서서 웃고 있었다.

　무광, 천명, 태성이었다.

"뭐야? 이놈들은?"

"저리 안 꺼져?"

"구경났냐? 어? 네놈들도 죽고 싶으냐?"

아직까진 사태의 심각성을 깨닫지 못한 채 큰소리치고 있었다.

큰소리치는 그들에게 태성이 웃으며 말했다.

"우리 도련님들 혀가 짧네. 일단 그 짧은 혀부터 늘어나게 해 줘야겠다."

"뭐? 이 새끼가? 지금 뭐라는 거야? 킥!"

누운 채로 목을 잡힌 청년.

"커억! 컥컥!"

버둥거리면서 뭐라고 계속 말을 했다.

퍼억-!

"케엑!"

단 한 방에 축 처지는 남자.

기절한 것이다.

살아생전에 이렇게 강한 충격은 아마 처음 받았을 것이다.

"뭐, 뭐야? 기절했네? 왜 기절해?"

태성이 더 당황했다.

이렇게 쉽게 정신을 잃을지는 몰랐다.

"뭐 이리 약해? 이건 해도 너무한 거 아냐?"

당황하는 태성과, 함께 바닥에 누워 있던 나머지 청년들도 깜짝 놀라며 벌떡 일어섰다.

"너, 너! 지, 지금 무슨 짓을? 지금 우릴 쳤어?"

"네놈도 곱게 죽이진 않겠다! 얼굴 똑똑히 기억했다. 도망을 가도 반드시 찾아서 개처럼 끌고 다닐 것이다!"

부들부들 떨면서도 여전히 독기가 가득한 얼굴들이었다.

지금까지 어떤 삶을 살아왔는지 안 봐도 알 것 같았다.

세상에 무서운 것이 없었을 것이다.

태어나서부터 모든 사람이 자신들을 떠받들었을 테니 그럴 만도 했다.

그러거나 말거나 태성이 무광과 천명에게 말했다.

"사형들, 이것들 겁나 허약하니 최대한 살살 때려야 합니다."

"뭐 이런…… 하아…….."

"애들 시킬까요?"

천명이 조방과 진천을 바라보았다.

"아냐. 쟤들은 힘 조절 더 안 된다."

무광이 자신 앞의 청년을 살포시 들어 올렸다.

"이, 이거 놔라! 이놈들! 내가 누군지 누누이 말을 해 주었거늘!"

버둥거리면서 떠드는 청년의 이마를 향해 무광이 중지로 딱밤을 때렸다.

따악-!

"이 정도면 되려나?"

최대한 힘을 빼고 치고선 조심스럽게 바닥에 내려놓았다.

맞은 청년은 파르르 떨더니 동공이 마구 흔들리고 있었다.

바닥에 내려놓자마자 청년의 몸이 갓 잡은 생선처럼 퍼덕였다.

어찌나 싱싱한지 팔딱팔딱 뛰기도 했다.

고통이 얼마나 큰지 표정과 몸짓에서 느껴졌다.

너무 아픈 나머지 소리도 지르지 못하고 있었다.

"봤지? 이 정도 힘이어야 한다."

"우와! 역시 대사형! 탁월한 방법이네요."

"이런 방법을 생각하시다니! 역시!"

"크흠!"

대답함과 동시에 자신의 앞에 있는 청년 이마에 손가락을 가져다 대고 살짝 쳤다.

딱-!

"끄아아아악!"

최대한 힘을 빼고 쳤음에도 앞에 청년과 달리 엄청난 고성과 함께 바닥에 쓰러졌다.

그리고 똑같은 몸짓으로 파닥거렸다.

파닥파닥-!

"으아아악!"

고통스러운 소리를 지르며 잠시 파닥거리더니 이내 축 처졌다.

"뭐, 뭐야? 이것도 기절한다고? 뭐 이런……."

천명과 태성이 당황하며 얼마나 더 힘을 빼야 하나 하고 고심을 했다.

그 모습에 손문이 무언가를 결심한 듯 태성에게 다가갔다.

"제가 도움을 좀 드릴 수 있을 것 같은데요."

"응? 어떻게?"

손문은 잠시 머뭇거리더니 기절한 청년의 가슴에 손을 올렸다.

우웅―!

환한 빛이 청년의 몸으로 스며들었다.

벌떡―!

효과 만점이었다.

청년이 언제 기절했냐는 듯이 벌떡 일어난 것이다.

"고마워."

태성이 씨익 웃으며 고맙다는 인사를 했다.

"이거 좋네. 야, 너 옆에 있다가 기절하면 바로바로 깨워라."

"흐흐흐. 이제 양껏 때려도 되겠네."

천명과 태성이 환하게 웃으며 신나했다.

한편, 손문은 다른 이유에서 놀랐다.

자신의 능력을 보고도 전혀 당황하거나 놀라지 않았다.

이런 적은 처음이었다.

다들 이것을 보면 놀라거나 아니면 욕심 가득한 눈빛으로 자신을 바라보았다.

손문이 이렇게 기술을 쓴 이유도 큰마음을 먹고 전개한 것이다.

이들을 믿었기에.

그런 손문의 마음을 읽었는지 태성이 웃으며 말했다.

"왜? 내가 너의 특이한 능력을 보고 놀라지 않아서 그래? 걱정하지 마라. 그런 거로 널 어찌하지 않을 테니. 일단 여기 있어 봐. 네 능력이 필요하니까."

딱-!

"끄악!"

처음 맞았던 청년은 배가 찢어지는 고통에 정신을 잃었다가 깨어났더니 이번엔 머리에서 반짝 빛이 난 것같이 번쩍하더니 깨질 듯한 고통이 휘몰아쳤다.

파닥파닥-!

바닥을 여기저기 닦으면서 열심히 파닥거리는 세 청년.

어찌나 파닥거리며 닦고 다녔는지 바닥이 반짝거렸다.

이마가 빨개졌다.

"오, 이거 효과 좋네요. 사형, 어찌 이런 기발한 생각을 하셨어요?"

"약하게 그리고 극한의 고통을 어찌하면 줄까 고민했지."

그리고 움직임이 좀 약해진 청년을 다시 잡았다.

청년이 화들짝 놀라며 기겁을 했다.

"자, 잠깐!"

따악-!

"끄으으으으으으윽!"

다시 이마를 부여잡고 아까보다 더 심하게 파닥거렸다.

그렇게 몇 번을 돌자 앞이마가 툭 튀어나온 세 명이 바짓가랑이를 잡고 매달렸다.

"제, 제발 그만요! 이제 그만하세요! 엉엉!"

"자, 잘못했습니다! 그러니 제발 그만!"

그런 청년들을 향해 무광이 나직하게 말했다.

"조용!"

무광의 말에 다들 기합이 팍 들어간 채 입을 꾹 다물고 다 소곳이 앉아 있었다.

이제 좀 얌전해졌다고 느끼고 자리로 돌아가려는데 바깥에서 소란스러운 소리가 들려왔다.

쾅-!

문을 박차고 들어오는 한 무리의 사람들.

딱 봐도 고위직 관리들이었다.

그들은 살기 가득한 얼굴로 사방을 두리번거렸다.

그러다가 바닥에 무릎을 꿇고 있는 청년들에게 시선이 멈췄다.

"헉! 아, 아들아!"

자신을 부르는 목소리에 고개를 들어 바라보니 그토록 기다리던 자신의 아버지가 눈앞에 있었다.

"아, 아버지! 흑흑!"

자신의 아버지가 모습을 보이자 서럽게 우는 청년이었다.

이마가 터지기 일보 직전으로 피가 흐르고 있었고, 옷은 넝마가 되어 있었다.

애지중지 키운 자식의 상태를 보니 분노가 치솟는 관리들이었다.

뿌드드득─!

이가 부서져라 악다물고는 지현을 노려보며 말했다.

"네 이놈! 내 아들을 저 꼴로 만들어 놓고 네놈이 무사할 성싶더냐. 어디 이야기나 들어 보자. 내 아들을 저리 만들어 놓은 이유가 무엇이냐!"

호통에 지현이 귀를 파면서 대답했다.

"죄를 지었기에 죗값을 치르고 있는 중입니다. 당연한 걸 물어보고 그러십니까?"

능글거리며 태연하게 말하는 지현을 보자 안 되겠는지 남자가 자신의 정체를 밝혔다.

"내가 이곳 절강성의 지배자 도지휘사다! 네놈 따위가 지금 어디서 함부로 그따위 행동을 하느냐? 정녕 곱게 죽고 싶은 마음이 없구나."

이마에 핏대를 세우고 자신을 밝히며 호통을 쳤으나 돌아오는 것은 심드렁한 지현의 말투였다.

"곱게 죽고 안 죽고를 떠나 방금 말씀드렸잖습니까. 죄인을 심문하는 중이었다고. 국법이 지엄한데 도지휘사의 아드님이라고 해서 봐주고 그럴 수는 없습니다."

지현이 꼬박꼬박 말대꾸하며 반박하자 얼굴이 터질 듯이 빨개진 도지휘사였다.

"뭐, 뭐라? 지, 지금 내가 누군지 말을 했음에도 그리 행동을 하는 것이냐?"

"도지휘사든 도독이든 국법은 지엄한 것입니다."

"오냐. 네놈이 지금 무슨 배짱으로 그러는지는 모르겠다만 이따가 사지가 찢겨 나가는 고통 속에서도 그딴 말을 할 수 있는지 두고 보자. 뭣들 하느냐! 저기에 있는 놈들을 모두 잡아들여라! 내 직접 고문을 집행할 것이니 준비하거라!"

"충!"

도지휘사의 명에 군사들이 일제히 지현과 사람들이 있는 곳으로 달려갔다.

그에 한 무리의 사람들이 군사들을 막아섰다.

"안 되지. 어딜 가려고?"

퍼퍼퍼퍽-!

"커헉!"

"커컥!"

쿠당탕탕-!

콰당탕-!

달려가던 군사들은 무광을 포함한 운가장의 무인들에게 처맞고 나뒹굴었다.

"뭐, 뭐야! 네 이놈들! 지금 네놈들이 무슨 짓을 하고 있는지 알고 있는 것이냐!"

생각보다 강한 저항에 당황한 도지휘사였다.

삐이익-!

도지휘사의 옆에 있던 수하가 뿔피리를 불자 밖에 있던 군사들이 우르르 몰려들었다.

제일 선두의 장수가 위엄 가득한 표정으로 당당히 걸어 들어오고 있었다.

"천호장! 당장 저자들을 모조리 주살하라!"

천호장이라 불린 장수는 제일 선두에서 칼을 뽑아 진격하려 했다.

그런데 어디서 많이 본 사람이 자신을 바라보며 웃고 있었다.

"이야, 여기서 다시 보네? 그래. 준비는 잘하고 있지?"

깜짝 놀란 천호장이 부들부들 떨며 칼을 떨어뜨렸다.

땡그랑-!

"가서 반성하며 증거 모으랬더니 이런 데를 따라왔어. 정신 안 차리지?"

천룡이 계속 천호장에게 말을 하자, 도지휘사는 이게 지금 무슨 상황인지 이해를 못 하고 계속 소리를 쳤다.

"뭐 하는 거냐! 어서 공격하지 않고!"

천호장이 천룡을 향해 달려가자 그제야 도지휘사가 소리 치는 것을 멈췄다.

천호장이 공격을 시작한 것으로 생각한 것이다.

털썩―!

"아, 아닙니다! 저, 저는 상급자의 명령을 따를 수밖에 없 는 군인인지라. 어쩔 수 없었습니다! 용서해 주십시오!"

자신이 생각하는 상황과 전혀 다른 상황이 펼쳐지기 시작 했다.

"뭐, 뭐야? 지금? 이게 무슨 상황이야?"

도지휘사가 자신의 주변에 있는 부관들을 바라보며 물었 다. 부관들도 처음 보는 상황이기에 당황한 것은 마찬가지 였다.

이곳 절강성의 절대자가 바로 자신인데, 자신의 명을 거부 하고 생판 처음 보는 자에게 무릎을 꿇는 천호장이라니.

"네놈이 미친것이냐? 아니면 배신이냐?"

도지휘사가 어이가 없는 목소리로 소리를 쳤지만 천호장 은 요지부동으로 엎드려 있었다.

"저놈도 포함해서 모조리 죽여라! 뭣들 하느냐! 내 말이 들 리지 않느냐?"

도지휘사가 뒤에 있는 병사들에게 소리쳤지만, 병사들 역시 꿈쩍도 하지 않고 있었다.

다들 두려움에 가득 찬 눈빛으로 정면을 바라보고 있을 뿐이었다.

무언가 이상함을 느낀 도지휘사가 정면을 바라보았다.

그러자 옆에 가만히 앉아 있던 한 남자가 천천히 일어나 중앙으로 걸어갔다.

그 후 일어난 상황은 도지휘사가 짐작도 하지 못한 일이었다.

천천히 이동하는 남자 곁으로 또 다른 남자가 따라오더니 정면에 있는 모든 이에게 외쳤다.

"중원의 주인이자, 천자(天子)이신 황제 폐하시다! 뭣들 하느냐! 어서 인사 올리지 못할까?"

우렁찬 외침에 도지휘사가 정신을 못 차리고 있었다.

귀로 입력된 정보를 머리에서 처리를 못 하고 있었다.

그런 도지휘사의 정신을 깨운 것이 바로 뒤에 있는 병사들이었다.

일제히 소리를 치며 바닥에 한쪽 무릎을 꿇는 것이었다.

"이 나라의 주인이신 황제 폐하를 뵈옵니다! 만세! 만세! 만만세!"

그제야 사태가 파악된 도지휘사가 새하얗게 변색된 얼굴로 부복하며 외쳤다.

"시, 신! 절강성 도지휘사 석가중! 황제 폐하를 뵈옵니다! 만세! 만세! 만만세!"

인사를 하건 말건 무시한 채 천천히 도지휘사의 앞까지 걸어간 황제였다.

그리고 고개를 숙인 그를 있는 힘껏 발로 찼다.

퍼억-!

"컥!"

쿠당탕탕-!

평소처럼 화를 낼 수 없었다.

여기서 화를 냈다간 구족이 멸족할 테니까.

재빨리 일어나 다시 부복하는 도지휘사였다.

퍽-!

쿠당탕-!

말없이 발길질을 하는 황제와 계속 재빨리 일어나 다시 부복하는 도지휘사.

황제의 발길질이 전혀 타격을 주지 못하고 있다는 뜻이다.

황제가 발길질을 멈추고 천룡에게 말했다.

"형님이 저 대신 손 좀 봐주시겠습니까?"

황제의 말에 도지휘사는 고개는 들지 못했지만 깜짝 놀랐다.

'현 화, 황제에게 형이 있던가?'

뿌드득-!

뼈가 부서지는 소리가 들려왔다.

"명 받드옵니다. 폐하."

스산한 목소리가 귀를 강타했다.

고개를 들어 얼굴을 보니 흉신악살처럼 변해 있는 남자가 자신을 노려보고 있었다.

"신! 상국 운천룡. 이제부터 폐하를 대신하여 도지휘사를 벌하겠습니다."

상국이란다.

자신 앞에 중원 최고의 권력자 두 명이 나란히 서 있었다.

이들이 왜 여기에 있단 말인가.

"나를 앞에 두고 다른 생각을 하네? 간이 아주 배 밖으로 나왔구나?"

천룡의 손가락이 도지휘사의 이마를 향했다.

"아까 애들이 하는 거 보니 이게 효과 만점인 거 같은데."

무슨 소린가 싶었다.

손가락으로 뭘 어쩌겠다는 것인가?

머리를 밀어서 굴욕감이라도 주겠다는 것인가?

이런저런 생각을 하고 있을 때 천룡의 손가락이 움직였다.

딱-!

맑고 고운 소리가 조용한 현청에 울려 퍼졌다.

파르르-!

도지휘사는 번개에 감전된 거처럼 파르르 떨더니 바닥에

쓰러진 채 이마를 마구 문지르며 파닥거리기 시작했다.

"으아아아악!"

아무리 문지르고 발버둥을 쳐도 고통이 사라지지 않았다.

이마를 맞았는데 온몸이 아파 왔다.

고통은 대략 일각(一刻 : 십오 분) 동안 지속하였다.

어느 정도 고통이 가라앉으려 할 때 이마에 있던 손이 강제로 떼어졌다.

화들짝 놀라서 바라보니 다시 이마로 손가락이 날아오고 있었다.

따악-!

"끄아아아악!"

다시 파닥거리며 현청의 바닥 여기저기를 망둥이처럼 뛰어다녔다.

천룡은 인간 생선처럼 파닥거리는 도지휘사를 잠시 바라보다가 자신의 제자들에게 말했다.

"한 명씩 맡아라."

이게 무슨 소린가 싶은 사람들.

곧 알게 되었다.

따악-! 딱-! 딱-!

도지휘동지들이 이마를 맞고 도지휘사와 같이 바닥을 뒹굴고 있었다.

"끄아아악!"

"커어어억!"

사방팔방으로 팔딱거리는 네 명의 인간 생선들 덕에 현청의 바닥이 깨끗해지고 있었다.

그 후로 일각의 시간마다 박 깨지는 소리가 울려 퍼졌다.

딱밤은 대략 두 시진 동안 이어졌다.

"그, 그만하십시오! 제발! 잘못했습니다! 소인이 무조건 잘못했습니다!"

"맞습니다! 저희가 무조건 잘못했습니다! 죽을죄를 지었습니다!"

무릎 꿇고 싹싹 비는 사람들.

체면이고 뭐고 없었다.

일단 살고 봐야 할 것이 아닌가.

천룡이 고개를 끄덕이자 무광이 천천히 걸어 나가 물었다.

"너희들이 지금까지 한 짓들 전부 말해."

"네?"

너무 정신이 없는 나머지 이해를 못 하고 되물은 것인데 돌아온 답변은 그들의 안색을 새하얗게 변하게 했다.

"아직 정신 못 차렸네. 이거 더 맞아야 할 것 같은데요?"

무광이 뒤를 돌아보며 묻자 도지휘동지가 도지휘사의 비리를 마구 말하기 시작했다.

이에 질세라 그 옆에 있던 다른 도지휘동지 역시 마구 말하기 시작했다.

누가 더 많이 말하나 대결을 하는 것 같았다.

가장 최측근들이었기에 누구보다 많은 것들을 알고 있었다.

도지휘사 역시 가만히 있을 순 없었다.

이대로 있다가는 자신이 모든 것을 다 안고 가야 할 판이었다.

도지휘사도 가세했다.

개판이었다.

서로 물어뜯고 욕하고 난리가 났다.

그 모습을 보던 황제가 이마를 짚으며 말했다.

"하아, 저런 자들이 한 성을 다스리는 관료들이라니……."

암행을 나오길 정말 잘했다는 생각이 들었다.

한편, 천룡은 손문에 대해서도 물었다.

"너희들이 쫓는 청년이 있지 않으냐. 그에 대해 말해 보아라."

천룡의 물음에 도지휘사가 고개를 갸웃거렸다.

기억이 나질 않았기 때문이었다.

자신에게 오는 청탁이 얼마나 많은데 그깟 청년 찾는 자잘한 일까지 기억한단 말인가.

딱-!

잠시간의 정적은 곧바로 응징으로 이어졌다.

"캬오오오오!"

이마가 닳도록 비벼 대는 도지휘사.

무광이 다시 손가락을 장전했다.

그러자 필사적으로 머리를 굴려 기억을 끄집어냈다.

"기, 기억났습니다! 났습니다요! 제발!"

싹싹 빌며 엎드리는 도지휘사였다.

"얼마 전에 단목세가에서 의뢰가 들어온 것을 말씀하시는 것 같습니다! 그들이 한 청년을 찾는데 조건은 무조건 살아 있는 채로 데려와야 한다고 했습니다. 잡아만 준다면 엄청난 재물을 주겠다고 약조까지 했습니다. 그래서 소인이 군사들에게 찾으라고 명했습니다."

"찾으면 됐지 왜 마을에 불을 지르고 지랄이야!"

"제, 제가 그런 명령까지 내리진 않았습니다! 정말입니다!"

도지휘사의 말에 천룡이 미동도 하지 않은 채 꼿꼿이 서 있는 군사들을 바라보았다.

사방에서 침을 삼키는 소리가 들려왔다.

"정천호. 이리 와 봐."

천룡의 말이 끝나기가 무섭게 정천호가 달려왔다.

"사실이야?"

천룡의 물음에 필사적으로 고개를 저었다.

"아, 아닙니다! 말을 듣지 않으면 마을을 불살라 버리라고 직접 명하셨습니다! 그렇게 마을을 초토화해 놓으면 소문이 퍼져 그 청년을 감춰 주는 마을이 없을 것이라며 저에게 직접 명하셨습니다!"

정천호가 조목조목 반박을 하며 대답했다.

그 말에 안색이 하얗게 변하며 더듬거리는 도지휘사였다.

"아, 아니 그, 그것이 아니고."

당황하는 도지휘사를 지그시 바라보던 천룡.

무광에게 말했다.

"도지휘사가 거짓이다."

천룡의 말에 도지휘사가 재빨리 이마를 가렸다.

"이마를 왜 가려? 넌 이마 정도로 안 되겠다."

천룡이 굳은 얼굴로 도지휘사에게 말했다.

천룡의 말이 끝남과 동시에 자신의 주변에 있던 사람들이
사방으로 물러났다.

이러지도 저러지도 못하고 있던 정천호는 무광이 뒷덜미
를 잡아 끌어냈다.

이마를 가린 채 눈을 껌벅이는 도지휘사.

빠지지직-!

갑자기 도지휘사의 머리 위에서 뇌전이 생성되었다.

뇌전은 곧바로 도지휘사의 온몸을 휘감았고, 끊임없이 뇌
전을 뿌렸다.

"으그그그극!"

도지휘사의 동공은 이미 하얗게 변하였고, 입에선 끊임없
이 거품이 솟아올랐다.

"으브브브브!"

빠지지직—!

이 기이하고 충격적인 장면에 모든 사람은 경악했다.

충격과 공포.

이곳에 있는 모든 사람의 공통된 감정이었다.

다만 손문은 다른 것에 놀라고 있었다.

천룡이 뇌기를 쓴 것도 놀랐지만, 그 뇌기에서 느껴지는 기운 때문에 더 놀란 것이다.

그 기운은 자신이 너무도 잘 아는 기운이었다.

바로 자신이 각성하고 나서 얻은 능력이었기 때문이었다.

사람을 치료하는 능력.

그 기운이 바로 저 뇌전에서 느껴진 것이다.

'설마, 저분도?'

그리 생각하자 갑자기 희망이 샘솟기 시작했다.

자신과 같은 능력을 갖춘 자가 또 있었고, 그 사람이 바로 자신을 도와준 은인이라는 것이다.

'그래. 그래서 저분에게 마음이 간 것이구나. 그런 거였어.'

천룡에게 마음이 갔던 이유가 이것이라고 확신하는 손문이었다.

그런 손문의 마음을 아는지 모르는지 천룡은 무덤덤하게 뇌전을 계속 뿌리고 있었다.

도지휘사가 쓰러지고 이어지는 장면에서 손문은 환희에

찬 표정으로 천룡을 바라보았다.

천룡의 손에서 새하얀 광구가 나온 것이다.

바로 자신이 사용하는 그 기운이 천룡의 손에서 펼쳐지고 있었다.

그전에도 확신하고 있었지만, 저 모습을 보니 완벽했다.

이제 천룡 곁에 있기만 하면 된다는 생각이 무럭무럭 자라났다.

'저분이다! 이것이 나의 운명이었던 거야. 그래! 이제 저분의 품 안에서 살아가겠다.'

그것이 자신이 살길이었고, 그것을 떠나 천룡의 곁에 있는 것은 포근하고 따뜻했기 때문이었다.

손문이 황홀하게 바라보고 있자, 무광이 사제들에게 전음을 날렸다.

-아버지가 자신과 같은 기운을 가졌다는 것을 깨달았나 보다.

-이제 더는 경계 같은 것은 안 하겠네요.

은연중에 계속 경계를 하던 손문.

지금 그의 모습은 경계심이라곤 조금도 없었다.

오히려 존경 가득한 눈으로 천룡을 바라보고 있었다.

한편, 천룡의 활인기에 의해 치유된 도지휘사가 눈을 떴다.

"한 번 더?"

천룡의 말이 무엇을 의미하는지 알아차리는 데는 조금의 시간도 필요하지 않았다.

전광석화가 무엇인지를 보여 주듯이 엄청난 속도로 엎드리는 도지휘사였다.

"아, 아니옵니다! 전하! 시, 신이 죽을죄를 지었사옵니다! 차라리 죽여 주시옵소서!"

지금까지 살면서 받은 고통 중에 무광에게 맞은 딱밤이 가장 큰 고통이라 생각했다.

그 이상의 고통은 없을 것으로 생각했다.

하지만 웬걸?

천룡이 뿌린 뇌전은 인간이 감당할 수 있는 고통이 아니었다. 온몸 세포 하나하나에 딱밤이 때려지는 것 같은 충격이랄까?

그것도 무광이 때린 딱밤의 수백 배의 고통이 온몸을 휘감았다.

정신을 잃으며 생각한 것은 삶에 대해 아쉬움이 아니었다.

이제 이 고통에서 해방될 수 있다는 안도감이었다.

그래서 좋았다.

이대로 죽으면 더는 고통은 없을 테니.

하지만 죽는 것 역시 자신 맘대로 할 수 있는 것이 아니었다.

생과 사.

이 모든 것이 눈앞에 있는 천룡의 손에 달려 있다는 것을 깨달은 것이다.

도지휘사는 자신이 그동안 한 모든 것들을 숨김없이 말했다.

하나도 빠짐없이 모든 것을 다 말하고 오들오들 떨며 처분만 기다리고 있었다.

도지휘사는 천룡이 너무도 무서웠다.

차라리 저 입에서 자신의 목을 치라는 말이 나오길 바랐다.

그러면 이 공포에서 해방될 테니까.

그런 생각을 하면서 질질 끌려 나가는 도지휘사였다.

황제는 도지휘사와 그의 측근들의 모든 재산을 압류하라 명하였다.

그리고 그의 모든 가족을 포함해서 남만으로 귀양을 보내 버렸다.

❧

단목천과 만금충이 심각한 표정으로 무언가 이야기를 나누고 있었다.

주로 운가장과 만보상회에 관한 이야기였다.

"정보를 취합해 보면 현재 만보상회에 그놈이 있고, 만보상회는 운가장의 무인들이 지키고 있으니 쉽지 않다 이건가?"

"그렇지. 자네는 만보상회를 잡아야 하고 나는 그놈을 잡아야 하니 같이 손을 잡자는 거지. 어차피 목적은 같은 게 아닌가."

"그렇긴 하지. 하하하, 좋네. 그렇게 하세."

만금충이 허락의 뜻을 전하자 단목천의 안색이 환해졌다.

"이왕 여기까지 왔으니 술이나 한잔하세. 내가 천상공주를 구해 놓았네."

"그 소문의 술 말인가?"

"자네는 맛보지 못했는가?"

만금충의 말에 단목천이 고개를 끄덕였다.

"하하하, 이런. 그럼 맛보여 주면 안 되는데."

"무슨 뜻인가?"

"이거 한번 맛보면…… 만보상회를 공격하기 싫어질 걸세. 그들이 망하면 이 술을 더는 맛보지 못할 테니. 그래서 고민일세. 적당히 숨통만 살려 놓을지 말일세."

"그, 그 정도인가?"

만금충의 설명에 침을 꿀꺽 삼키는 단목천이었다.

그 모습에 만금충이 웃으며 말했다.

"일단 맛보고 다시 이야기하세."

잠시 후.

술자리가 펼쳐졌고 단목천의 손에는 천상공주가 가득 담

겨있는 잔이 들려 있었다.

"이, 이것이 바로 그 술이란 말이지. 공청석유가 들어갔다는 술."

"그렇다네. 그런데 공청석유의 효능은 잘 모르겠네."

단목천이 잠시 술잔을 쳐다보다 입으로 가져가 음미했다.

"헉! 뭐, 뭐야, 이거! 마, 말도 안 돼! 이런 술맛이라니!"

만금충은 화들짝 놀라는 단목천을 보며 무엇이 그리 즐거운지 연신 웃었다.

"어때? 장난 아니지?"

"그렇군. 자네가 왜 고민을 하는지 알 것도 같네."

"크크크. 가장 좋은 것은 그 비법을 빼앗는 것인데……. 그건 힘들겠지?"

만금충의 말에 단목천이 고개를 끄덕였다.

"자네에게 줄 바엔 태우거나 없애 버리겠지."

"그래서 고민이라는 것일세. 클클클."

둘이 자잘한 대화를 하며 술자리를 이어 가고 있을 때 다급하게 수하가 문을 열고 들어왔다.

쾅-!

"이게 무슨 짓이냐!"

"처, 천주님! 그, 급보입니다!"

"급보?"

급보라는 소리에 만금충이 단목천을 바라보았다.

그러더니 수하의 손에 들려 있는 서신을 받아 들었다.

"도대체 무슨 일이길래 이 난리를 피우는지, 쯧쯧."

혀를 차면서 서신을 펼친 만금충.

그의 안색이 서서히 변하더니 이내 경악을 한 표정으로 바뀌었다.

"마, 말도 안 돼! 이, 이럴 수가!"

"무슨 일인가?"

단목천의 물음에 만금충은 부들거리는 손으로 서신을 단목천에게 넘겨주었다.

넘겨받은 서신을 읽은 단목천 역시 경악을 하며 만금충을 바라보았다.

"이, 이게 정말이란 말인가? 과, 곽정 그 친구가 죽다니? 태양궁이 흔적도 없이 사라졌다니?"

단목천의 말에 만금충이 수하를 바라보며 물었다.

"이, 이것이 사실이더냐?"

"네! 정보 교류를 위해 파견했던 정보원들에게 들어온 소식입니다!"

"그놈들은 어찌 살았고?"

"태양궁에 머물지 않고 다른 곳에 머물고 있어서 큰일은 피했다고 합니다."

"그들을 데려오라!"

"네! 알겠습니다!"

잠시 후에 만금충의 부름을 받고 달려온 연락책들은 부복을 한 채 당시 상황을 상세히 설명했다.

"곽정이 일방적으로 당했다고?"

"그렇습니다. 상대방이 너무도 강한 자였습니다."

"상대방이 누구였는지는 모르고?"

"거리가 너무 멀어서 잘 보지 못했습니다."

"허……. 곽정이 일방적으로 당할 정도의 고수가 주군 말고 있나?"

만금충이 단목천을 바라보며 물었다.

단목천이 잠시 고심을 하더니 말했다.

"운가장의 장주. 주군께서 호적수라 하셨으니 그자라면……."

단목천의 말에 만금충이 연락책들에게 물었다.

"그자의 기운이 어떠했는지 느껴졌더냐?"

그러자 연락책들이 일제히 몸을 부르르 떨며 말했다.

"네! 분명히 느꼈습니다! 심연 깊은 곳까지 빨려 들어갈 것 같은 마기를!"

"뭐, 뭐? 마, 마기라고?"

만금충이 화들짝 놀랐다.

마기라니.

그러면 운천룡은 아니었다.

"마교의 교주인가?"

"멀리서 보아서 얼굴은 잘 모르겠지만, 머리카락이 은발이었습니다.”

“……!”

“……!”

은발의 머리카락에 마기를 쓰는 자라면 아는 자가 있었다.

은마성.

둘은 동시에 서로를 바라보며 말했다.

“아니겠지. 은마성은 절대로 곽정의 상대가 되지 못한다.”

“어찌 장담하는가? 우리가 모르는 무언가가 있을 수도 있는 것이 아닌가. 아니면 주군께서 은마성을 키워 우리를 사냥하고 있을 수도 있겠지.”

“자네 무슨 소리를 하는 건가? 그걸 지금 말이라고 하는 것인가?”

“가정을 해 본 것이네. 그러지 않고서야 이게 지금 말이 된다고 생각하는가.”

단목천의 말에 만금충은 앓는 소리를 내며 반박을 못 하였다.

“아무리 그래도 너무 나갔네. 주군께서 우리에게 해코지할 일이 무엇이 있단 말인가.”

“일단 태양궁이 있던 곳으로 가 보세. 그리고 간 김에 주군을 뵙고 이 사태를 어찌할 것인지 들어 보세.”

“그러세. 당장 준비해라. 태양궁이 있는 대막으로 갈 것이니.”

"네! 알겠습니다!"

단목천의 말에 수긍한 후 수하들에게 명령을 내렸다.

수하들이 나간 뒤에도 둘은 말없이 조용히 서로를 바라만 볼 뿐이었다.

불안한 눈빛으로.

담무광과 운가장의 무인들을 대동한 군사들이 단목세가로 들이닥쳤다.

"뭐, 뭐냐!"

"단목세가의 가주는 나와서 황명을 받고 죄를 모두 고하라!"

"화, 황명이라니! 그게 무슨 소리요!"

"닥치거라! 힘이 있다고 그 힘을 바른 곳에 쓰지 않고, 자신들의 욕심을 채우는 것으로 사용했으니 응당 벌을 받아야지! 뭣들 하느냐! 단 한 놈도 남김없이 모두 포박하라!"

"그런 억지가 어디 있소! 비상을 울려라! 적이다!"

"적이라니? 지금 우리를 보고 하는 소리인가?"

장수의 외침에도 아랑곳하지 않고 비상종을 울리는 단목세가였다.

비상종 소리에 사방에서 무인들이 몰려나오며 관군들을

향해 검을 겨누었다.

엄청난 수의 무인들이 관군과 대치를 하고 있었다.

관군을 지휘하는 장수가 그 모습을 보고 엄포를 놓았다.

"이것이 무슨 짓이냐? 감히 일개 세가 주제에 황명을 거역하겠다는 것이냐? 이것은 역모다!"

하지만 장수의 말을 귓등으로도 안 듣는 단목세가였다.

오히려 당당하게 위협을 하고 있었다.

"흥! 우리는 무림세가요! 관과 무림은 불가침이라는 것을 잊었소? 당신들의 말을 들을 이유가 없소이다!"

"뭐라? 너는 누구냐?"

"나는 단목세가를 총괄하는 총관이오! 우리를 더 핍박한다면 부득이하게 힘을 사용할 수밖에 없음을 경고하는 바이오."

장수가 뭐라 한마디 하려 할 때 그곳에 있는 모든 이의 귓속을 파고드는 목소리가 있었다.

"경고? 하하하. 지랄들 하네."

무광이 사람들 사이로 모습을 드러내며 말했다.

"뭐, 뭐? 지, 지랄? 지금 네놈이 한 말이더냐?"

딱 봐도 어린 것이 자신에게 지랄이라고 하니 단목세가의 총관은 어이가 없는 표정으로 되물었다.

"그래. 미친놈이네. 이거. 감히 황명을 거부해?"

"허! 네놈이 지금 황명을 믿고 기고만장하는가 본데, 아가야. 검에는 눈이 없단다."

"검에는 눈이 없지. 그걸 모르는 인간도 있냐? 아! 넌 몰랐나 보다? 미안."

"미친 것이냐? 저 뒤의 관군들이 너를 지켜 줄 거로 생각하면 큰 오산이다."

"개소리 그만 짖고 얌전히 포박을 받아라. 그러면 몸 성하게 끌고 가겠다. 나도 경고하는 거야, 경고. 경고는 뭔 뜻인지 알지?"

무광이 깐죽거리며 단목세가의 총관의 신경을 계속 건드렸다.

"오냐! 그렇게 죽고 싶다면 들어주마! 이들을 모두 참하라! 뒷일은 내가 모두 책임지겠다!"

총관의 명에 단목세가의 무인들의 몸에서 살기가 흘러나왔다.

천천히 걸어 나오는 무인들에게 무광이 말했다.

"어라? 마기랑 혈기가 살짝 섞여 있네? 뭐야? 너희들? 혈천교와 무슨 관계가 있는 거냐? 모두 멈춰라. 거기서 움직이면 진짜 혼난다."

무광의 말에 총관이 깜짝 놀랐다.

힘 하나 없을 것 같은 서생 놈이 어찌 그것을 안단 말인가.

총관은 무광을 관에서 나온 관리로 착각하고 있었다.

당황한 총관의 입에서 떨리는 목소리가 새어 나왔다.

"네놈…… 뭐냐?"

총관의 말에 무광이 씨익 웃으며 말했다.

"한때 중원 제일인이라 불렸던 사람."

"뭐?"

무광과 총관의 대화에 아랑곳하지 않고 단목세가의 무인들이 일제히 관군들을 향해 달려들었다.

엄청난 기세로 달려드는 수많은 무인들.

관군들은 주춤거리며 뒤로 물러섰다.

그 앞으로 천명과 태성, 장천과 울지랑, 그리고 조방과 진천이 나란히 서서 달려오는 단목세가의 무인들을 맞았다.

그리고 일방적인 싸움이 시작되었다.

퍼퍼퍼퍼퍽—!

"크허헉!"

"으아악!"

털썩—! 털썩—!

"뭐야? 약골들 천지네."

"뭔 깡으로 대든 거야? 난 또 황명까지 거부하며 덤비길래 뭐라도 있는 줄 알았더니."

"수수깡도 이것보다 강할 것 같은데요?"

단목세가의 무인들을 비꼬면서 장난치듯 쓰러뜨리고 있는 괴물들.

총관의 눈에 똑똑히 들어왔다.

'뭐, 뭐야! 관군이 이리 강하다고? 마, 말도 안 된다!'

이들의 정체를 알 리 없는 총관은 경악하며 단목세가의 무사들이 짚단 쓰러지듯이 쓰러지는 장면을 바라보았다.

아무리 단목세가의 무인들이 강하다 해도 이들에겐 상대가 될 수 없었는데, 그걸 알 리가 없으니 저리 경악하는 것이었다.

단목세가의 무인들이 순식간에 제압을 당해 모두 바닥에 쓰러졌다.

점혈까지 당했기에 아무런 소리도 못 내고 눈만 껌벅거리고 있었다.

"모두 포박해!"

뒤에 있던 관군들이 그제야 우르르 나와 바닥에 쓰러진 자들을 하나하나 포박하기 시작했다.

총관은 경악한 얼굴로 그 모든 것을 지켜봤다.

"마, 말도 안 돼. 다, 단목세가의 정예가⋯⋯."

총관의 중얼거림에 무광이 다시 깐죽거렸다.

"정예? 아, 요새 정예라는 단어가 내가 아는 정예랑 좀 다른가? 약한 애들한테 붙이는 단어인가? 우리 애들 땀도 안 흘렸네."

옆에서 뭐라 하든 말든 이미 정신이 나간 총관의 귀에는 그 어떤 것도 들어오지 않았다.

그 모습에 무광이 비웃으며 말했다.

"너희 가주는? 이놈 저놈 다 몰려나오는데 너희 가주는 안 보인다? 도망갔나?"

그제야 반응을 하는 총관이었다.

총관이 이를 악다물고 외쳤다.

"닥쳐라! 가주께선 지금 자리에 안 계신다! 그분이 계셨다면 네놈들 따위는 한 수에 쓸어 버리셨을 것이다!"

총관의 외침에 무광이 귀를 후비며 말했다.

"그래. 알았다. 일단 한숨 자라."

"뭐?"

퍼억-!

"컥!"

털썩-!

무광이 휘두른 손날에 뒷목을 가격당한 단목세가의 총관은 그대로 기절하고 말았다.

"야! 이놈도 옮겨!"

무광은 기절한 총관의 몸에 포박을 하고 질질 끌고 가는 모습을 보며 천명과 태성이 있는 곳으로 이동했다.

"가주는 없는 것 같다."

"그러니까요. 좀 시시하네요. 이 지역 패자라길래 기대하고 왔더니."

태성의 말에 무광이 어이없는 표정으로 말했다.

"야, 우리 애들 구성을 봐라. 이 지역 패자가 아니라 통틀

어서 우리를 막을 세력이 있는지. 저 대단하다는 혈천교도 반나절을 못 버티고 전멸했어."

"사형의 말을 들으니 저희 정말 엄청나게 무시무시하네요."

다들 자랑스러운 얼굴로 텅 비어 가는 단목세가를 바라보았다.

단목천과 만금충은 여기저기 박살이 난 태양궁을 보고 있었다. 생기라고는 전혀 느껴지지 않았고 바람 소리만 들릴 뿐이었다.

"마기다."

"그렇군. 희미하게 남은 것도 아니고 아주 당당하게 남겨 두고 갔다."

단목천이 눈을 감고 마기를 느끼며 얘기했다.

"이 마기…… 어디서 많이 느껴 보지 않았나?"

"주군의 향기가 나는군……."

만금충의 답에 단목천이 고개를 끄덕이며 물었다.

"어찌 생각하나? 주군께서 곽정을 벌하신 걸까?"

"그럴 리 없네. 우리 중에서 유독 이뻐한 이가 곽정일세."

"크큭. 그분께서 이뻐하시는 것이 있었나? 그저 그분의 심심함을 풀어 줄 도구 중 하나이지 않은가."

단목천이 허탈하게 웃으며 말하자 만금충이 화들짝 놀란 얼굴로 주변을 둘러보며 만류했다.

"자네 지금 무슨 말을 하는 것인가? 마, 말조심하시게."

그런 만금충을 바라보며 단목천이 확신에 찬 목소리로 말했다.

"무슨 말? 뭘 조심한다는 말인가? 이것을 보게! 이 엄청난 광경을 보란 말일세! 이것이 보통 인간이 할 수 있는 일이라고 생각하는 것인가! 은마성? 하하하하. 그 버러지가 이런 힘을 가졌다고? 그걸 지금 믿으라고?"

"진정하시게."

점점 언성이 올라가며 폭주할 기미가 보이자 만금충이 연신 주변을 둘러보며 말렸다.

그런 만금충을 바라보며 단목천이 슬픈 얼굴로 말했다.

"진정? 하하하. 진정이라 했나? 우리도 똑같네. 다음은 우리 차례일 수도 있네."

"무슨 말인가."

"오행체. 그것을 다 찾으면 과연 우리를 살려 두실까?"

"무, 무슨 소리를 하는 건가. 그런 상상은 하지 말게!"

"자네도 주군의 성정을 알지 않은가! 그분께는 감정이 없네! 절대적인 악. 그것이 바로 그분의 정체지. 자네도 알고 있지 않은가."

"……."

만금충은 대답하지 못했다.

은연중에 단목천의 말에 동의하고 있었기 때문이었다.

군자회가 마진강을 따르는 가장 큰 이유는 바로 공포다.

언제 어디서든 자신들을 파리 죽이듯이 죽일 수 있는 절대 강자이자 신이었다.

그것이 그들이 생각하는 마진강이었다.

지금 이곳 태양궁도 그랬다.

아무리 생각해도 이렇게 엄청난 짓을 할 수 있는 자는 머리에 떠오르지 않았다.

태양궁 자체가 완전히 사라졌다.

단 한 사람이 태양궁이라는 거대한 단체를 단시간에 소멸시켰다.

그게 가능한 사람이 있을까?

그들의 뇌리에 오로지 한 명뿐이었다.

"나는 살아야겠네. 자네는 어찌할 것인가?"

"어, 어찌하다니? 주, 주군께 안 가 본단 말인가?"

만금충의 말에 단목천이 어이가 없는 표정으로 웃으며 말했다.

"하하, 자네 미쳤나? 내가 지금까지 한 이야길 어디로 들은 것인가? 여길 보고 주군께 가서 이것이 무슨 일이냐고 따져 묻기라고 하자는 얘긴가?"

"그, 그래도…… 혹시 모르지 않는가. 주군이 아닌 다른 자가……."

"답답하군! 정말! 에잇! 자네 알아서 하게! 나는 일단 돌아가겠네!"

만금충을 뒤로 하고 단목천이 성큼성큼 남쪽을 향해 걸어갔다.

이들은 큰 착각을 하고 있었지만, 그것을 알 리 없었다.

이 사건으로 군자회가 마진강으로부터 등을 돌리는 계기가 된다.

"같이 가세!"

만금충이 결심을 한 듯 단목천을 서둘러 따라갔다.

한적한 호수에서 낚시를 즐기던 마진강은 요즘 들어 계속 이상한 기분이 들었다.

뭔가 알 수 없는 찝찝함.

"뭘까? 이 찝찝함은……."

낚시에 집중도 잘되지 않았다.

결국, 낚시대를 걷어 자신이 지내는 곳으로 발걸음을 천천히 옮겼다.

집에 와서도 여전히 찝찝함이 남아 있자 짜증이 나기 시작했다.

그러다가 문득 권능의 구슬이 놓여 있는 곳을 보았다.

네 개의 구슬 중 하나가 깨져 있었다.

"어라? 뭐야, 이거였나? 의외로군. 내가 알아채지 못하게 죽였어. 누굴까?"

자신의 권능을 가진 자가 죽으면 곧바로 알 수 있었다.

죽음과 동시에 권능이 회수되니까.

그런데 권능이 회수되지 않았다.

그것은 그 누군가가 자신이 나눠 준 권능을 흡수했다는 소리다.

"이것 참, 호기심이 생기려 하네. 이 세상에서 나의 권능을 흡수하는 자가 있다고? 크크크. 마침 무료했는데 찾아봐야겠군."

걱정하지 않았다.

새로운 장난감을 찾은 아이처럼 신나하며 집 밖으로 나서는 마진강.

태양궁이 있는 곳으로 몸을 돌리더니 엄청난 속도로 날아갔다.

잠시 후, 태양궁에 도착한 마진강은 턱을 쓰다듬으며 무언가를 생각했다.

"뭐지? 이 마기는?"

자신과는 다른 마기.

하지만 어디선가 많이 느껴 본 마기였다.

이곳에 온 지 워낙에 오래된 터라 잘 기억이 나지 않았다.

"이런 마기를 쓰는 존재가 있는데 내가 느끼지 못했다고?"

점점 흥미가 올라왔다.

이건 또 다른 즐거움이었다.

"크크크. 집에 돌아갈 날이 다가오니 이런 재미난 일들이 생기는구나. 잘되었다. 남은 시간 동안 재밌게 즐겨 보자꾸나!"

마진강은 희미하게 남아 있는 마기의 흔적을 따라 이동하기 시작했다.

황제는 도지휘사와 단목세가를 일시에 모두 잡아들이면서 그들과 합심하여 백성들을 수탈하고 괴롭히던 모든 이들을 때려잡았다.

인정사정이 없었다.

그들의 재산은 전부 국고로 귀속이 되었고, 어떤 이는 참형을 당하고 어떤 이는 노역 형을, 어떤 이는 귀양을 떠났다.

황제는 안지현의 지현을 절강성의 도지휘사로 임명했다.

엄청난 출세를 하게 된 것이다.

하지만 그 누구도 반대하는 이가 없었다.

특히 절강성에서 안지현의 지현의 유명했다.

공명정대하고 백성들을 생각하는 인물로 말이다.

덕분에 안지현의 지현이 절강성을 다스리는 도지휘사가 된다는 얘기에 모든 사람이 거리로 나와서 환호했다.

절강성의 백성들이 연신 황제를 연호하며 만세를 불렀다.

그들의 눈에선 눈물이 끊임없이 흘러나왔지만, 표정은 세상 누구보다 환했다.

그동안 얼마나 심하게 당해 왔는지 알 수 있는 장면이었다.

한편, 이 일로 황제가 암행을 다니고 있다는 사실이 퍼지면서 모든 성의 도지휘사들이 일제히 몸을 사리기 시작했다.

자신의 재물을 마구 뿌리며 백성들의 민심을 다독였고, 혹시 모를 사태를 대비하여 비리에 관련된 모든 것들을 수습하기 시작했다.

황제뿐 아니라 그 무섭다는 상국까지 같이 다닌다는 소문에 더욱 몸을 사렸다.

두 절대 권력자가 같이 온다는 것은 곧 사신 방문을 받는 거나 다름이 없었기 때문이었다.

덕분에 황제의 세상 나들이는 이것으로 끝이 났다.

결국, 황제는 환궁을 하게 되었다.

혹시 모를 불상사를 대비하여 세 제자들에게 호위를 맡겼고 섬서의 경계까지 천룡이 배웅을 나갔다.

엄청 아쉬워하는 황제를 겉으로는 슬퍼하는 모습으로 배

웅하면서 속으로는 만세를 부르는 천룡이었다.

떨어지지 않는 발걸음을 억지로 떼어 내며 연신 꼭 황궁에 놀러 와야 한다며 애원하는 황제를 뒤로하고 운가장으로 돌아온 천룡이었다.

전에 울지랑이 요리를 하는 것을 보고 작은 깨달음을 얻은 천룡이었다. 그런데 그 뒤로 계속 속에서 무언가가 말을 거는 기분이었다.

운가장에 도착한 천룡은 그 길로 가슴속에서 꿈틀거리는 무언가와의 대면을 위해 폐관에 들어갔다.

깊은 동굴 속에서 가부좌를 틀고 내면으로 들어간 천룡은 또 다른 자아와 만나게 된다.

얼마 전부터 계속 자신에게 무언가를 속삭이던 또 다른 자아에게 말을 거는 천룡이었다.

'너는 누구냐.'

천룡의 물음에 내면에 있던 또 다른 자아가 대답을 했다.

—나는 너다. 너의 욕망. 너의 진정한 힘.

'나는 강하다.'

—크크크. 너는 약하다. 마진강이라는 자를 겨우 상대하는 주제에…….

마음의 소리에 천룡은 대답을 바로 하지 못했다.

'그, 그것은 앞으로 수련을 하면…….'

—헛소리! 너도 알 텐데? 수련으로는 그 이상 강해질 수 없음

을……. 나를 받아들여라. 그럼 너의 진정한 능력을 얻게 될 것이다.

유혹하는 내면의 자아.

그런데 마음에 들지 않았다.

자신과는 전혀 다른 느낌이었다.

저것을 받아들이면 자신이 아닌 다른 이가 될 것 같은 기분이 들었다.

결국, 천룡은 고개를 저었다.

'널 받아들이지 않는다. 과유불급(過猶不及). 그것이 너다.'

천룡의 말에 내면의 자아가 크게 웃었다.

—크하하하하. 너 같은 놈은 처음이다. 보통은 나의 힘을 조금이라도 맛본 자는 유혹에 혹하고 넘어가던데.

'너의 힘은 달콤하다. 하지만 그렇다고 나 자신을 포기할 수는 없지.'

—내가 마음만 먹으면 너의 힘은 모두 회수할 수 있다. 그래도 후회하지 않겠느냐?

'후회하지 않는다. 내가 힘이 없어져 평범한 이가 된다 해도……. 그래서 큰 고난이 온다 해도 난 후회하지 않는다.'

—…….

내면의 자아는 말이 없어졌다.

천룡은 조용히 기다렸다.

—자존심이 상하는군. 좋아. 어디 한번 겪어 보아라. 힘이 없

는 설움을. 지금 이 순간부터 너는 그 어떤 힘도 사용하지 못할 것이다. 크크크. 부디 잘 견뎌 보아라.

"크으윽!"

엄청난 고통과 함께 순식간에 몸에서 빠져나가는 기운들.

텅 비어 버린 단전이 느껴졌다.

잠시 후 고통이 사라지고 몸에선 아무런 기운도 느껴지지 않았다.

정말로 평범한 이가 되어 버린 것이다.

―언제까지 나를 찾지 않고 버티나 두고 보겠다. 크크크. 네 놈의 발버둥을 보며 기다리지.

그 말을 끝으로 내면의 자아가 천룡의 심상에서 모습을 감췄다.

천천히 눈을 뜬 천룡.

그의 몸은 식은땀으로 온몸이 젖어 있었다.

비틀거리며 자리에서 일어났다.

그 어떤 기운도 느껴지지 않았다.

정말로 몸에 모든 기운이 사라진 것이다.

"이런 거였나? 힘없는 자의 느낌이……."

그 와중에도 반성하는 천룡이었다.

"역지사지(易地思之)라더니……. 아이들이 왜 그토록 강해지 길 원했는지 이제는 알 것 같군."

힘은 사라졌지만, 불사의 능력은 그대로였기에 겉모습은

그대로였다.

천천히 걸어 밖으로 나온 천룡.

그 앞에 역시나 운가장의 사람들이 걱정스러운 얼굴로 바라보고 있었다.

"이, 이제 나오십니까? 아, 안색이 안 좋아 보이십니다!"

제갈군이 천룡의 안색을 보고는 당황하여 달려왔다.

관천 역시 당황스러운 얼굴로 달려와 다짜고짜 천룡의 팔을 붙잡고 진맥을 했다.

"이, 이럴 수가! 이, 이 어찌……."

관천이 경악한 얼굴로 천룡의 얼굴과 팔을 번갈아 보자 제갈군과 주변에 있던 이들이 모두 호들갑을 떨며 물었다.

"무, 무슨 일이오? 주군께 큰일이라도 생긴 것이오?"

"다, 단전이…… 느껴지지 않습니다. 자, 장주님. 이, 이게 어찌 된……."

관천의 말에 다들 경악한 얼굴로 천룡을 바라보았다.

"그, 그게 무슨 소리입니까! 주군! 저, 저 말이 사실입니까?"

그들의 모습에 천룡이 힘없이 웃으며 말했다.

"그렇게 되었다. 이제 평범한 인간이 되었지……."

힘없는 천룡의 모습.

"이제 나에게 예전과 같은 강한 능력은 없다. 그러니 이런 나에게 실망한 자가 있다면 떠나도 붙잡지 않을 것이다."

천룡의 말에 조방이 오체투지를 하며 소리쳤다.

"주군! 그 무슨 말씀입니까! 소신은 죽을 때까지 주군의 곁에서 주군을 모실 것이옵니다!"

제갈군 역시 눈물을 흘리며 엎드렸다.

"주군! 신 제갈군! 주군의 곁에서 백골(白骨)이 될 것입니다! 신에게 주군은 오로지 한 분뿐이십니다!"

울지랑도 방연도 장천도 모두가 엎드려 울부짖었다.

하는 말은 전부 같았다.

"주군! 신들은 백골(白骨)이 진토(塵土)가 된다고 하여도 주군을 모실 것이옵니다!"

"힘이 있으나 없으나 저희의 영원한 주군이십니다! 그런 말은 거두어 주시옵소서!"

천룡의 말에 다들 울부짖으며 합창했다.

그 모습에 천룡이 눈물을 흘리며 말했다.

"다들…… 고맙다. 내가 정말 복이 많은 사람이구나……."

그러면서 하나하나 손수 일으켜 세워 주며 안아 주었다.

울먹거리고 있는 수하들을 천천히 바라보다 천룡이 기침하며 말했다.

"미안하구나. 내가 지금 좀 피곤해서…… 쿨럭!"

"어, 어서 안으로! 제, 제가 모시겠습니다!"

관천이 호들갑을 떨며 천룡을 부축하고 나서자 다들 난리가 났다.

그야말로 운가장이 생겨난 이래 가장 큰 비상이었다.

지친 기색을 보이는 천룡을 침상에 눕히고 나온 수하들은 심각한 표정으로 긴급회의를 하기 시작했다.

"주군께서 갑자기 왜 힘을 잃으신 것인지 파악하셨습니까?"

조방의 물음에 관천이 고개를 저었다.

"혹, 수련하시다가 주화입마에 빠지신 건 아닌지."

"아니다. 아무런 기운이 느껴지지 않으셨다. 주화입마라면 기운이 요동을 치고 있어야 하는데……. 정말로 아무 힘도 남아 있지 않으시다."

"그게 사실이라면 이제 주군을 보필함에 있어서 무엇보다 신중해야 합니다."

조방의 말에 울지랑이 동의를 표하며 말했다.

"네 말이 맞다! 내가 주군 곁에서 한 시도 떨어지지 않고 지키겠다!"

"저 역시 주군 곁에서 떨어지지 않을 것입니다!"

모두가 천룡의 곁을 지키며 철통 경계를 하겠다고 나섰다.

"그나마 다행입니다. 유국주님이 표국에 안 계셔서 말입니다."

"그렇지. 한바탕 난리가 났을 테지. 그보다 삼황께서 오시면 아마 난리가 날 것일세."

그랬다.

황제를 호위하기 위해 황궁으로 간 삼황이 돌아올 시간이
된 것이다.

그들이라면 조금이라도 빨리 오기 위해 자신들이 가진 내
공을 모조리 경공에 투입할 위인들이었다.

"아직 그분들이 오시기까진 시간이 좀 있으니 그때까지 대
책을……."

대책을 세우려 했는데 밖에서 요란한 소리가 들렸다.

"아버지! 저희 왔어요!"

"사부님!"

"사부! 사부! 저희 왔습니다!"

요란을 떨며 들어오는 삼황.

그 소리에 방 안에 있던 사람들이 모두 놀란 얼굴로 서로
를 쳐다보았다.

"버, 벌써? 아니…… 북경에서 여기까지 거리가 얼만
데……."

"미친 듯이 경공만 써서 달려온 모양입니다. 저분들이라면
충분히 가능한 일입니다."

쾅-!

회의실 문이 벌컥 열렸다.

"뭐야? 왜 여기에 다 모여 있어? 아버지는?"

무광의 물음에 다들 대답을 못 하고 고개를 숙였다.

그 모습에 세 사람이 고개를 갸웃거리며 물었다.

"뭐야? 우리 없는 동안 무슨 일 있었어? 아버지한테 혼났나?"

"말들이 없는가? 말 좀 해 보시게! 사부님은 어디에 계시는가? 유국주님 뵈러 가셨나? 이상하네! 국주님 요즘 안 보이던데."

"사부, 기운이 전혀 안 느껴지는데요? 여기에 안 계시나 봐요. 아! 폐관 들어간다고 하시지 않았어요?"

"아! 그런가 보네. 자식들, 아버지 안 계신다고 다들 시무룩해 있는구나? 귀여운 것들."

"하하, 정말 사부님은 인복도 좋으십니다."

상황을 모르는 세 사람은 운가장에 도착한 것만으로도 기분이 좋은지 연신 웃으며 말하고 있었다.

제갈군이 조용히 입을 열었다.

"주군께서는 방 안에서 쉬고 계십니다."

"응? 방 안에서? 아니, 아무런 기운이 안 느껴진다니까? 가만……. 아버지 방 안에 웬 일반인이 누워 있는데?"

"어? 정말이네요, 뭐야?"

"사부 방에 일반인요? 누구지?"

세 사람이 제갈군을 바라보며 설명을 요구했다.

"주군께선…… 그러니까 주군께서……."

말을 해야 하는데 천룡의 상황을 다시 생각하니 눈물이 올라오는 제갈군이었다.

얼마나 힘드실까.

지금 얼마나 고통스러우실까.

그 생각에 다시 울컥하고 올라왔다.

울먹거리는 제갈군을 시작으로 그곳에 있는 모든 이들의 표정이 일그러지자 무언가 심각함을 느낀 세 사람은 표정이 굳으며 제갈군의 어깨를 붙잡았다.

"무슨 일이야! 무슨 일 있는 거냐? 아버지께 무슨 일이 생긴 것이냐? 말해! 어서!"

제갈군의 몸을 흔들며 재촉하는 무광.

그러다가 더는 기다리지 못하겠는지 천룡이 있는 방을 향해 달려가는 무광이었다.

무광이 서둘러 나가자 천명과 태성 역시 심각한 표정으로 뒤따랐다.

"아버지!"

벌컥-!

문을 세차게 열어 젖히고 방 안으로 들어간 무광은 방 안을 두리번거렸다.

그리고 침대에서 잠이 든 천룡을 발견했다.

'이런 큰 소란에도 일어나지 않으신다고?'

제三장

　무언가 찜찜했지만 그래도 천룡이 잠에서 깰까 봐 답설무흔(踏雪無痕)까지 써 가며 아주 조심스럽게 다가갔다.

　무광이 조심스럽게 천룡의 입가에 귀를 대 보았다.

　안정되지 않은 거친 숨소리가 들려왔다.

　재빨리 손목을 낚아채서 맥을 짚어 보는 무광이었다.

　뒤를 이어 들어온 천명과 태성도 심각한 얼굴로 그 모습을 바라보고 있었다.

　"사형, 왜 그러십니까?"

　심각한 표정의 무광을 보며 천명이 물었다.

　그런 천명의 물음에 답하지 않고 무광이 재빨리 천룡에게 자신의 기운을 불어넣었다.

"아버지! 일어나 보세요! 아버지!"

무광이 다급하게 천룡을 깨우기 시작했다.

단 한 번도 천룡에게 저런 무례를 저지른 적이 없는 무광이었기에 천명과 태성은 놀랐다.

그만큼 상황이 다급하다는 소리였다.

"사형! 사부님이 어찌 되신 겁니까? 네? 말씀 좀 해 보세요!"

"기, 기가 느껴지지 않아! 아무런 기운도 느껴지지 않는다고!"

"네? 그게 무슨 소립니까! 그럴 리가 없습니다!"

사제들의 말은 모두 무시하고 연신 천룡에게 자신의 기운을 불어넣는 무광이었다.

"닥쳐! 집중하게 좀 조용히 해!"

무광의 말에 천명과 태성이 입을 다물었다.

무광이 끊임없이 기운을 불어넣고 있음에도 일어설 기미가 보이지 않는 천룡.

무광의 표정은 점점 울상이 되어 가고 있었다.

"아버지! 일어나세요! 아들 왔어요!"

무광의 간절한 외침이 들렸던가.

천룡의 눈이 힘겹게 떠졌다.

"광이구나……."

"아, 아버지……?"

말하는 것조차 힘겨워하는 천룡이었다.

갑작스럽게 모든 기운이 봉인되어서 몸이 적응을 못 하고 있었다.

그래서 지금 이렇게 힘겨워하는 것이다.

그런 사정을 알 리 없는 제자들은 일제히 천룡에게 달라붙어 울먹거렸다.

"이, 이게 무슨 일이에요. 저희랑 헤어질 때만 해도 팔팔하셨잖아요……."

"사부! 아픈 겁니까? 의선, 이 새끼가 사부가 아프신데!"

태성이 으르렁거리며 일어서려 했다.

그런 태성을 천룡이 말렸다.

"괜찮다. 내 개인적인 사정이 생겨 이리되었다. 관천이가 어찌할 수 있는 것이 아니다."

"아버지, 말씀해 주세요! 무슨 일이 있었던 겁니까?"

"주화입마의 일종이라고 생각하면 된다. 수련하다 이리되었으니 틀린 말은 아니지. 다만 남들과 좀 다를 뿐이지."

"주화입마요? 아, 아니, 아버지 같은 경지의 고수가……."

"나는 사람 아니냐. 욕심을 부렸나 보다."

천룡이 그렇다는데 뭐라 하겠는가.

수척해진 천룡을 보니 세 사람의 가슴이 찢어질 것처럼 아파 왔다.

"아버지가 이리 아프신지도 모르고……. 조금 더 빨리 왔어야 했는데…… 불초 소자가 또……."

"크흐흑! 사부님!"

"사. 사부! 제, 제가 모든 것을 다 동원해서라도 꼭 건강하게 만들어 드릴게요……. 크흑!"

고개를 숙여 우는 제자들을 토닥이는 천룡이었다.

"울지 마라. 이놈들아, 누가 보면 내가 죽기 직전인 줄 알겠다. 힘만 빠졌을 뿐 다른 것은 전혀 이상 없다. 왜? 힘 빠진 사부는 필요 없느냐?"

농담으로 한 말인데 제자들이 기겁했다.

"네? 그, 그 무슨 말씀이세요! 서, 설마, 어떤 새끼가 그딴 소릴 아버지한테 했습니까? 아버지 힘없다고 나간답니까? 누가요?"

"정말입니까? 으드득! 누굽니까!"

태성은 이미 이름만 나오면 곧장 그자에게 달려갈 준비까지 하고 있었다. 살기등등한 얼굴로 당장이라도 잡아서 찢어 죽일 기세였다.

쿨럭-! 쿨럭쿨럭-!

제자들의 살기에 천룡이 충격을 받은 듯 기침을 했다.

그 모습에 화들짝 놀라며 자신들의 기세를 당장 거두었다.

"헉! 아, 아버지!"

"사형! 거기서 그렇게 살기를 내보이면 어찌합니까!"

"나, 나는 그저…… 아, 아버지…….."

죄스러운 얼굴로 천룡을 바라보는 무광이었다.

"괜찮다. 힘이 사라지니 이런 번거로움이 있구나. 하하. 내 자식들 기세도 못 받아 주다니…….."

천룡이 무덤덤하게 말했다.

"크흐흑!"

"크흐흑!"

결국, 울음이 터진 세 사람이었다.

세 사람은 한참 동안 천룡 곁에서 울고불고 난리를 치다가 천룡이 쉬고 싶다고 말하니 정성을 다해 침상에 눕히고 밖으로 나왔다.

밖으로 나온 뒤에 무광이 사제들에게 말했다.

"특급 비상이다. 중원이 멸망한대도 이보다 큰 절망감이 들진 않을 거다."

"맞습니다. 일단 사부님의 힘이 사라진 것을 알면 세상이 시끄러워질 테니 최대한 감춰야 합니다."

"사부가 힘이 없다고 함부로 대하는 문파나 세력은 제가 가만 안 두죠."

"인마! 그건 당연한 얘기고! 감히 아버지가 힘이 빠졌다고 기어오르는 놈이 나오면 내가 직접 온몸의 뼈를 박살을 내 버릴 거다."

"저도 돕겠습니다!"

"저도요! 아주 갈아 마실 겁니다!"

"자, 자! 그런 당연한 얘긴 그만하고, 아버지 경호를 어찌

할 것인지 고민해 보자."

"그래서 이놈들이 회의실에서 그렇게 심각한 표정으로 앉아 있었군요."

"어서 가시죠. 가서 우리도 같이 회의를 해야죠."

"그래! 아주 긴 시간 동안 심도 있는 이야기를 나눠야 할 것 같다."

세 사람은 서둘러서 회의실이 있는 방향으로 발걸음을 옮겼다.

회의실에 들어가자 여전히 무거운 공기가 회의실 내를 뒤덮고 있었다.

그 모습에 무광이 손뼉을 치며 환기시켰다.

"자, 자! 주목! 아버지 돌아가신 거 아니다. 다들 인상 펴!"

"그래! 이럴수록 사부님께서 부담 갖지 않게 우리가 편한 모습을 보여야 하네!"

무광과 천명의 말에 다들 고개를 들었다.

제갈군이 고개를 끄덕이며 말했다.

"맞는 말씀이십니다. 저희가 이럴수록 주군께선 더더욱 부담스러워하시겠죠. 힘이 사라지셨을 뿐이지 그 존재 자체가 사라진 것이 아니니까요."

"맞습니다. 힘이라는 게 돌아올 수도 있는 것 아닙니까. 아니면 다시 처음부터 시작하셔도 되고요. 제가 가진 모든 역량을 다 동원해서 최고의 영단을 만들겠습니다!"

관천까지 나서자 무광이 고개를 흔들었다.

"됐다. 천령신단이 아직 많이 남아 있어. 그거 드시게 하면 돼."

"그럼 보약을 꾸준히 올리고 매일 와서 진맥하겠습니다!"

저것까지 말리진 못할 것 같아 고개를 끄덕였다.

"저는 주군 곁에서 철통 경계를 하겠습니다!"

조방의 말에 무광은 고개를 저었다.

"아버지는 우리가 지킨다. 그러니 너희는 조금이라도 더 강해져라. 알고 있지? 진정한 괴물이 세상에 있다는 것을. 그를 상대하려면 강해져야 한다. 우리도 오늘부터 돌아가면서 훈련을 할 것이다."

무광의 말에 다들 잊고 있었던 존재를 떠올렸다.

바로 천룡의 호적수이자 천룡의 힘이 사라진 현재 이 세상 최강자.

마진강의 존재를 말이다.

두려움보다 자신들이 천룡을 지킬 수 있을지가 더 걱정이었다.

다들 결연한 표정이 되었다.

자신들의 목숨 따위는 중요하지 않았다.

무슨 일이 있어도 천룡만은 지키겠다는 마음뿐이었다.

무광은 천령신단을 모두에게 나눠 주기로 했다.

한 명이라도 더 강해져야 하기 때문이었다.

그리고 자신들도 하나씩 복용하기로 했다.

"그리고 상황을 보아하니 오행체를 모으는 이유가 있을 것 같다. 현재까지 총 네 명의 오행체를 발견했고, 그중에 세 명이 운가장에 있다. 제갈군이는 빙궁에 연락을 해서 소궁주를 이곳으로 보내 달라고 요청해라."

무광의 뜻을 이해한 제갈군이 고개를 끄덕이며 대답했다.

"알겠습니다! 지금 당장 조치하겠습니다!"

"일단 저들을 우리 쪽에 모아 두어야겠다. 또한, 세상에 큰 위기가 왔을 때 그것을 극복하게 하늘이 내려준 인재들이라니 일이 생기면 큰 힘이 되겠지. 정말로 마진강 때문에 그들이 세상에 나왔다면 더 큰 힘이 될 테고."

"마지막 한 명이 정말 세상에 나왔을까요?"

그 말에 구석에 조용히 있던 손문이 손을 들어 말했다.

"저…… 알고 있습니다. 한 명."

손문의 말에 다들 시선이 그쪽으로 집중되었다.

"어찌 알아?"

"절 찾아왔었습니다. 위험하다고 자신과 함께 가자더군요."

"너의 능력을 보고 찾아온 것이냐?"

"네. 아무래도 제가 오행체인 것 같다며 자신과 함께 소림으로 가자고 하더군요. 저는 사람들을 구하는 것에 재미를 느끼고 있었기에 거절했고요. 나중에라도 위험해지면 소림으로 오라는 말을 남기고 떠났습니다.”

“소림?”

“네. 원각. 그 이름이었습니다. 자신도 오행체라며 소림에 오면 꼭 자신을 찾으라고 신신당부를 했습니다.”

“음…… 원각이라고 하면 소림의 차기 항마승을 말하는 건가?”

무광의 말에 제갈군이 고개를 끄덕이며 말했다.

“맞습니다. 원각이라 불리는 중이 있는데 이미 금강불괴의 경지라고 하더군요. 솔직히 믿지 않았습니다만……. 그자가 오행체 중의 한 명이라면 가능성이 있겠군요.”

“그럼 일단 서신을 보내. 정중히 초대하든 아니면 우리가 방문하든 하자고.”

“네! 제가 일단 초대 서신을 보내 두겠습니다.”

제갈군의 말에 고개를 끄덕이고 사람들을 바라보았다.

“자! 지금 우리는 최대 비상 상황이다. 알지? 이제 강호는 우리가 지켜야 한다. 목숨을 걸고 쉬지 말고 수련해라! 알겠나?”

“네! 알겠습니다!”

“의선은 최대한 영약을 만들어 주시게. 아무래도 삼세의 정예들도 모두 전력 강화를 해 두어야 할 것 같아.”

“알겠습니다! 손문아, 가자.”

“네! 스승님!”

관천의 제자가 된 손문이 재빨리 따라나섰다.

"장천은 개방과 협력해서 무림에 대한 정세를 세세하게 파악하고, 수상한 점이 보이면 바로 알려 줘."

"네! 알겠습니다!"

장천도 달려 나갔다.

조방과 진천은 천령신단을 들고 폐관에 들었고, 무광과 천명, 태성은 순번을 정하고 수련을 시작했다.

언제나 평화로울 것 같았던 운가장에 거대한 그림자가 드리우고 있었다.

꽃

단목천이 허무한 얼굴로 자신의 세가 정문을 바라보고 있었다.

단, 며칠이었다.

며칠 자리를 비웠는데 세가가 풍비박산(風飛雹散)이 나 있었다.

"이, 이게 뭐야?"

망연자실한 표정으로 정문을 향해 걸어갔다.

문은 어디로 사라졌는지 세가의 내부가 훤하게 보이고 있었다.

아무도 없는 적막 속에서 단목천이 천천히 걸어 들어갔다.

사방에 싸움의 흔적들이 남아 있었다.

화려했던 건물들은 여기저기 무너져 있었고, 가주전의 현판은 떨어져 박살이 나 있었다.

"어떤 놈이냐…… 어떤 놈이 감히!"

가뜩이나 안 좋은 일을 경험하고 온 터라 기분도 좋지 않았는데 세가까지 이리되니 엄청난 살심이 치솟았다.

누구라도 보이는 즉시 즉결참을 할 것 같은 기세였다.

"누구냐 말이다!"

울분이 가득한 목소리로 고성을 질러 댔다.

그래야만 이 폭발할 것 같은 심정을 조금이나마 달랠 수 있을 것 같았다.

"반드시 찾아서 그대로 갚아 주지. 그것이 누구든……."

단목천이 힘없이 천천히 걸음을 옮겨 어디론가 향했다.

그가 찾아간 곳은 하오문이었다.

퍼억-!

"크억!"

털썩-!

하오문 절강지부가 단목천의 살수에 재앙을 맞이했다.

엄청난 살기를 내뿜으며 자신 앞에 있는 하오문도들을 도륙하는 단목천.

그 모습에 하오문도들이 덜덜 떨며 공포에 빠져 있었다.

어느 정도 분위기가 잡혔다고 생각했는지 단목천이 매우

낮은 목소리로 말했다.

"누구냐…… 단목세가를 그리 만든 이가. 가장 먼저 말하는 놈만 살려 주겠다."

단목천의 말에 서로 밀치며 자신이 먼저 말하겠다고 나섰다.

그 모습에 단목천이 그들을 향해 어떤 기파를 뿜었다.

후웅—!

기파가 지나가자 사람들이 얼음이 된 것처럼 멈춰 섰다.

그중에서 가장 먼저 달려 나오던 자를 허공섭물로 끌어내서 자신 앞으로 가져왔다.

"누구냐."

남자는 덜덜 떨면서 말했다.

"우, 운가장……. 운가장입니다!"

"뭐라? 어디?"

"섬서에 있는 천하제일 세가. 운가장에서 그리 만들었습니다."

순간 멈칫한 단목천.

"그놈들이란 말이지……. 운가장……. 오냐. 네놈들을 세상에서 지워 주지."

"헤헤, 저, 저는 이제 살려 주시는 겁니까?"

그 말에 단목천이 피식 웃으며 남자의 뒤에 있는 다른 하오문도들이 있는 곳으로 손을 쓰윽 그었다.

푸하학-!

그저 단조로운 동작이었지만 그 결과는 끔찍했다.

절강지부의 모든 하오문도들이 한 수에 도륙된 것이다.

"그래. 너는 살려 주지."

"감사합니다! 감사합니다!"

연신 절을 하는 남자.

그런 남자를 잠시 바라보며 비릿한 웃음을 지었다.

"내세에 다시 만나면 말이야."

퍼억-!

절을 하는 남자의 머리를 밟아 터트리고는 고개를 돌려 섬서 쪽으로 몸을 날리는 단목천이었다.

⚜

은마성과 내면의 자아는 끊임없이 대화를 이어 갔다.

내면의 또 다른 자아에게 마현(魔現)이라는 이름을 지어 줬다.

자아는 매우 만족하며 그 이름을 받아들였다.

하지만 끝끝내 자신의 정체는 말해 주지 않았다.

상관없었다.

강해지기만 하면 되니까.

은마성은 중원으로 여행을 떠났다.

생각해 보니 중원을 가 본 지가 언제였는지 너무 오래돼서 기억도 잘 나지 않았다.

은마성의 심상 속에 자리 잡은 마현은 신이 났다.

자신이 살던 세상과는 완전 다른 세상이었기에 구경하는 것만으로도 신이 났다.

그런 마현의 기분을 느낀 은마성이 피식 웃으며 중원의 음식 맛도 보여 주겠다고 하자 마현의 기운이 요동쳤다.

'그렇게 좋나?'

-당연하지! 오는 길에 맛본 음식들도 훌륭했다!

'그건 평범한 음식들이다.'

-그게 평범한 것이라니! 크하하! 아주 기대가 된다!

'웃는 건 좋은데 기운은 좀 자제해 줄래? 아직 몸이 감당을 못 한다고.'

-그런가? 큭크크. 아직 나와 완전히 융합되지 않아 그렇다.

'일심동체가 되어야 하는 건가?'

-일심동체?

'너와 내가 하나가 된다는 뜻이다.'

-크크. 그렇지. 한 몸이 되어야지.

'한 몸이 되면 내 자아는 어찌 되나.'

-지금처럼 지내게 된다. 그때가 되면 내 모든 기억이 너에게도 열릴 테니, 굳이 힘들게 날 설명할 필요가 없지. 너 역시 마찬가지고.

'그렇군.'

마현이 자신의 몸을 빼앗는데도 어쩌겠는가.

이제는 받아들일 수밖에 없었다.

그런 은마성의 마음이 느껴졌는지 마현이 웃으며 말했다.

−크크 걱정 마라. 네 몸을 차지할 마음은 없으니. 너랑 지낸 지는 얼마 되지 않았지만 이렇게 즐거워질 줄 몰랐다. 크크크. 인간과 이렇게 마음이 맞다니. 내가 지금까지 큰 편견을 가지고 살았군.

'무슨 뜻인지 모르겠지만 일단은 날 좋게 봐줘서 고맙군.'

−크크. 영광으로 알아라. 내가 누구인지 알면 넌 깜짝 놀랄 테니.

'누군데. 그보다 알아도 너는 이 세상 사람이 아니라며. 네가 사는 세상을 모르는데 내가 놀랄 일이 있을까.'

−하나가 되면 모든 걸 공유하게 되니 그때 알게 되겠지. 놀라는지 아닌지.

마현의 말에 은마성이 피식 웃었다.

처음에는 살짝 두려웠는데 지금은 아니었다.

마현 말대로 둘은 정말 잘 맞았다.

천생연분처럼 말이다.

'일단 중원에서 음식이 가장 맛있다는 광동으로 가 보자고.'

맛있는 음식이라는 소리에 마현의 기운이 다시 꿈틀댔다.

-가자! 가자!

그러던 서서히 몸이 떠올랐다.

'어어? 무슨 짓이야.'

-걸어서 어느 세월에 가냐! 방향 어디야! 날아서 가자.

마현의 말에 은마성이 자신도 모르게 한곳을 바라봤다.

-오옷! 저기닷! 간다!

'헉! 자, 잠까……'

은마성이 무언가를 말하려 했지만 마현은 순식간에 몸을 떠올려 은마성이 바라본 방향으로 빗살처럼 날아갔다.

천룡은 조용한 방에 앉아서 눈을 감고 있었다.

몸이 약해진 뒤로 꾸는 꿈이 뒤숭숭해서 자꾸 신경이 쓰인 것이다.

'꿈에 사부님이 나오셔서 선유동에 관해 말씀하셨다. 그저 꿈이려니 생각하려 해도 계속 마음에 걸리는군. 그것도 며칠째 똑같은 꿈이라니……'

꿈에 자신의 사부가 나와 자꾸 선유동으로 가라고 말하는 것이었다.

그것이 며칠째 이어지고 있었다.

'일단은 가 봐야겠군. 계속 찝찝한 것보단 낫겠지. 혹시 또

알아? 의외로 그곳에 해결책이 있을지.'

생각을 정리한 천룡은 몸을 일으켜 밖으로 나갔다.

천룡은 뒷짐을 진 채로 천천히 운가장을 구경하며 걸어 다녔다.

처음에 이곳에 왔을 때를 생각했다.

자신의 제자들이 이제 같이 살 집이라며 호들갑을 떨던 모습이 생각났다.

그 후에 제자들과 세상을 돌아다니던 일들과 그 과정에서 생긴 수많은 인연까지.

가슴 한쪽이 따뜻해졌다.

비록 힘은 사라졌지만 행복했다.

걱정이 있다면 마진강에 관한 것이었다.

이렇게 살아도 딱히 상관은 없었지만, 마진강이라는 적이 있기에 힘을 되찾지 않으면 안 되었다.

며칠 동안 명상도 해 보고 영약도 먹어 보고 다 해 보았지만 아무런 효과도 없었다.

그러던 차에 최근에 꿈에서 사부가 나와 선유동으로 가라고 자꾸 그러는 것이었다.

이런저런 생각을 하며 도착한 곳은 제자들이 거주하고 있는 곳이었다.

운가장 한쪽에 거대한 전각이 세 채가 자리 잡고 있는데 그곳이 바로 자신의 제자들이 사는 곳이었다.

세 명은 천룡이 오는 것을 느끼고 밖으로 나와 있었다.

"아버지, 무슨 일 있으세요? 안색이 안 좋아 보이시는데."

"아, 꿈을 꾸었는데 좀 뒤숭숭해서 말이다."

"꿈요? 어떤 꿈이었는데요?"

"꿈에 사부가 나오셔서 자꾸 선유동에 가 보라고 하시는구나. 그래서 가 볼까 생각 중이다."

천룡의 말에 무광과 제자들이 고개를 끄덕이며 말했다.

"그럼 가 보죠. 어차피 여기 있어 봐야 아버지 상태가 좋아지실 것 같지도 않고요. 그래도 선유동에 가시면 뭐라도 결과가 있지 않겠어요?"

"맞아요. 간 김에 거기서 수련도 좀 하고 오죠. 거기가 천지자연의 기운이 몰리는 곳이라 그런지 수련하기 정말 좋은 곳이에요."

"사부! 가요! 바람도 쐴 겸. 기분 전환도 할 겸."

천룡이 선유동에 가자는 소리에 제자들은 모두 환영했다.

"그래. 너희 말이 맞다. 가 보자."

선유동으로 가기로 결정을 한 천룡은 운가장 사람들에게 집을 잘 부탁한다고 전달했다.

그러자 서로가 따라가겠다고 난리가 난 것이다.

다들 걱정이 되었던 것이다.

예전의 천룡이라면 아무런 걱정 없이 보내겠지만, 지금은 아니었다.

천룡은 걱정하지 말라며 운가장을 잘 부탁한다고 말을 하고 길을 떠났다.

나머지 오행체를 부르는 것 또한 다녀온 뒤로 미뤘다.

천룡과 제자들이 선유동으로 길을 떠난 후에 손님들이 찾아왔다.

북해빙궁에서 궁주와 소궁주가 방문을 한 것이다.

"아버님은 어제 여행을 떠나셨어요. 미리 말씀 좀 하고 오시지……."

빙궁주는 자신의 딸, 은여랑의 말에 뒷머리를 긁적이며 말했다.

"깜짝 놀라게 해 드리려고 몰래 온 건데 거참……."

"그래도 잘 오셨어요. 딸 집은 처음이시잖아요."

은여랑이 환하게 웃으며 빙궁주의 팔을 잡아 끌어당겼다.

그리고 장원 곳곳을 안내하며 소개를 해 주었다.

한편, 소궁주 은천상은 어딘가를 바라보고 있었다.

그곳에는 진천과 조방이 땀을 흘리며 수련에 열중하고 있었다.

진천과 조방은 쉴 새 없이 수련에 수련을 거듭하고 있었다.

조금이라도 더 강하게 경지를 올려야 했다.

다른 이유는 없었다.

오로지 천룡을 지키기 위함이었다.

진천 역시 같은 마음이었다.

이곳에서 지내면서 천룡에게 마음을 완전히 뺏긴 상태였다.

왠지 모르겠지만 자꾸 천룡에게 마음이 갔다.

진천 역시 천룡을 지키겠다는 일념으로 수련에 열중했다.

그런데 자꾸 어디선가 시선이 느껴졌다.

그것도 엄청 뜨거운 시선이.

잠시 수련을 멈추고 고개를 돌리니 그곳에 반가운 얼굴이 있었다.

조방이 환하게 웃으며 달려갔다.

"자네 왔는가!"

환하게 웃으며 달려오는 조방을 은천상 역시 환하게 웃으며 맞이했다.

"하하하, 자네는 여전하군. 수련이 그리도 좋은가?"

"그러는 자네도 기세가 만만치 않은데? 얼마나 수련을 한 것인가?"

"강해져야 했으니까. 알지 않은가? 혈천교가 언제 다시 올지 모르니 말일세. 결국, 장주님께서 멸문을 시키셨지만."

"이 사람. 아쉬워하는 것 보소. 자네 손으로 없애지 못한 게 한인가?"

"솔직히 좀 그런 게 없지 않다네. 하하하."

둘이 서로의 안부를 물으며 웃을 때 진천이 쭈뼛거리며 다가왔다.

"이보게 조방, 나도 좀 소개해 주시게."

진천의 말에 조방에 웃으며 말했다.

"하하, 물론일세. 이쪽은 북해빙궁의 소궁주 은천상이라 하네."

"반갑소!"

은천상이 진천을 향해 포권을 했다.

"이 친구는 무당파의 진천."

"나 역시 반갑소!"

진천 역시 포권을 하며 받아들였다.

"나와 친구니 둘도 친구 아닌가?"

"그, 그런가?"

진천이 당황하자 은천상이 웃으며 말했다.

"그럼! 자네와 친구면 나랑도 친구지. 안 그런가? 진천?"

은천상의 말에 진천이 고개를 끄덕이며 답했다.

"물론일세!"

만나자마자 순식간에 친해진 세 사람.

그 사람들 뒤로 빙궁주가 다가왔다.

"역시 젊음이 좋긴 좋구나. 이리 금세 친해지고 말이다. 허허."

"호호호, 역시 오행체들이라 서로 통하는 게 있는 걸까요?"

"조방이 녀석하고는 같은 오행체니 통하는 게 있겠지."

"아버지, 저기 진천이도 오행체예요."

"뭐? 누가 뭐라고?"

"저기 저 친구요."

은여랑의 말에 빙궁주가 놀란 얼굴로 진천을 바라보았다.

은천상 역시 똑같은 얼굴로 진천을 바라보았다.

"자네도 오행체인가?"

그 말에 진천이 고개를 끄덕이며 물었다.

"자네도?"

은천상도 고개를 끄덕였다.

그 모습에 빙궁주가 어이없는 웃음을 지으며 말했다.

"세상에 한 명 나오기도 힘들다는 오행체가 셋이나 있다니. 그 세 명이 운가장에 모이고 말이야. 대단하군, 대단해. 허허허."

"세 명이 아니에요. 네 명이죠."

"그게 무슨 말이냐? 여기 애들 말고도 또 있단 말이냐?"

빙궁주의 말에 은여랑이 고개를 끄덕였다.

"손문이라고 또 있어요. 지금 열심히 공부 중이라 이곳에 없지만요. 가까운 곳에 있어요."

"허어, 그게 무슨……. 자고로 예로부터 오행체가 나온다는 것은 세상에 정말로 큰일이 벌어질 징조라고 했는데. 네 명이라니."

그래도 걱정스러운 얼굴은 아니었다.

"사돈께서 계시니 다행이구나. 아무리 큰 재앙이라 해도 사돈께서 계시는데 별일이야 있겠느냐?"

천룡을 생각하며 미소를 지어 보이는 빙궁주였다.

은여랑과 조방, 진천의 표정은 살짝 굳었지만 찰나 간이라 빙궁주가 알아채진 못했다.

수련장에서 이들이 재회를 즐기고 있을 시간, 운가장 정문 앞으로 또 다른 손님이 찾아왔다.

"오오! 이곳인가? 드디어!"

"맞습니다! 이곳입니다! 저기 보십시오! 힘차게 운가장이라고 적혀 있지 않습니까!"

"허허허허! 그분께서 놀라시겠지?"

"흐흐흐흐, 놀라시겠죠? 연락도 없이 왔으니."

"흐흐흐, 어서 가세."

둘의 정체는 천마신교의 교주 구양진과 군사 백무위였다.

혈천교와 일전을 준비하던 차에 천룡이 혈천교를 멸문시켰다는 소식을 들었다.

그래서 교를 정비하고 여유가 생겨 이리 찾아온 것이다.

수문위사에게 어디서 왔는지를 말하자 수문위가 화들짝 놀라며 경계했다.

"어, 어디서 오셨다고요?"

"천마신교에서 왔다네."

"처, 천마신교? 그게 저, 정말로 존재하는 곳이었습니까?"

수문위사는 천룡이 천마신교와 인연이 있는지 알 리가 없었다.

이곳을 벗어난 적이 없었는데 어찌 안단 말인가.

천마신교가 실존하는 것도 오늘 처음 알았다.

당황했다.

어찌해야 할지 갈피를 잡지 못했다.

수문위사는 더듬거리며 기다리란 말을 하고는 안으로 들어갔다.

들어가자마자 사람들 찾았는데 때마침 다들 자리를 비우고 아무도 없었다.

허둥지둥 대며 이곳저곳을 다녔지만, 사람이 없었다.

그러던 차에 수련장에 모여 있는 조방을 보았다.

수문위사가 조방에게 달려가 다급하게 말했다.

"처, 천마신교에서 사람이 왔습니다!"

수문위사의 말에 가장 먼저 반응한 것은 빙궁주였다.

"뭐? 천마신교라니! 그게 무슨 소리요! 그 저주받을 집단이 이곳에 왔다고?"

기세를 끌어 올리며 물어보는 빙궁주였다.

그런 빙궁주를 조방이 달래고 나섰다.

"주군과 인연이 있는 곳입니다. 기세를 거두어 주십시오."

천룡과 인연이 있다는 소리에 바로 기세를 거두는 빙궁주였다.

"아, 사돈과 인연이 있어? 허허. 거참. 우리 사돈께서는 발도 넓으시지 마교는 또 언제 거둬들이셨대."

인연이 있다 했지 거두었다는 말은 하지 않았는데 그것을 당연하듯이 말하는 빙궁주였다.

아무튼, 조방은 자신이 직접 마중 나가기로 하고 발걸음을 옮겼다.

그런데 나머지 사람들도 따라오는 것이다.

"아니, 왜?"

따라오냐는 표정으로 물었다.

그랬더니 다들 호기심 가득한 얼굴로 얘기했다.

"천마신교라니. 어찌 안 따라가겠나. 어서 앞장서시게."

빙궁주의 말에 다들 고개를 끄덕였다.

조방이 실소를 지으며 다시 몸을 돌려 문으로 향했다.

문 앞으로 가니 정말로 천마신교 사람들이 와 있었다.

조방이 재빨리 다가가 포권을 하며 말했다.

"교주님! 오셨습니까!"

"오! 조방! 자네군. 그래. 장주님께서 안에 계시는가?"

"죄송합니다. 주군께서는 여행을 떠나셨습니다. 언제 오실지 기약이 없는지라."

"뭐? 허어. 놀라게 해 드리려고 몰래 찾아왔는데. 그분의 놀라는 모습만 상상하며 그 먼 길을 왔는데……."

어린아이처럼 시무룩해하는 교주와 군사였다.

그 사이로 빙궁주가 끼어들었다.

"오! 신교의 교주시라니…… 반갑소! 나는 북해빙궁의 궁주 은백광이라 하오."

처음에는 죽일 듯한 기세를 올리더니 천룡과 인연이 있다는 말에 이리 돌변한 것이다.

빙궁주의 말에 교주와 군사가 놀란 얼굴로 서로를 바라보다 자세를 바로잡고 포권을 하며 인사를 받았다.

"그, 그렇소? 나는 천마신교의 교주 구양진이오. 여기 이놈은 우리의 군사 백무위라 하오."

"하하, 우리 사돈과 어떤 인연이신지 모르겠으나 이렇게 만난 우리 또한 인연이 아니겠소?"

"사돈요?"

구양진이 놀란 얼굴로 묻자, 옆에 있던 은여랑이 인사를 올리며 말했다.

"처음 뵙겠습니다. 이곳 장주님의 며느리인 은여랑이라고 합니다. 여기 이분이 제 아버지세요."

천룡과 한 가족이라는 말에 이들을 향한 호감도가 정점까지 올라간 구양진이었다.

"하하하하, 그렇습니까? 장주님과 가족이시라니. 정말 부럽습니다."

구양진의 말에 은백광이 자랑스러운 얼굴로 대답했다.

"허허허. 제 딸이 복이 많습니다."

"아버지도 참. 여기서 이러지들 마시고 안으로 들어가세요. 오늘은 제가 대접하겠습니다."

은여랑의 안내에 따라 다들 하하 호호거리며 운가장 안으로 들어갔다.

광동성(廣東省) 광주(光州).

단목천은 세가가 무너진 것을 확인하고 운가장으로 향하려 했다.

하지만 운가장은 자신 혼자 힘으로 어찌 할 수 있는 곳이 아니었다.

무엇보다 천룡이라는 존재가 단목천의 발길을 붙잡았다.

결국, 단목천은 이곳 광주에 있는 황금천에게 도움을 요청하러 왔다.

"쯧쯧. 재수도 없군그래. 어찌 잠시 자리를 비운 사이에 그런 일이 있었단 말인가."

만금천의 말에 단목천이 분을 참지 못하고 연신 씩씩거리며 답했다.

"비열한 것들! 내가 자리를 비운 때를 노린 것이야! 으아아악!"

분을 참지 못하겠는지 연신 소리를 질러 대는 단목천이었다.

'쯧쯧, 네놈이 자리를 비울 때 노렸겠어? 그들이 뭐가 무서워서……. 그냥 우연히 그렇게 된 것이겠지…….'

물론 속으로만 생각했다.

말로 했다간 저 지랄 같은 성격에 뭔 난리를 피울지 몰랐으니까.

"옥영이에겐 연락했는가?"

만금천의 물음에 단목천이 고개를 끄덕였다.

"답장이 없네. 항시 내가 서신을 보내면 급행으로 답장을 보내던 그녀인데……."

단목천의 말에 만금천이 뭔가 불안한 눈빛으로 단목천에게 말했다.

"옥영이도…… 당한 것이 아닐까?"

"뭐?"

"그렇지 않은가. 곽정이 당했는데 옥영이라고 무사하겠는가? 다음은 우리 차례일 수도 있네. 생각해 보니 지금 운가장이 문제가 아니구먼."

"그, 그게 무슨 소린가!"

"지금 우리 목숨이 더 중하게 생겼네. 일단 살아야 뭘 하든지 할 것이 아닌가. 당분간은 이곳에서 지내시게. 내 정보를 알아볼 테니."

단목천은 지금 당장이라도 운가장을 쳐들어가고 싶었지만 그럴 수 없었다.

만금충의 말도 맞기 때문이었다.

"알겠네. 하아, 이게 도대체 무슨 일인지……. 천하의 군자회가 어쩌다가……."

"너무 능력을 맹신한 대가 아닌가. 차라리 수련을 더 열심히 해야 했네."

단목천은 그런 만금충의 말에 수긍은 못 하고 그저 자신의 앞에 있는 술만 들이켰다.

그 모습을 쓸쓸히 바라보던 만금충은 심각한 표정으로 계속 생각했다.

'정말로 주군인가? 주군께서 우리를 지우시는 건가? 아니면 도대체 누구인가? 그런 마기를 지닌 자가…….'

보이지 않는 공포가 그들을 향해 다가오고 있었다.

군자회의 유일한 여성 옥영은 지금 짜증이 나 있는 상태였다.

누군가가 자신의 영역을 파괴하고 다니고 있는 것이었다.

살아남은 사람이 없기에 누군지 정체도 파악하지 못하고 있었다.

쾅—!

"도대체 누구란 말이야! 우리가 세상에 존재하는 것도 모를 텐데 도대체 누가 이런 일을 벌이는 거야!"

옥영이 씩씩거리며 자신의 의자를 내려쳤다.

"궁주님, 어찌할까요?"

이미 이화궁에는 모든 비상령이 내려진 상태였다.

하지만 정체를 알 수 없는 적을 상대로 할 수 있는 것은 없었다.

그저 방비하고 긴장을 유지한 채 기다릴 수밖에 없었다.

그것이 더 짜증이 났던 것이다.

그러던 차에 밖에서 서신이 날아왔다.

도와달라는 단목천의 서신.

옥영이 손톱을 깨물었다.

누구보다 자신이 사랑하는 남자.

단목천의 도움을 외면해야만 하는 이 심정은 정말 그녀에게 최악의 기분을 선사해 주었다.

"누군지 모르겠지만, 나에게 이런 기분을 느끼게 한 것을 두고두고 후회하게 해 주겠다."

그 시각.

이화궁의 또 다른 지부에선 한 명의 여인을 맞이하고 있었다.

"이곳이 이화궁이 맞는가?"

한기가 흘러나오는 목소리에 그 앞을 지키는 여인 무사들이 검을 뽑아 들며 말했다.

"여기가 이화궁이라는 것을 알다니! 네년은 누구냐!"

"요즘 우리 궁의 지부를 휩쓸고 다닌다는 년이 혹시 네년이냐?"

두 여인이 표독스러운 얼굴을 하며 묻자, 차가운 인상의 여인이 고개를 끄덕이며 답했다.

"요즘 쓰레기 청소를 좀 하고 다니고 있긴 하지."

그와 동시에 여인이 기세를 내뿜었다.

"준비하라고 해. 사신이 왔으니 죽을 준비를 하라고."

여인의 정체는 유가연이었다.

기억을 되찾은 뒤에 그녀는 이를 악물고 수련에 수련을 거듭했다.

그 결과 과거 자신이 이룩했던 경지를 아득히 넘어섰다.

그 즉시 천룡에게 잠시 여행을 다녀오겠다고 서신을 남기고 과거 검각을 멸문시켰다는 이화궁을 찾아 나섰다.

그녀는 제일 먼저 과거 검각이 있던 곳으로 향했었다.

오랜 세월의 흔적으로 대부분 사라졌지만, 곳곳에 남아 있는 과거 검각의 흔적이 그녀를 슬프게 했다.

그러던 찰나에 이곳을 감시하는 무인들을 발견했다.

그들을 제압하고 물어보니 누군가가 의뢰를 했다는 것이었다.

그 후로 그 의뢰자를 찾아 방문했는데 그곳이 이화궁의 지부였던 것이다.

예전에 전부 소멸시켰다고 생각했는데 이들이 다시 세상에 나온 것이다.

유가연의 눈에 살기가 피어올랐다.

'세상에 다시 나왔다면 다시 지워 주지.'

그 길로 세 군데의 이화궁 지부를 박살 내고 이곳으로 온 것이다.

한편, 유가연의 선전포고에 이곳 지부는 비상이 걸렸다.

그전에 이미 비상이 걸려 있었던 참이었기에 수많은 무인이 무장을 단단히 하고 대기하고 있었다.

순식간에 우르르 나와 유가연을 포위하는 여인들.

무공 수위가 낮은 자들이 없었다.

유가연은 여유로운 표정으로 주변을 둘러보며 말했다.

"다 나온 것이냐?"

유가연이 묻자, 이화궁의 무인 중 한 명이 나와 말했다.

"나는 이곳 지부의 지부장인 화월이오! 그대는 누구이기에 이러는 것이오?"

이곳의 지부장이 묻자 유가연이 싱그러운 미소를 지으며 말했다.

"과거의 악몽이랄까?"

"그게 무슨 말이오?"

"검각."

"거, 검각이라니! 서, 설마…….'

지부장의 표정이 굳었다.

아직도 과거에 존재했던 검각에 대한 공포가 남아 있기에 지금도 검각의 흔적을 찾아다니며 없애고 있는 이화궁이었다.

이곳 지부에 내려온 명령 역시 검각의 흔적을 찾아 세상에서 지우라는 것이었다.

그런데 검각이라 당당하게 말하는 여인이 나타난 것이다.

"거, 검각의 후계인가?"

그 말에 유가연이 고개를 저으며 말했다.

"아니. 나는…….'

천천히 주변을 둘러보며 내공으로 자신을 소개했다.

"검각의 각주이자 검후라 불렸던 여인. 유가연이다! 그리고 너희들의 목숨을 남김없이 거둬 갈 사람이기도 하지."

유가연의 살기 가득한 기운이 사방팔방으로 휘몰아치기 시작했다.

엄청난 살기와 내공이 이화궁 지부의 무인들을 덮쳤다.

"크으으윽!"

"이, 이게 무슨! 으윽!"

"미친! 이런 내공이라니!"

엄청난 압력을 받으며 다들 비틀거렸다.

그보다 놀라운 사실은 바로 유가연의 정체였다.

"거, 검후라니! 마, 말도 안 된다!"

"수백 년 전의 사람일 리 없다! 사실을 말해라! 검후의 후계냐?"

믿을 수 없었다.

다른 이도 아니고 당시 검각이 무서웠던 가장 큰 이유인 검후라니.

이건 검각의 후예가 나타난 것보다 더 심각한 상황이었다.

"너희들이 믿고 안 믿고는 중요하지 않아. 중요한 것은 내 기분을 풀 상대가 너희들이라는 것이지."

유가연이 천천이 검을 뽑아 들었다.

월하천무신공(月下天武神功).

그녀의 성명 절기가 세상에 다시 모습을 드러냈다.

"나의 복수는 이제 시작이다."

유가연의 검이 횡으로 그어졌다.

검이 지나간 길에 있는 모든 것이 베어졌다.

건물도, 사람도, 모든 것을 베어 버렸다.

그렇게 그녀의 검이 이화궁 지부의 모든 것을 파괴하기 시작했다.

과거의 기억이 돌아온 그녀는 검각의 복수를 시작했다.

이화궁의 여인들이 이를 악물고 유가연에게 덤벼들었지만, 상대가 되지 않았다.

거대한 호랑이에게 뛰어드는 토끼 떼들 같았다.

그녀의 검이 한 번 휘둘러질 때마다 수십 명이 날아갔다.

그녀의 검이 지나간 곳은 폐허가 되었다.

그야말로 걸어 다니는 재앙이었다.

"수백 년 전의 은원이다! 이럴 필요까지 있느냐!"

한 여인이 울부짖으며 말했다.

그 말에 유가연의 표정이 더욱더 차갑게 식었다.

"그런 것치곤 검각을 꾸준히 감시하더군. 너희들도 겁이 났던 것이 아니냐? 보아하니 검각의 후예들은 모조리 죽인 것 같더구나. 겨우겨우 살아남은 아이들까지 모조리."

"그, 그건!"

"이제 내가 너희들에게 벌을 내릴 차례. 넌 특별히 살려 주지. 가서 알려라. 이제 벌을 받을 시간이니 목을 깨끗이 씻고 기다리라고."

그녀는 자신의 말을 지키기라도 하듯이 방금 살려 주겠다고 한 여인을 제외하고 모조리 도륙했다.

이화궁 지부에 죽음을 내리고는 유가연은 천천히 몸을 돌려 어디론가 걸어갔다.

유일하게 살아남은 여인은 유가연이 가는 방향을 보고는 깜짝 놀랐다.

그녀가 가는 방향은 바로 이화궁이 있는 방향이었다.

벌떡 일어나 이를 악물고 젖 먹던 힘까지 짜내서 경공을 펼쳐 날아갔다.

경공을 펼쳐 날아가는 여인의 얼굴은 공포에 물들어 있었다.

자신을 지나가는 여인을 보며 유가연은 검을 꼭 쥐며 중얼거렸다.

"가가…… 금방 돌아갈게요. 조금만 더 기다려 주세요."

그녀는 결연한 표정을 지으며 다시 발걸음을 옮겼다.

황금천으로 한 가지 희소식이 날아왔다.

"이 서신의 내용이 정말이냐?"

만금충의 물음에 수하가 대답했다.

"그렇습니다! 직접 확인한 내용입니다."

"으하하하. 어서 단목가주를 불러오거라."

"네! 알겠습니다!"

잠시 후, 단목천이 무슨 일이냐는 표정으로 들어왔다.

"기회가 왔네."

"무슨 기회 말인가."

"자네 가문의 복수."

만금충의 말에 아무런 감정이 없던 그의 얼굴에 감정이 생겨났다.

최근에 연달아 벌어진 일로 축 처진 모습으로 지내던 단목천이었다.

"그, 그게 정말인가? 어떻게?"

"운가장의 장주와 그 제자들이 여행을 떠났다는군."

"여행? 그, 그렇다면?"

"운가장에 그 괴물들이 없다는 소리지!"

만금충의 말에 단목천이 손뼉을 치며 환하게 웃었다.

"옳거니! 우리 가문도 내가 없을 때 그 사달이 났으니 나도 똑같이 갚아 줄 수 있겠군."

"그걸세! 하지만 괴물들이 사라졌다 해도 그곳은 방심하면 안 되는 곳일세. 칠왕십제들이 아직 남아 있네."

만금충의 말에 단목천이 인상을 찡그리며 언성을 높였다.

"흥! 그깟 칠왕십제따위는 내 상대가 되지 않네! 자네는 나를 뭐라고 생각하는 것인가? 삼황도 나에겐 안 되네!"

"이 사람아! 그런 방심이 큰 화를 부르네. 신중 또 신중해야 하네."

만금충의 말이 틀린 것이 아니었기에 단목천은 대꾸를 하지 않았다.

"나도 돕겠네."

"자네가? 자네는 무공이 약하지 않은가?"

"그, 그것을 꼭 내 면전에 대놓고 말해야 속이 시원한가?"

"미, 미안하네."

만금충의 최대 치부 중 하나였다.

무공이 약하다는 것.

그렇다고 정말로 약하다고 생각하면 안 되었다.

군자회의 사람들에 비해 약하다는 것이지 그들이 아닌 다른 자들과 비교했을 때 만금충은 칠왕십제급을 넘어선 존재였다.

또한, 군자회에서 약하다 해도 그를 무시하는 군자회 사람은 없었다.

그의 능력은 상재에서 발휘가 되었으니까.

상재로 등급을 매긴다면 그는 삼황급이라 할 수 있었다.

"조심하시게."

"알았네. 그런데 어찌 돕는다는 것인가?"

"크크크. 돈으로 고수를 초빙해야지."

"허허허, 이 사람이? 운가장을 치겠다는 고수가 있겠는가? 말이 되는 소릴 해야지."

"내가 말하지 않았는가? 돈이면 안 되는 것이 없다고."

"아무리 그렇다 해도……."

"자네 힘을 잘 알고 있네. 그대로 적들의 힘을 분산시키면 더욱더 쉽지 않겠는가."

만금충의 말에 단목천이 고개를 끄덕였다.

"알겠네. 지원은 자네에게 맡기겠네."

"곧바로 준비하겠네. 이미 섭외해 놓은 고수들이 있으니.

크크크. 그들에게 서신을 전하기만 하면 되네."

"고맙네."

"고맙긴. 상황을 보아하니 자네와 나는 힘을 합쳐야만 하네. 알겠는가?"

"물론일세. 나 역시 자네를 위해서라면 무엇이든 할 걸세."

"하하하, 고맙네. 자, 자. 어서 준비하세."

하남 숭산에 위치한 소림사.

경건하고 조용해야 할 그곳이 소란스러웠다.

사람들은 저마다 누군가를 찾아 애타게 헤매고 있었다.

"여기도 없습니다!"

"장경각에는? 그 녀석이 제일 자주 가는 곳이 아니더냐!"

"거기도 없습니다."

"아니, 그럼 어디로 갔단 말이냐!"

소림사 방장이 결국 버럭 소리를 질렀다.

그러다가 이마를 짚으며 불호를 계속 외쳤다.

"아미타불. 아미타불."

그런 방장의 모습에 눈치를 보며 다들 고개를 숙이고 있었다.

그때 누군가가 무언가를 들고 다급하게 달려오며 외쳤다.

"서신입니다! 서신이에요!"

"서신? 그놈이 남긴 것이냐?"

"그렇습니다. 산문으로 불공을 드리러 오시는 분께 전달해 달라고 부탁했답니다."

"어서 이리로."

방장은 서신을 향해 금나수를 펼쳐 뺏어 들었다.

방장의 손에 넘어간 서신에는 그토록 찾던 이의 글이 남겨져 있었다.

서신에는 화룡지체와 천무지체가 있는 운가장에 자신이 직접 가서 그들을 경험하고 오겠다고 적혀 있었다.

요즘 계속 운가장에 보내 달라고 떼를 쓰길래 삼천 배를 시켰더니 하라는 절은 올리지 않고 냅다 뛴 것이었다.

"으드득! 이놈이……."

방장 손에 들려 있는 서신이 순식간에 구겨졌다.

방장의 얼굴은 처참하게 일그러져 있었다.

"뭣들 하느냐. 당장 추격조를 보내라! 운가장에 도착하기 전에 잡아라."

"네!"

무승들이 분주하게 움직이기 시작했다.

"주지스님, 운가장에 이미 도착을 했으면 어쩌죠? 그놈이 경공 하나는 끝내주는 놈이라."

"끄응. 운가장에 도착을 했다면 빼 오기 힘들겠지?"

"그렇죠. 안에서 버틴다면 저희로서는 억지로 데려오기도 난감합니다. 더욱이 그곳이 운가장이라면 더더욱……. 아시지 않습니까? 그곳이 어떤 곳인지……."

무승의 말에 방장이 이마를 짚으며 앓는 소리를 내었다.

"끄응! 내가 전생에 무슨 죄를 지었길래 이런 번민 덩어리가 왔을꼬."

방장은 마음을 진정시키려고 연신 불호를 외우다가 앞에 있는 무승에게 말했다.

"서신을 하나 써 줄 터이니 운가장주님께 전해 드리거라."

"서신요?"

"끄응, 이왕 갔으니 잘 부탁한다고 전해야 할 것이 아니냐. 잡아 오면 다행이지만 못 잡았을 경우도 생각해야 하니 일단 서신을 전하자꾸나."

"알겠습니다. 너무 걱정하지 마십시오. 그곳은 천하제일인이 있고 삼황이 있는 곳이 아닙니까. 중원에서 가장 안전한 곳이 아닙니까. 어찌 보면 여기보다 더 안전할 수 있습니다."

"그렇게는 한데…… 괜히 가서 화룡지체하고 분란이 일어나지 않을까 싶어 그러지. 그놈이 헛된 생각에 빠져 있어서 화룡지체는 악이라 생각을 하고 있으니 문제가 아닌가."

"그래서 직접 경험을 하겠다며 간 것이군요. 허 참."

"화룡지체를 보자마자 벌하겠다며 덤비지나 않으면 다행이지."

"그, 그건 큰일 아닙니까? 혹여라도 잘못해서 운가장에 피해라도 간다면……."

"삼황께서 우리 소림사로 쳐들어오시겠지……. 하아, 내 업보로세, 업보야. 아미타불! 아미타불!"

"주지스님……."

"일단 방으로 가세. 서신을 적어 줄 테니. 그리고 좀 쉬어야겠네."

계속 앓는 소리를 내며 자신의 방으로 힘없이 걸어가는 방장이었다.

그런 방장을 안쓰러운 얼굴로 바라보는 무승이었다.

≈

오행체 중의 한 명이 금강지체(金剛之體) 원각.

그가 바로 소림사에서 탈출한 문제의 중이었다.

그는 비장한 각오를 하고는 운가장 앞에 섰다.

'저곳이군. 내가 직접 그 실체를 까발리겠다. 화룡은 예로부터 재앙의 화신이었다. 그것을 세상에 알리고 말겠다. 그래서 스승님께 내 말이 맞다는 것을 알려 드리고 말겠다.'

각오를 다지고 운가장의 문 앞으로 성큼성큼 걸어가는데 어디서 성스러운 기운이 느껴졌다.

마음이 평안해지는 기운.

자꾸만 불공을 올리고 싶은 기운이었다.

원각은 자신도 모르게 그 기운이 느껴지는 곳을 바라보았다.

그곳엔 한 청년이 해맑게 웃으며 합장을 하고 있었다.

"이곳엔 무슨 볼일이 있어서 오셨습니까? 스님."

손문이 지나가다가 운가장 앞에서 서성거리는 원각을 보고 다가온 것이다.

원각은 손문의 몸에서 나오는 성스러운 기운에 넋이 나갈 지경이었다.

이것은 자신이 알고 있는 기운이었다.

반가운 마음에 고개를 돌려 바라보니 역시나 자신이 아는 이가 그곳에 서 있었다.

"아, 아니! 시주께선 어찌 이곳에 계십니까? 그동안 잘 지내셨습니까?"

원각이 반가움에 환하게 웃으며 말했다.

"하하, 역시 예전에 저를 찾아오셨던 스님이 맞으시군요. 저는 잘 지냈습니다. 저기 초지의문이라는 의문에서 의원이 되기 위해 공부 중이지요."

손문의 말에 원각이 환하게 웃으며 말했다.

"오오! 역시. 이런 기운을 가지셨으니 중생을 구제하시는 일을 하시는 것이 어울리겠지요. 하하, 소승이 오늘 아주 귀한 인연을 다시 만난 것 같습니다."

"하하, 저 역시 스님을 이리 뵈니 정말 좋습니다. 그런데 스님께선 여긴 어떤 일로 오셨습니까?"

"아, 운가장에 볼일이 있어서 왔습니다."

"그렇습니까? 그럼 저랑 같이 들어가시지요."

"운가장과 연이 있으십니까?"

"하하, 여기 장주님이 저의 주군이십니다."

손문의 대답에 원각이 정말로 놀란 듯이 눈을 크게 떴다.

"네에? 그, 그게 정말입니까?"

"그렇습니다. 그게 놀랄 일입니까?"

"운가장의 장주님에 대한 소문만 들어서……. 그것보다…… 시주님은 오행체 중에 한 분이십니다. 그런데도?"

"하하하, 오행체가 뭐 대숩니까? 저희 주군께서는 정말 대단하신 분이시지요. 그분의 품 안에 있으면 세상 걱정 없이 편하게 지낼 수 있지요."

"그 정도입니까?"

"물론입니다."

"하하하, 그럼 오늘 뵐 수 있는 것입니까?"

기대 가득한 눈빛으로 물어보는 원각이었다.

"음, 지금 주군께선 여행을 떠나셨습니다. 아쉽지만 당분간은 주군께 스님 소개를 해 드리긴 힘들 것 같군요."

손문의 말에 원각은 시무룩한 표정을 지었다.

운가장주 천룡에 대한 소문을 그도 들었다.

모든 이가 인정한 진정한 천하제일인.

삼황이 그의 제자고, 칠왕십제가 수하였다.

그것으로도 부족해서 차기 천하제일인이라는 화룡지체까지 수하였다.

거기에 천용지체인 손문까지.

이쯤 되니 더더욱 천룡이 보고 싶은 원각이었다.

아쉬움을 뒤로하고 원각은 운가장 이곳저곳을 두리번거리며 손문을 따라갔다.

저 멀리 수련장에서 익숙한 기운들이 느껴졌다.

자신과 같은 오행의 기운이었다.

그런데 두 명이 아니었다.

자신이 알기로는 천무지체와 화룡지체가 이곳에 있다고 했는데 또 다른 한 명이 같이 대련을 하고 있었다.

"저, 저자는?"

원각이 놀란 얼굴로 손가락을 가리키자 손문이 미소를 지으며 말했다.

"아, 저기 저분은 북해빙궁의 소궁주이십니다."

"부, 북해빙궁요? 그, 그곳에서 어찌?"

"북해빙궁도 주군의 품 안에 있는 곳입니다."

"그, 그게 무슨? 말도 안 됩니다! 새외에서 알아주는 강자인데 어찌?"

원각이 경악을 한 표정으로 목소리를 높였다.

그 소리에 대련하던 세 명의 이목이 쏠렸다.

"잠시 쉬었다 하세. 흥미로운 기운이어서 말이지."

소궁주가 원각을 바라보며 말했다.

조방과 진천 역시 원각을 바라보았다.

이곳에 모두 모인 것이다.

다섯 명의 오행체가 말이다.

원각은 대번에 은천상의 기운을 알아챘다.

그의 입이 함지박만 하게 벌어졌다.

"이럴 수가! 서, 설마 그대도?"

원각이 북해빙궁의 소궁주 은천상을 바라보며 놀란 목소리로 물었다.

무엇을 묻는 것인지 대충 짐작이 되었기에 고개를 끄덕였다.

그러자 원각이 자신 주변에 있는 이들을 하나하나 되짚어서 보기 시작했다.

"마, 맙소사! 이곳에 전부 모였어. 오행체가 전부…… 이게…… 무슨?"

두려웠다.

세상에 어떤 재앙이 오려고 그러는 것인지 너무도 두려웠다.

부들부들 떨고 있는 원각을 손문이 치유의 기운으로 보듬어 주었다.

"진정하세요."

청아한 기운이 몸속으로 들어오자 안정이 된 원각.

그제야 정신을 차리고 합장을 하며 용서를 빌었다.

"소, 소승이 실례를 저질렀습니다."

"하하하, 아닙니다. 전설의 오행체가 이리 다 모였다니 사실 저도 속으로 무척 놀라고 있습니다."

"하하하, 오행체가 다 모인 것도 놀랍지만 그 장소가 운가장이라니. 그것도 다 장주님과 인연이 있는 자들이라는 게 더 놀랍지 않습니까?"

그랬다.

원각을 제외하고 나머지 네 명은 천룡과 큰 인연이 있는 자들이었다.

"이상하게 장주님만 보면 나도 모르게 마음이 빨려 들어가는 기분이 드네."

은천상의 말에 진천과 조방, 손문이 격하게 고개를 끄덕였다.

"맞네! 심신이 안정되고 포근하고 그렇지."

"맞네! 맞네! 하하하. 다들 같은 기분이었구먼."

다들 격하게 공감을 하고 있는 와중에 원각만이 이해를 못 하고 있었다.

"하하, 스님께서도 주군을 뵈면 저희의 말을 이해하실 겁니다."

조방이 말하자 원각이 조방을 물끄러미 바라보았다.

"왜, 왜 그러십니까?"

원각은 속으로 놀라고 있었다.

조방의 기운은 악기(惡氣)가 아니었다.

자신보다 더 깨끗하고 정기가 넘쳤다.

그랬기에 이리 놀라고 있던 것이다.

'내가 크게 오해를 하고 있었구나. 아미타불. 내가 지금까지 본 그 누구보다 선한 기운이다. 그저 구전되어 오는 말에 현혹되어 그를 나쁘게만 생각했구나. 사부님 말을 들었어야 했는데……'

생각과는 다른 조방의 모습에 충격을 받은 것이다.

"스님? 괜찮으십니까?"

걱정 가득한 얼굴로 자신을 바라보는 조방을 보니 더더욱 미안한 마음이 들었다.

원각은 솔직하게 말했다.

"죄, 죄송합니다. 소승이 수행이 부족하여 그대를 크게 오해하고 있었습니다."

"오해요?"

"소승은 화룡지체를 악한 기운의 정화라고 생각했습니다. 죄송합니다. 소승의 생각이 짧았습니다."

원각은 자신이 들은 내용과 그동안 세상에 나온 화룡지체가 한 일들에 대해 말을 하고는 자신이 왜 조방을 경계했는지 말을 했다.

그러자 조방이 크게 웃으며 말했다.

"하하하하, 그러셨습니까? 제가 만약 정말로 그런 나쁜 행동을 했다면…… 주군께서 가만히 계시겠습니까?"

조방이 웃으며 한 말에 조방과 원각을 제외한 세 사람의 표정이 굳었다.

"생각만 해도 끔찍하군. 그분께서 화를 내시면……."

"세상이 무너지지. 안 돼. 절대로 그분을 화나게 해선 안 되지. 근래에 내가 들었던 그 어떤 말보다 무서운 말이었네."

"동감하네!"

진천과 은천상이 몸을 부르르 떨며 고개를 세차게 흔들었다.

"우리가 왜 이러는지 잘 모르겠지요? 나중에 보면 알게 될 거요."

"그, 그렇습니까?"

"하하하, 이리 오시오. 우리 이럴 게 아니라 같은 오행체끼리 모임 하나 만듭시다."

"모임 좋지요! 그럼 모임을 만드는 기념으로 술을 제가 사겠습니다."

"저, 저는 주, 중입니다. 수, 술은……."

"아! 정정합니다. 술 말고 곡주로 하시지요. 곡주."

"그, 그것도 술……."

"어허, 술 아니고 곡주라니까요. 아니다. 차가운 곡차. 스님께선 곡차를 드신 겁니다."

"고, 곡차라면 뭐……."

"하하하, 어서 갑시다!"

원각은 반강제로 끌려가다시피 이들의 손에 이끌려 움직였다.

ஐ

"헉헉!"

천룡이 거친 숨소리를 내보내며 힘겹게 산을 오르고 있었다.

"아버지, 제 등에 업히세요."

"됐다. 내가 무슨 환자냐?"

"그래도…… 너무 힘들어하시니까……."

무광의 말에 옆에 있던 천명과 태성이 울컥했는지 울먹였다.

"사부님……."

"사부…… 흐윽. 흐윽!"

"아! 이놈들이 진짜 내가 죽었냐? 어? 죽었어?"

"약해진 모습을 보니 제자 너무 마음이 아픕니다. 흑흑."

천명의 말에 다들 고개를 격하게 끄덕였다.

"괜찮다니까? 정 안 되면 뭐 처음부터 다시 수련하지, 뭐. 뭔 걱정이냐?"

천룡이 대수롭지 않다는 듯 웃어 보이자 제자들 역시 억지로 인상을 펴며 억지 미소를 지어 보였다.

속은 썩어 문드러지고 있었지만.

아무런 힘이 없는 천룡은 평범한 일반인이었다.

다행히 몸은 튼튼했기에 이렇게 먼 거리를 이동해도 크게 무리가 없었다.

그것이라도 어디냐며 감사하는 제자들이었다.

건강하시기만 하면 되었다.

자신들이 지키고 모시며 살아가면 되니까.

이렇게 고생고생하며 수십 일을 이동한 결과 목적지에 도달하였다.

"휴우, 결계를 치워 놓길 망정이지 하마터면 못 들어갈 뻔했다."

이곳의 모든 물건을 옮기기 위해 결계를 부순 것이 이렇게 신의 한 수가 되었다.

천룡은 제자들의 도움을 받아 선유동으로 들어갔다.

선유동은 안에 있는 모든 것들을 다 옮긴 뒤여서 횅한 모습만 보이었다.

그래도 풍경은 그대로였기에 천룡은 고향에 온 기분으로 이곳저곳을 둘러보고 있었다.

"나는 사색을 하며 이곳을 살펴볼 예정이다. 너희들은 야영 준비를 하거라."

천룡의 말에 다들 고개를 끄덕이고는 전각 하나를 치우기 시작했다.

청소를 하고 먼지를 제거하고 부산을 떨었다.

태성은 먹을 것을 잡아 오겠다며 나갔다.

그런 제자들을 잠시 바라보며 웃다가 고개를 돌려 천천히 선유동을 걷기 시작했다.

왜 이곳에서 자신이 깨어났는지는 아직도 모르겠지만 그것 역시 운명이었다고 생각하니 마음이 편했다.

걷다 보니 자신이 처음 눈을 뜬 장소에 도착했다.

오랜 시간이 지났기에 사방에 넝쿨들이 얼기설기 엉켜 그 장소를 가리고 있었다.

생각해 보니 처음 눈을 뜬 후로 이곳을 찾은 것은 처음이었다.

"나의 두 번째 인생이 시작된 곳인데…… 이제야 와 보다니."

생각해 보니 이곳을 자세히 살펴본 적은 없었다.

자세히 살펴보니 넝쿨 사이로 문 비슷한 것이 보였다.

"어? 이곳에 문이 있었나?"

천룡은 넝쿨들을 뜯어내려 했다.

그러나 이제 일반인이 된 천룡의 힘으로 역부족이었다.

뜯어내기엔 넝쿨들의 굵기가 너무도 굵고 양이 많았다.

결국, 천명을 불러 도움을 청했다.

"이것들을 전부 잘라 버리면 되는 거죠?"

"그래. 이 뒤에 문이 있는 것 같은데 그곳에 무언가가 있을 것 같다."

천룡의 말에 천명이 고개를 끄덕이고는 팔을 몇 번 휘둘렀다.

파파팍-!

가볍게 휘둘렀을 뿐인데 사람 몸통만 한 굵기의 넝쿨들이 두부 잘리듯이 잘려 나갔다.

천명은 천룡이 쉽게 들어갈 수 있도록 잔해들을 모두 날려 버렸다.

"사부님! 다 되었습니다."

정말로 그곳에 돌문이 있었다.

자세히 보지 않으면 문이라고 생각이 되지 않을 정도로 희미했다.

천명이 조심스럽게 돌문을 열었다.

안에서 오랫동안 묵혀 있던 먼지가 뿜어 나왔다.

천명이 재빨리 천룡의 주변으로 기막을 펼쳐 그 안에서 뿜어 나오는 먼지로부터 보호했다.

애정이 듬뿍 담긴 표정으로 천명을 한 번 바라보고는 천룡은 천천히 그 안으로 들어갔다.

생각보다 크지 않은 공간에 작은 상자가 놓여 있었다.

천룡은 조심스럽게 그것을 들어 올리고 뚜껑을 열었다.

수북이 쌓여 있던 먼지가 쏟아져 내렸지만, 천룡은 무시하고 안을 들여다보았다.

그 안에는 양피지로 만들어진 서신이 하나 들어 있었다.

천룡은 조심스럽게 그 양피지를 펼쳤다.

안의 내용을 본 천룡의 동공은 세차게 흔들렸다.

천명이 무슨 일이냐고 묻자 천룡이 조용히 고개를 저으며 잠시 혼자 있고 싶다 말했다.

천명은 고개를 끄덕이고는 무광이 있는 곳으로 이동했다.

천룡은 조용히 심호흡하고는 서신을 읽어 내려갔다.

서신은 바로 자신의 사부가 남긴 것이었다.

사부는 오래전에 이미 이 사태를 예견하고 있었다.

—내 새끼 천룡은 보아라. 사부다. 잘 지냈느냐? 천룡아, 이 글을 네가 읽고 있다면 무사하다는 소리겠구나. 어찌 이 사부가 이런 서신을 남겼는지 궁금하더냐?

천룡은 자신도 모르게 고개를 끄덕였다.

—그렇지. 궁금하겠지. 먼저 이곳에 대해 말을 해 주어야겠지. 사실 이곳 선유동은 우리 영웅문이 오래전부터 준비해 온

진정한 영웅문의 본파란다. 또한, 세상에 위기가 닥치고 그 위기로 인해 당한 피해를 최소화하기 위해 세상에 있는 필요한 물품과 진귀한 물품들을 모아 둔 곳이다.

선유동을 만든 이의 정체가 밝혀지고 있었다.

−이제 너도 알아야겠지. 우리 영웅문의 존재 이유를……. 사실 영웅문의 존재 이유는 바로 너다.

'나라고? 이게 무슨 소리지?'
이게 무슨 소리란 말인가?
영웅문의 존재 이유가 자신이라니.
천룡이 고개를 갸웃거리며 서신을 계속 읽어 내려갔다.

−왜? 놀랐느냐? 하긴 놀란 만도 하겠지. 사실 너의 정체는 하늘의 신이다. 정확하게 말하면 제석천(帝釋天)의 환생이지. 제석천이 지상에 환생하는 경우는 단 한 가지뿐이다. 바로 세상의 정화(淨火). 말이 정화지 사실 세상의 인간 대부분을 처리하는 것이다. 그리함으로써 세상의 균형을 지키는 것이지. 그런 재앙으로부터 세상을 지키기 위해 탄생한 것이 바로 우리 영웅문이다.

충격이었다.

자신이 세상의 멸망을 불러오는 존재였다니.

그렇다면 오행체가 세상에 나온 이유는 마진강이 아니라 자신 때문이었다.

자신으로부터 세상을 보호하기 위해 탄생하고 자신의 주변으로 몰려온 것이 아닐까?

그리 생각하니 모든 것이 맞아떨어졌다.

"내, 내가 세상을 멸하는 존재였다고? 내가?"

서신을 든 손이 부들부들 떨렸다.

지금까지 자신은 중원을 보호하기 위해 살아왔고 오행체와 자신이 세상에 나온 이유가 마진강으로부터 세상을 지키기 위함이라 생각했는데 실상은 그것이 아니었다.

천룡은 크게 충격을 받은 얼굴로 서신을 계속 읽어 내려갔다.

─그래도 너무 놀라지 말거라. 네놈이 이곳에서 서신을 읽고 있다는 것은 아직 그 무언가가 시작되지 않았거나 소멸했다는 소리일 테니. 너에게 내가 조치를 해 두었었다. 죽음의 위기에 빠지거나, 아니면 신병(神病)이 내려오거나 했을 때 이곳으로 소환되도록 술법을 걸어 놓았었지.

자신이 왜 이곳에서 눈을 뜬 것인지 깨닫게 되었다.

사부가 이곳으로 오게끔 만들어 두었던 것이다.

그런데 신병이라니?

그건 또 무엇이란 말인가.

─네놈을 죽음의 위기에 빠뜨릴 인간은 세상에 없을 것이고, 여기에 왔다는 소리는 신병이 발병했다는 소리겠지. 그것은 바로 제석천의 힘이 네 몸을 차지하기 위해 접신(接神)을 시작했다는 소리다. 아마도 고통스럽겠지. 그 고통은 죽음에 가까울 정도였을 것이다. 이곳에 왔다는 소리는 그 힘이 발동했다는 소리겠지. 그래도 이 서신을 읽고 있다면 정신은 온전하다는 소릴 테니 희망을 걸어 본다. 부디 읽을 수 있기를. 혹시라도 이겨 내지 못해서 접신이 되었을 경우, 네가 빠져나가지 못하도록 이곳에 온갖 결계를 펼쳐 놓았다.

처음에 이곳에서 눈을 뜨고 오랜 시간 동안 여기를 빠져나가지 못한 이유를 이제야 알게 되었다.

또한, 아무도 고치지 못하는 불치병이 바로 저것이었다.

신이 내리는 과정에서 오는 과부하가 몸에 지장을 준 것이었다.

그것을 알 리 없으니 알 수 없는 불치병이라 생각을 한 것이다.

자신의 힘을 모조리 회수해 간 것도 바로 그 제석천의 힘일 것이다.

─제자야. 우연히 너를 만났을 때는 정말로 놀랐었다. 많은 고민도 했지. 그때는 네가 아직 힘을 각성하지 않았을 때니까. 하지만 어린 네 눈을 보며 나는 차마 손을 쓸 수가 없었다. 그래서 내가 널 키우기로 한 것이지. 부디 내 선택이 옳은 길이길 바라면서 말이다. 제자야. 너는 내 하나뿐인 제자이자 자식이다. 제석천이고 나발이고 너는 너다. 그러니 마음을 굳건하게 하고 주변을 둘러보거라. 그리고 느끼거라. 세상은 매우 아름답고 살만한 가치가 있음을 말이다. 그리고 이겨 내거라. 나는 너를 믿는다. 내 새끼에게 이렇게 큰 고난을 주게 해서 미안하구나. 부디 모든 원망은 이 사부에게 돌리고 세상을 지켜 주려무나.

"사부님……."
그랬다.
자신의 사부는 자신을 죽일 기회가 있었음에도 죽이지 않고 사랑으로 키워 온 것이다.
눈물이 흘렀다.
서신에서 느껴졌다.
자신을 사랑하는 사부의 진심이 말이다.
'나는 나다.'
흐르는 눈물을 닦지도 않고 조용히 눈을 감았다.
'내 사랑하는 제자들.'
조용히 떠올렸다.

자신의 소중한 것들을.

수많은 사람과 풍경이 천룡의 머릿속에서 끊임없이 떠오르고 있었다.

입가에 미소가 고이기 시작했다.

그 순간 천룡의 심상 속에 자리하던 힘이 꿈틀대기 시작했다.

─이럴 리가 없다! 이럴 리가 없어! 정신 차려라. 너의 목적을 상기해라. 인간은 이기적이고 남을 배려하지 않는다! 시기하고 질투하고 배신하는 종족이란 말이다! 그들을 청소해야 한다. 그래야 세상이 깨끗해진다.

끊임없이 외치는 마음속 자아.

─죽여라! 세상의 모든 것을 멸해라! 그들은 세상을 좀 먹는 역병 같은 존재다. 그것을 치우는 것이 네가 태어난 이유다! 네가 죽이지 않아도 그들은 서로를 죽이고 죽일 것이다. 그러니 그런 더러운 것을 보지 말고 모조리 치워라. 세상에서 지워라.

끊임없이 천룡에게 말을 걸어오는 자아를 무시하면서 천룡은 생각했다.

'저것 또한 나의 몸의 일부다. 받아들이자. 포용하자. 나는 나다.'

천룡의 마음이 또 다른 자아를 향해 몰려가기 시작했다.

몰아일체(沒我一體).

따뜻함으로 무장한 힘이 자신을 향해 오자 격렬하게 저항하는 또 다른 자아.

-그, 그만! 히, 힘을 다시 돌려주겠다. 그만둬라!

천룡은 그런 자아의 외침에 아랑곳하지 않고 점점 더 깊은 심상 속으로 들어가고 있었다.

-안 돼! 저리 가! 이. 이럴 리가 없어! 이럴 리가 없어! 으아악!

또 다른 자아, 제석천의 힘이 천룡의 몸으로 점차 잠식되어 가기 시작했다.

점점 더 빠르게.

그와 동시에 천룡의 몸에서 서서히 빛이 새어 나오기 시작했다.

어느덧 대부분을 잠식당한 또 다른 자아가 한탄을 하며 소멸했다.

-거의 다 되었었는데……. 그, 그때 그 마진강이란 놈이 방해만 하지 않았어도……. 부, 분하다…….

고오오오-!

또 다른 자아가 사라지자 천룡의 몸에서 거대한 기운이 솟구치기 시작했다.

사방에 엄청난 기운들이 천룡의 몸으로 몰려들기 시작했다.

쿠아아아아-!

이윽고 그 힘들은 거대한 폭풍이 되어 소용돌이치기 시작했다.

천룡의 몸이 공중으로 높이 떠오르고, 세상이 멸망할 것 같은 기운들이 사방으로 뿌려지기 시작했다.

쿠콰콰쾅-!

선유동이 무너져 내리기 시작했고, 이에 놀란 제자들이 달려 들어왔다.

"저, 저게 뭐야! 아버지께서 힘을 되찾으신 건가?"

"사부님의 기운이 엄청납니다!"

"사부가 저리 강했다고요? 이건 전보다 더 엄청난데요? 마, 말도 안 돼. 이게 무슨 일이지?"

"아무래도 아버지께서 새로운 경지로 들어서신 것 같다!"

"일단 피하죠! 자칫 저기에 휘말렸다간 저희도 무사하지 못합니다!"

천명의 말에 다들 고개를 끄덕이며 최대한 그곳에서 거리를 벌리기 위해 밖으로 떠났다.

제자들이 밖으로 나간 것도 모른 채 끊임없이 기운을 받아들이는 천룡.

순간 천룡의 심상에 거대한 세상이 펼쳐졌다.

아무것도 없는 넓은 평지.

그곳에 한 명이 뒷짐을 진 채로 서 있었다.

그 사람이 뒤를 돌아보며 환한 미소로 천룡을 맞이했다.

"오랜만이구나."

천룡의 동공이 세차게 흔들렸다.

넓은 평지에 홀로 서 있는 사람은 바로 자신의 사부였다.

"사, 사부님?"

"오냐! 녀석."

"사, 사부님! 사부님!"

천룡은 재빨리 달려가 사부의 품에 안겼다.

얼마나 오랜 시간을 그리워했던가.

이 따뜻한 품이 너무도 그리웠었다.

"녀석이. 나이를 그리 먹고도 어리광을 부린단 말이냐."

"흑흑흑! 사부님! 보고 싶었었습니다! 너무…… 너무너무 뵙고 싶었습니다!"

자신의 품에서 대성통곡을 하는 천룡의 머리를 쓰다듬으며 인자한 미소를 보이는 사부였다.

"고맙구나. 이 사부의 믿음에 응해 주어서."

사부의 말에 천룡이 고개를 저으며 말했다.

"아닙니다! 사부님! 오히려 제가 사부님께 감사합니다. 사부님! 사부님! 모자란 제자를 깨우쳐 주셔서 감사합니다. 흑흑!"

천룡이 눈물로 사부의 품을 적시고 있었다.

두 사제는 그 후로도 오랫동안 그렇게 서로 부둥켜안고 있었다.

어느 정도 진정이 되자 천룡이 몸에서 떨어졌다.

"녀석, 이제 좀 진정이 되었느냐?"

사부의 말에 천룡이 고개를 끄덕였다.

여전히 인자한 모습의 사부였다.

"길게는 말을 못 하느니라. 우리 제자가 대견해서 내 잠시 너에게 온 것이다."

"사부님……."

"너의 힘이 제대로 각성하였으니 이제 하늘에서도 널 쉽게 대하지 못한다. 널 구속할 것이 아무것도 없다는 뜻이다. 그야말로 천상천하 유아독존이 된 것이다. 천룡아, 부디 그 힘을 항상 올바른 곳에 써 주려무나. 이 사부와 약속할 수 있겠느냐?"

사부의 말에 천룡은 끊임없이 끄덕였다.

"물론입니다! 사부님! 저의 제자들에게도 항시 그리 말해 주고 있는 걸요."

"허허허허! 내 새끼가 다 커서 제자도 들이고. 허허허. 좋구나! 정말 좋아! 허허허허!"

세상 행복한 모습으로 연신 웃더니 서서히 몸이 희미해지는 사부였다.

"이런. 이제 시간이 다 되어 가는구나. 천룡아, 내 하나뿐인 자식을 간만에 봐서 좋았다. 이제 정말로 헤어져야 할 시간이구나. 부디 이 사부의 마지막 소원을 꼭 지켜 주거라."

"사부님! 조금만 더! 조금만 더 있다가 가세요! 사부님! 제자 뭐든 다 들어드리겠습니다! 그러니⋯⋯!"

희미해진 손이 다시 천룡의 머리를 쓰다듬었다.

"고맙구나. 이제 너도 너를 기다리는 사랑하는 이들에게 가야지. 이제 정말 갈 시간이다. 잘 있거라."

"사부님!"

제四장

미소를 지으며 서서히 희미해지더니 천룡의 눈앞에서 완전히 모습을 감춘 사부.

천룡은 하염없이 사라진 방향을 바라보았다.

"제자 운천룡. 반드시 사부님의 말씀을 받들어 영웅문의 문규를 지키며 살아갈 것입니다! 하늘에서 꼭 지켜봐 주십시오."

그리고 천천히 온 정성을 다해 사부가 사라진 곳을 향해 큰 절을 올리는 천룡이었다.

그 순간 천룡의 모든 신체가 갈라지기 시작했다.

쩌적-! 쩌저적-!

제석천의 힘을 머금기 위해 신체가 다시 재구성되기 시작한 것이다.

한참 동안 사라지고 재생하고를 반복하더니 온몸의 세포가 황금빛으로 변했다.

금빛은 서서히 사라지고 다시 살색으로 돌아왔고, 그때 천룡의 몸이 땅으로 천천히 내려왔다.

땅에 착지하고도 한참을 가부좌를 틀고 앉아 있던 천룡.

천룡의 눈이 떠졌다.

눈에서 잠시 금빛의 기운이 감돌았다가 사라졌다.

천룡이 천천히 일어났다.

그때 동굴 밖에서 제자들이 호들갑을 떨면서 들어왔다.

"아버지! 괘, 괜찮으세요?"

"사부님!"

"사부!"

그 모습에 천룡은 이제야 현실이라는 것을 깨닫고 환하게 웃었다.

그 모습에 제자들은 안도의 한숨을 내쉬며 달려왔다.

"아, 아버지! 이제 괜찮으신 거죠?"

"사부님! 변하신 것 같습니다."

"사부! 사부! 우와! 예전보다 더 강해지신 것 같아요!"

무광의 말에 천룡이 고개를 끄덕였다.

"왜? 궁금하더냐?"

천룡의 말에 세 세자의 고개가 격하게 끄덕여졌다.

그 모습에 천룡이 피식 웃었다.

천룡이 잠시 자신의 힘을 개방했다.

후웅—!

아주 살짝 힘을 개방했을 뿐인데 엄청난 기의 폭풍이 그곳을 뒤덮었다.

"우왓!"

"헉!"

"으아악!"

아주 살짝 보여 준 힘에 제자들이 기겁을 했다.

"우와, 이게 뭡니까? 새로운 경지로 올라서신 겁니까?"

"와! 거기서 더 올라갈 경지가 있습니까?"

"사부 따라 가려면 얼마나 더 살아야 할지…….."

제자들이 초롱초롱한 눈으로 천룡을 바라보았다.

천룡이 그런 제자들을 못 말리겠다는 눈으로 고개를 저으며 말했다.

"원래 내가 가지고 있던 힘이다."

"네에?"

"이곳은 우리 영웅문이 만들어 논 일종의 대피처? 그런 곳이었고. 그리고 나는 세상을 멸하기 위해 하늘에서 내려온 제석천의 현신이었다."

천룡의 말에 세 제자가 두려운 눈으로 천룡을 바라보며 울먹거렸다.

자신의 사부가 하는 말이 너무도 무섭고 절대로 있어서는 안 되는 일이었기 때문이었다.

"아, 아버지. 그, 그게 무슨 말씀이세요? 갑자기 무섭게……."

"그, 그래요. 사부님! 세, 세상을 멸하기 위해 오셨다니요. 그런 농담은 하지 마세요."

"제자들 심장 떨어지는 꼴 보고 싶으신 겁니까?"

다들 공포에 빠진 눈으로 천룡을 바라보았다.

천룡이 세상을 멸하겠다고 마음을 먹는다면?

막을 사람이 없다.

전의 천룡이어도 막을 수 없는데, 하물며 지금은 상상도 못 한 경지에 올라간 천룡이다.

그야말로 정말 재앙이었다.

"사실이다. 그래서 오행체가 세상에 나온 것이고. 사실 오행체는 나를 막기 위함이 아니라 나를 보조하기 위해 태어난 것이지. 그리해서 내가 그 체질을 만들어 낼 수 있었던 것이고."

천룡의 말 한마디 한마디가 충격과 공포였다.

"그, 그러니까 아버지는 세상을 멸하기 위해 내려온 존재고, 오행체는 그런 아버지를 보조하기 위해 나온 존재들이라고요?"

"그렇지."

"그, 그럼?"

오들오들 떨면서 천룡을 바라보는 세 제자.

그 모습에 천룡이 웃으며 말했다.

"하지만 내가 이겼다. 세상을 멸할 제석천은 없다."

"그, 그게 사실입니까?"

무광의 말에 천룡이 고개를 끄덕였다.

"사실이지. 이렇게 사랑스러운 내 새끼들이 사는 세상을 내가 어찌 파괴를 한단 말이냐? 지키면 지켰지 그럴 일은 절대 없을 것이다. 그러니 걱정하지 말거라."

천룡의 말에 다들 안색이 활짝 펴지며 안심했다.

"그, 그렇죠? 저는 아버지를 믿고 있었다고요!"

"사형이 제일 덜덜 떨었어요."

"뭐? 인마? 내가 어, 언제!"

"지금도 오들오들 떨고 있잖아요."

"그러는 너는? 너 인마, 오줌 지렸어!"

무광의 말에 천명이 자신의 가랑이를 보니 옷이 희미하게 젖어 있었다.

"이, 이건 그, 그러니까…… 시, 식은땀입니다! 식은땀!"

"지랄하네! 야! 냄새나! 으! 지린내……."

"어휴, 사형들 사부를 얼마나 못 믿었으면 그럽니까? 저처럼 담대하게 믿고 그랬어야죠."

태성의 말에 다들 고개를 돌려 바라봤다.

"태성아……."

"네? 왜요. 저는 떨지도 않았고, 오줌도 안 지렸습니다."

"네 표정 인마…… 귀신이라도 본 거 같아. 표정이라도 풀고 말해."

그 말에 황급히 표정을 풀어 보려 했지만 어찌나 놀랐는지 굳은 채 쉽사리 풀리지 않았다.

그 모습에 천룡이 사악한 미소를 지으며 말했다.

"오호라…… 그러니까 이 사부를 믿지 않았다?"

천룡의 말에 다들 격하게 손사래를 치며 말했다.

"아, 아닙니다! 아버지! 오, 오해십니다!"

"사, 사부님. 이, 일단 진정하시고……."

"진정? 날 안 믿었다는데 진정?"

"아, 아버지."

"사부님……."

"앞으로 말 잘 들어라. 알겠지? 안 그러면……."

마지막 말은 하지 않았지만, 무엇인지 알 거 같았다.

고개를 정신없이 끄덕이는 세 사람.

그 모습에 천룡이 웃음을 터트렸다.

"하하하하하하!"

즐거움이 가득한 웃음이었다.

그제야 제자들은 천룡이 장난친 것을 깨닫고 조용히 천룡의 곁으로 다가가 그를 안았다.

"다시 돌아와 주셔서 감사합니다."

셋의 마음이 담긴 말에 천룡이 그들을 꼭 안아 주며 말했다.

"우리 아주 오래오래 함께 지내자꾸나."

"네! 두말하면 입 아픈 말씀이십니다."

"그 말을 기다렸습니다!"

"당연하지요! 제발 좀 떨어지라고 할 때까지 붙어 있을 겁니다!"

"야…… 그건 좀."

천룡이 난감한 표정을 지어 보이자 다들 행복한 표정으로 웃었다.

콰콰쾅-!

평화롭던 운가장에 거대한 폭음이 들려왔다.

"와아아아!"

"모조리 죽여라!"

"싹 쓸어 버려!"

수천에 달하는 무인들이 일제히 운가장을 향해 진격하고 있었다.

땡땡땡땡땡-!

종이 깨질 정도로 요란하게 울렸다.

"비상! 적이다!"

"비상! 비상! 습격이다!"

"막아라! 적들이 운가장 안으로 들어가게 해선 안 된다!"

엄청난 소란에 사방에서 사람들이 몰려나오기 시작했다.

"무, 무슨 일이야? 적이라니?"

"습격? 아니 중원 천지에 운가장을 습격하는 미친놈들이 있다고?"

조방과 진천이 어리둥절한 표정을 잠시 지어 보이다가 인상을 찡그리며 달려 나갔다.

"어느 미친놈들인지 모르겠지만 혼쭐을 내주겠다!"

"나도 동감이다!"

달려 나가는 둘의 뒤로 원각과 은천상이 따라붙었다.

"같이 가세!"

그 말에 조방이 말했다.

"손님은 들어가시지? 손님들 손까지 빌릴 정도로 우리 운가장은 약하지 않아!"

"어느 미친놈이 운가장이 약하다더냐? 그래도 우리까지 가세하면 더 금방 끝날 테니 돕겠다는 거지."

이들은 엄청 친해져 있는 상태였다.

원각 역시 친구가 되어 이렇게 어울리고 있었다.

특히 자신이 가장 경계했던 조방과 가장 친해져 있었다.

정문 앞에 도착하니 이미 운가장의 무인들과 정체 모를 무인들이 한판 붙고 있었다.

"뭐야? 저 미친놈들은?"

"엄청나게 몰려왔는데?"

"장주님께서 자리를 비운 것을 노리고 온 것 같다! 다들 나가자."

조방의 말에 다들 고개를 끄덕이며 전투에 가세했다.

전설의 신체들답게 무지막지한 공격력으로 적들 사이에서 종횡무진(縱橫無盡)으로 움직이기 시작했다.

전설상의 신체라는 오행체들이 가세하자 적들이 크게 당황했다.

"크윽! 뭐, 뭐냐! 어린 것들을 보아 칠왕십제는 아닌데."

"강하다! 제길. 운가장은 어린놈들도 강한가?"

"크윽! 뭣들 해! 저 애새끼들부터 잡아!"

그렇게 말하는 상대도 약하지 않았다.

곳곳에서 전투가 벌어졌지만, 백중지세로 맞붙고 있었다.

"이게 도대체 무슨 소란이냐!"

구양진과 은백광의 등장이었다.

그 뒤를 이어 장천과 여월, 울지랑이 가세했다.

"으드득! 감히 이곳이 어딘 줄 알고, 습격이라니! 용서치 않는다!"

이들까지 전투에 뛰어들었다.

구양진과 은백광은 상황을 지켜보았다.

손님으로 온 상태이기에 함부로 나설 수는 없었다.

지켜보다가 상황이 여의치 않으면 가세하기로 했다.

그때 저쪽에서 다섯 명의 강한 무인들이 등장했다.

"크크크! 이런 싸움이라니 재밌다! 재밌어!"

"그만 웃고 각자 한 명씩 맡아!"

"네놈이 대장이 아니다! 명령하지 마라!"

"흥! 유치하기는!"

그들은 각각 장천과 여월, 울지랑의 앞을 막아섰다.

나머지 둘은 운가장의 무인들이 있는 곳으로 달려갔다.

"네놈들은 뭐냐!"

"너희와 같은 칠왕십제다. 크크크. 명왕. 붙어 보고 싶었다. 내 소원을 이리 풀게 되다니. 흐흐흐."

"뭐? 이곳이 어딘지는 알고 온 것이냐?"

"알지. 아주 잘 알지. 소문에 천하제일이라던데 장주는 어디 갔느냐? 겁먹고 도망을 간 것이냐? 크하하하. 삼황은 또 어디에 있느냐?"

능글거리며 도발을 하는 상대에게 장천이 이를 악물고 주먹을 날렸다.

"어이쿠! 놀라라! 크하하!"

가볍게 날렸다고는 하지만 정말로 저리 가볍게 피할 공격은 아니었다.

장천이 의심의 눈초리로 남자를 바라보자 남자가 한껏 웃으며 말했다.

"크크크크. 영약의 효과인가? 네놈은 상상도 못 할 내공이 내 몸 안에 있다."

자신감의 원천이 바로 저것이었다.

어쩐지 내공이 무식하게 많은 것 같더라니.

장천이 피식 웃으며 말했다.

"겨우 그것을 믿고 이곳을 온 것이냐? 그리고 겨우 그것을 믿고 나를 도발한 것이고?"

"흐흐흐, 왜? 두려운 것이냐?"

"하하하하. 두렵다고? 미쳤구나? 이거나 받아 보고 얘기해라!"

장천이 주먹을 휘두르자 엄청난 풍압이 상대를 덮쳤다.

"호월봉신권(弧月封神拳)!"

그런데 흐릿한 잔상과 함께 상대의 신형이 사라진 것이다.

장천의 호월봉신권은 잔상을 흐트러뜨리며 뒤로 날아가 거대한 구덩이를 만들었다.

쿠콰콰쾅-!

"크크크, 어딜 보나? 나는 이곳에 있는데?"

"환영? 환영마제(幻影魔帝)더냐?"

"크크크, 그렇다. 본좌가 바로 그 유명한 환영마제니라."

"흥! 무공이 약하니 어설픈 사술(邪術)로 사람들을 현혹하는 놈이 말이 많구나."

장천이 비웃으며 말하자 환영마제가 발끈하며 자신의 소매에서 무언가를 꺼냈다.

"크크크. 이 막대한 내공을 보고도 그런 소리를 하다니. 좋다! 내 진정한 힘을 보고도 그런 말이 나오나 두고 보자!"

환영마제가 꺼내 든 것은 부적이었다.

그가 부적을 사방에 뿌리자 부적이 이상한 괴수로 변하며 장천에게 덤벼들었다.

크아아아앙-!

"어차피 환영이겠지."

슈악-!

장천이 주먹을 휘두르자, 환영이라 생각했던 괴수들의 실체가 느껴졌다.

"어? 환영이 아니야?"

"크크크크. 멍청한 놈! 나의 기술은 환영을 넘어섰다! 그놈들은 지옥에서 소환한 지옥 마수들이다! 어디 한번 당해 봐라!"

크르르르르-!

장천의 주변을 둘러싼 거대 괴수들.

으르렁거리며 장천의 빈틈을 노리고 있었다.

"크하하하! 겁먹은 것이냐? 아까처럼 깐죽대 보아라! 명왕, 명왕 하더니 별거 아니군."

환영마제가 자신을 비웃자 장천이 어이없는 표정을 지으

며 말했다.

"겁? 지금 그거 나한테 한 소리야? 신기해서 잠시 쳐다본 것뿐이다."

장천의 몸에서 막대한 내공이 뿜어 나왔다.

고오오오오─!

"이따위 똥개들쯤이야."

말과 동시에 잔상만 남기고 사라진 장천.

푸학─! 푸학─! 푸학, 푸학─!

사라진 장천의 신형이 자신의 주변에 있는 괴수들 앞에 나타날 때마다 폭죽 터지듯이 괴수들의 몸이 터져 나갔다.

"뭐, 뭐야? 이, 이럴 수가! 이렇게 쉽게 처리한다고?"

믿을 수 없었다.

"말도 안 돼! 저들은 지옥 괴수야! 지옥 괴수라고! 지상의 힘이 통하지 않는 괴물들이라고!"

경악하는 환영마제의 귀로 장천의 목소리가 들려왔다.

"그래? 엄청 별 볼 일 없는데?"

"닥……."

퍼억─!

"커허헉!"

장천의 주먹이 환영마제의 복부에 꽂혔다.

"너도 별 볼 일 없고. 내가 아까 말했지? 이런 잔재주로는 우리를 어찌할 수 없다고."

콰당탕탕-!

방금 전의 공격으로 힘없이 구석으로 날아간 환영마제였다.

간신히 몸을 일으킨 뒤에 경악한 목소리로 말했다.

"이, 이렇게 차이가 날 리가 없다……. 이럴 리가 없어! 나의 내공은 무적이다! 그, 그래! 내가 방심한 것이다! 으드득!"

환영마제가 벌떡 일어나 이를 악물고 장천을 향해 달려갔다.

그의 몸에서 붉은 빛이 감도는 기운들이 넘실거렸다.

"만천랑마수(滿天狼魔手)!"

환영마제가 현란한 손놀림으로 춤을 추듯 흔들자 여기저기서 수십 개의 뿌연 강기들이 늑대 형상으로 변형되기 시작했다.

수십에 달하는 늑대 형상의 강기들이 장천을 향해 달려갔다.

장천은 무덤덤한 표정으로 주먹을 휘둘렀다.

"무궁천살강(無窮天殺强)!"

장천의 주먹에서 거대한 주먹 모양의 강기가 자신을 향해 달려오는 늑대 형상의 강기들을 향해 날아갔다.

쩌쩌쩡-!

쿠콰콰쾅-!

강기끼리 부딪히자 충격파가 사방으로 퍼지며 폭발을 일

으켰다.

환영마제가 재빨리 단전에서 자신이 가진 모든 내공을 끌어 올렸다.

"환영아수라(幻影阿修羅)!"

환영마제의 몸에서 거대한 아수라 형상이 튀어나왔다.

세 개의 얼굴과 여섯 개의 얼굴을 지닌 거대 아수라가 온 하늘을 가득 메우고 있었다.

아수라의 형상은 여섯 개의 팔을 교차하여 한 곳으로 모았다.

모은 손 앞에는 거대한 기운이 모이고 있었다.

고오오오오-!

그 방향은 장천을 향하고 있었다.

"이것도 막아 봐라!"

쯔아아앙-!

모든 것을 꿰뚫어 버릴 것 같은 빛줄기가 장천을 향해 날아갔다.

어찌나 강한 기운을 머금었는지 빛줄기 주변으로 공기의 파동이 퍼져 나갔다.

장천은 처음으로 긴장한 얼굴로 한껏 모았던 내공을 자신의 주먹에 집중했다.

"무궁칠성파천강(無窮七星破天罡)!"

장천의 주먹에서도 붉은 빛의 빛줄기가 쏘아져 나갔다.

쩌정-! 쯔저정-!

두 빛줄기가 맞부딪히며 이상한 소리를 내며 둥글게, 둥글게 뭉치기 시작했다.

두 빛줄기가 모두 사라지고 공중에는 작은 광구(光球) 하나가 떠 있었다.

빙글빙글 돌던 광구가 번쩍 빛을 내며 폭발했다.

쿠콰콰콰쾅-!

환영마제가 날린 최후의 초식마저 막힌 것이다.

거대한 폭발로 인해 폭풍 같은 바람이 자신을 덮쳐 와도 환영마제는 그것을 신경 쓰지 않았다.

그저 믿을 수 없는 표정으로 장천을 바라보았다.

명왕의 무공 수위는 자신과 비슷하다고 소문이 나 있었는데 막상 직접 대면해 보니 헛소문이었다.

"누군가를 지켜야 한다는 간절함이 생기니 강해지더군."

"누군가를 지켜?"

"너는 모를 테지. 암튼 지금은 대화할 상황이 아니라서 말이지."

슈욱-!

환영마제의 앞으로 순식간에 몸을 이동한 장천은 그에게 자신의 권을 날렸다.

"패천신권(敗天神拳)!"

뿌아악-!

"커억!"

장천의 권을 피하지 못하고 제대로 맞은 환영마제는 몸이 천천히 무너져 내렸다.

털썩—!

운가장을 쳐들어온 한 명은 이렇게 정신을 잃었다.

다른 쪽에선 또 다른 십제들과 여월, 울지랑이 맞붙고 있었다.

암천제라 불리는 자는 암혼살왕이라 불리는 여월과 치열하게 싸우고 있었다.

둘 다 암살 쪽에 관한 무공이어서 그런지 기척조차 내지 않고 서로가 서로를 공격하고 있었다.

그러다가 여월이 피식하고 웃었다.

암천제가 발끈하며 말했다.

"비웃는 것이냐!"

"아니, 누군가가 생각이 나서 말이지. 그분이었다면 우리에게 분명히 호통을 치셨을 테니까."

"뭐? 지금 그게 전투 중에 떠올릴 일이냐?"

어이가 없는 모습으로 여월을 바라보는 암천제.

"하하하, 웃기지? 이 상황에서 그게 생각이 나니."

여월의 말에 암천제는 진지하게 임하려 했는데 자꾸 여월의 말이 걸렸다.

사람 궁금하게 만들고 이야기를 안 해 주니 집중이 안 되었다.

"그, 그래서 그분이라는 사람이 뭐라 호통을 치시는데?"

암천제가 조심스럽게 묻자, 여월이 미소를 지으며 말했다.

"이놈들아! 정신 사나워! 기척 좀 내면서 싸워! 이렇게 말씀하셨겠지."

"그게…… 웃기냐?"

"자네가 그분들을 몰라서 그런 게지."

여월은 암천제가 맘에 들었다.

자신과 같은 살수 계통인 데다가 막상 맞붙어 보니 나쁜이 같지도 않았다.

"보아하니 이런 일을 할 사람 같진 않은데 이쯤하고 물러가면 더 이상 공격하지 않겠다. 나는 자네가 마음에 든다."

여월의 말에 암천제가 미소를 지었다.

오늘 들은 말 중에 가장 기분 좋은 말이었다.

자신이 맘에 든다는 말.

암천제 역시 여월이 맘에 들었다.

그래서 지금 이 싸움이 마음에 들지 않았다.

"나도 그러고 싶은데 이미 선금을 받아서 말이지."

"돈에 얽매이는 성격은 아닌 거 같은데?"

"그렇긴 한데…… 나도 먹여 살려야 할 식구들이 있어서 말이다."

"흠, 돈이라면 내가 좀 융통해 줄 수 있는데."

"크크크크. 그거 듣던 중에 반가운 소리긴 한데. 자네가 융통할 수 있는 금액이 아니다."

둘은 어느새 전투는 하지 않고 대화를 하고 있었다.

그 사실을 인지하지 못한 채 연신 즐거운 듯 이야기를 나누고 있었다.

"얼마나 필요한데?"

"나에게 의뢰를 한 자들은 황금 백 관을 약속했다."

"황금 백 관?"

여월이 되묻자 고개를 끄덕이는 암천제였다.

여월은 저쪽에서 열심히 싸우고 있는 제갈천에게 전음을 보냈다.

-야, 우리가 개인적으로 융통할 수 있는 금액이 얼마냐?

-네? 갑자기 그게 무슨 말입니까? 바쁜 와중에?

-아니, 여기 이놈이 맘에 들어서 말이다.

-네? 그래서 돈으로 꼬드기려고요?

-크크크. 가능하다면 그게 낫지 않겠냐?

-하아, 대단하시네요. 일단 당장 제 권한으로 융통할 수 있는 금액은 황금 만 관 정도입니다.

-만 관? 그거 다 질러도 되는 금액이냐?

-안 되죠! 이천 관까진 됩니다.

-알았다.

여월이 환한 미소로 암천제를 바라봤다.

"그 돈 돌려줘라. 내가 빌려주마."

"뭐? 그냥 주는 것도 아니고 빌려준다고?"

"그래. 어차피 여기서 싸워 봐야 힘들어. 나도 간신히 상대하는데 우리 주군과 삼황께서 오시면 어찌하려고 그래."

"그, 그건."

"특히 삼황께서 너를 가만히 두실 것 같아? 너네 조직이랑? 절대로 가만 안 두실걸? 아마 멸문시킬지도. 자네도 알지? 혈천교를 멸문시킨 분들이 바로 그분들이라는 것을."

암천제는 고민했다.

"어, 얼마나 빌려줄 수 있는데? 이, 이자는?"

"황금 이천 관. 이자는 나랑 친구가 되는 것."

"화, 황금 이, 이천 관? 치, 친구?"

엄청난 금액에 경악을 했고, 뒤이어 나온 이자 대신 자기와 친구하자는 소리에 기쁜 마음이 올라왔다.

"어쩔 거야?"

"다, 당장 돌려준다! 친구."

"크크크크. 그럼 우리 전투는 이걸로 끝?"

"그래도 갑자기 이렇게 마음을 바꿔서 저들을 공격하는 것은 좀……."

암천제의 말에 여월이 웃으며 말했다.

"무슨 소리야? 너는 이제 적 아니다. 손님이다. 손님에게 이런 험한 일을 시키지 않는다. 친구, 자네는 저기 저곳에 가서 구경해."

여월이 암천제의 어깨를 두드리고는 다른 이들을 돕기 위해 이동했다.

암천제가 멍한 표정으로 여월이 날아간 곳을 바라보다 미소 지으며 여월이 가리킨 곳으로 이동했다.

그곳에는 구양진이 뒷짐을 지고 전투를 구경하고 있었다.

암천제가 조심스럽게 그 옆으로 가자 구양진이 미소를 지으며 말했다.

"전투 중에 말로 적을 끌어들이다니 저놈도 물건이군그래."

암천제가 아무 말 없이 조용히 있자 구양진이 말했다.

"저놈과 친구가 됐다면 우리도 인연이다. 통성명이나 하자."

"누, 누구신데 초면에 이리 하대를 하시는 거요! 내가 이래 봬도……."

"알아! 알아. 암천제잖아. 칠왕십제. 나는 천마신교의 교주 천마 구양진이라고 한다. 나이는 네놈보다 훨씬 많이 먹었으니 그리 알고."

"처, 천마라니요? 그, 그게 무슨?"

갑자기 튀어나온 천마라는 단어에 암천제가 화들짝 놀랐다.

무림 공적이 되어야 할 진짜가 여기에 있었다.

크게 당황하는 암천제를 보며 구양진이 말했다.

"겨우 이런 걸로 놀라고 그래. 앞으로 놀랄 일이 얼마나 많은데."

"아니, 그……."

암천제가 다시 물어보려 할 때 뒤에서 엄청난 폭음이 들려왔다.

콰콰콰쾅-!

후웅-!

뜨거운 바람이 둘이 있는 곳까지 불어왔다.

무슨 일인가 바라보니 누군가가 쏜 화살이 여기저기 떨어지며 벽력탄이 떨어진 것 같은 폭발을 일으킨 것이다.

자세히 보니 또다시 활에 수십 개의 화살을 채고 있었다.

쯔앙-!

다시 하늘 높이 날아오르는 수십 개의 화살.

수십 개의 화살이 하늘 위에서 두 개, 세 개, 여러 개로 갈라지면서 소나기처럼 쏟아져 내리기 시작했다.

후두두두둑-!

그 아래에 있는 운가장의 무인들이 크게 다칠 위기였다.

그때 거대한 화룡이 하늘 전체를 덮으며 그 화살들을 무효화하기 시작했고, 거대한 무신이 화살을 날린 자를 향해 거대한 기공포를 쏘았다.

쯔아앙-!

쿠콰콰쾅-!

화살을 날린 자는 재빨리 그곳을 벗어나 피했다.

피한 곳에는 한 명의 중이 달려들고 있었다.

"백보신권(百步神拳)!"

화살을 날린 자가 당황하며 황급히 피했다.

"빙백신장(氷白神掌)!"

하얀 털옷을 입은 청년이 피하는 방향을 향해 빙공을 날렸다.

"이익! 애송이들이 감히!"

남자는 재빨리 활시위에 자신의 발을 걸었다.

"궁신탄영(弓身彈影)!"

자기 자신을 화살처럼 걸어 쏘아서 위기를 모면하는 남자였다.

"천하의 천궁뇌제께서 후기지수를 피해 도망을 가시다니요. 천하가 웃을 일입니다!"

조방이 큰 소리로 외치자, 천궁뇌제라 불린 남자의 이마에 혈관이 튀어 나왔다.

"건방진 애송이들! 다 죽여 주마!"

공중에 뜬 채로 빈 활의 시위를 크게 당기는 천궁뇌제였다.

"파천황뢰궁(破天慌雷弓)!"

거대한 뇌전의 화살이 조방, 진천, 은천상, 원각을 향해 쏘아졌다.

네 사람은 각기 자신들의 기운을 끌어모아 천궁뇌제의 파천황뢰궁에 대응했다.

오행체 중에 넷이 힘을 합치자 그 기운은 상상을 초월했다.

왜 세상에 위기가 오면 이들을 내려 보낸다고 생각하는지 알 수 있는 모습이었다.

그 모습에 천궁뇌제가 당황한 모습으로 외쳤다.

"뭐, 뭐야! 이런 말도 안 되는 내공이라니!"

그러거나 말거나 넷은 힘을 합쳐 각기 자신의 기운을 모아 방출했다.

네 가지 색이 조화롭게 어울리며 파천황뢰궁과 부딪혔다.

파천황뢰궁은 순식간에 파쇄되고 기세가 전혀 줄지 않은 사색의 기운은 천궁뇌제를 향해 날아갔다.

천궁뇌제가 다급하게 피했다.

그러나 완벽히 피하지 못하고 내상을 입고 바닥으로 추락했다.

콰쾅—!

지면에 떨어진 천궁뇌제는 기절했다.

그 모습에 네 사람은 서로를 바라보며 웃었다.

비록 수로 밀어 붙였지만 칠왕십제의 일인을 잡은 것이다.

이제 남은 것은 두 명이었다.

두 명 역시 힘을 다하고 천천히 쓰러지고 있었다.

"후아, 어찌어찌 대충 정리가 되어 가는 거 같은데?"

장내는 정리가 되어 가고 있었다.

이제 남은 자들만 정리하면 되었다.

"저들만 정리하면 되겠네."

장천이 남은 무인들을 향해 발걸음을 옮기려 할 때 거대한 기운이 장천을 덮쳤다.

쿠콰쾅-!

"크아악!"

장천이 미처 피하지 못하고 뒤쪽으로 날아갔다.

콰당탕탕-!

"크으윽!"

내상을 심하게 입었는지 입에서 연신 피가 새어 나오고 있었다.

그 모습에 여월이 공격을 한 남자에게 덤벼들었다.

"비겁한 놈이!"

여월이 달려들자 남자가 웃으며 말했다.

"비겁? 비겁이라고? 하하하, 내가 없을 때 우리 세가를 박살을 내놓은 놈들이 할 소리는 아닌 거 같은데?"

쩌엉-!

"푸헉!"

남자는 단목천이었다.

단목천은 자신을 향해 달려오는 여월을 가볍게 날려 버렸다.

콰당탕-!

여월 역시 구석까지 날아가며 피를 토했다.

"쿨럭!"

그때 누군가가 여월의 등에 손을 올리며 기운을 불어넣었다.

익숙한 기운에 여월은 혹시 천룡이 온 것이 아닌가 하고 고개를 번쩍 들었다.

하지만 아니었다.

손문이 미소를 지으며 힘을 불어넣고 있었다.

"금방 괜찮아지실 겁니다. 저만 믿으십시오."

"고맙네."

여월이 고마움을 표하자 손문은 그저 웃을 뿐이었다.

한편 그 모습을 보던 단목천이 미소를 지었다.

"여기에 다 모여 있었구나. 오행체 놈들."

그토록 찾아 헤매던 것들이 이곳에 다 모여 있었다.

자신의 주군인 마진강이 저들을 왜 찾는지는 중요하지 않았다.

이제 저들을 이용해서 마진강과 협상을 해야 했다.

전에는 그저 찾으라 하니 찾았지만 이젠 아니었다.

자신에게도 절실하게 필요한 놈들이었다.

"얌전히 내 말을 따른다면 목숨만은 살려 주겠다."

단목천의 엄포에 오행체들은 어이없는 표정으로 웃었다.

그 모습에 기분이 상할 법도 한데 단목천은 여유로운 표정으로 말했다.

"크크크크. 아직 내 무서움을 모르니 그리 행동하는 것이겠지."

단목천이 오행체를 향해 걸음을 옮기려 할 때 차가운 기운이 그를 향해 날아왔다.

쩌엉ㅡ!

쩌저적ㅡ!

막았음에도 신체 일부를 순식간에 얼려 버리는 엄청난 빙공.

바로 은백광의 빙백신장이었다.

"북해빙궁도 이곳에 있었던가? 뭐 하는 곳이지?"

단목천의 표정이 서서히 굳어 갔다.

자꾸 벌레들이 여기저기서 기어 나와 자신의 신경을 긁고 있었다.

은백광을 향해 죽일 기세로 장력을 방출하는 단목천이었다.

"너는 죽어라!"

너울거리며 빠른 속도로 날아가는 손바닥 모양의 강기가 은백광을 향해 날아갔다.

기운의 크기를 보았을 때 은백광이 막기는 힘들었다.

쩌정―!

콰쾅―!

그런데 누군가가 난입하며 단목천의 장풍을 튕겨 내었다.

단목천의 표정이 일그러지며 방해한 자를 노려보았다.

"그대는 또 누군가?"

결코, 자신의 아래가 아닌 남자의 등장에 단목천이 긴장했다.

삼황이 아닌데도 저 정도 기운을 가진 자라니.

"세상 사람들이 천마라 부르는 사람이지."

"천마? 마교의 교주 천마?"

전혀 상상도 못 한 존재의 등장에 단목천이 살짝 당황했다.

"마, 마교가 여기서 왜 나와? 여기 진짜 뭐 하는 곳이야?"

단목천이 두 걸음 뒤로 물러서며 말했다.

상상도 못 한 상대가 나타나자 자신도 모르게 물러선 것이었다.

"운가장과는 아주 떼려야 뗄 수 없는 인연이 있지. 네놈을 잡아서 장주님께 받은 은혜를 조금이나마 갚아야겠다."

구양진이 기세를 올리며 단목천의 앞으로 나섰다.

그 모습에 단목천이 가소롭다는 표정으로 바라보았다.

"크크크, 운가장과 인연이 있다는 것만으로도 네놈의 명이 결정되었다."

"무슨 자신감으로 그리 말하는지 모르겠다만, 나는 그리 만만한 상대가 아니다."

"하하하, 만만하게 느껴지니 이러는 것이지."

단목천의 말에 구양진이 더는 참지 못하고 공격을 시작했다.

"혼이 나 봐야 정신을 차리는 부류군. 내 친히 네놈의 입에서 잘못했다는 말이 나오게 해 주지!"

구양진의 양손에 검은 마기가 가득 찼다.

"천마흑룡장(天魔黑龍掌)!"

검은 마기로 이루어진 용의 형상이 단목천을 향해 날아갔다.

단목천이 자신의 애검을 꺼내 들며 말했다.

"크크크. 마기라…… 나도 마기에는 일가견이 좀 있지."

우우웅—!

"만천흑월검(滿天黑月劍)!"

단목천의 검에서 구양진과 똑같은 마기가 뿌려졌다.

쿠콰콰쾅—!

두 기운이 부딪히며 엄청난 굉음을 일으켰다.

구양진이 당황했다.

"마기를 쓴다고? 어찌?"

"마기가 너희들의 전유물이라고 생각하면 곤란하지."

단목천이 자신의 검을 횡으로 그었다.

"만천단월검(滿天斷月劍)!"

잠시 당황했던 구양진이 자신을 향해 날아오는 무형의 기운에 다급하게 대응했다.

"천마강기!"

쩌엉─!

"크윽! 이놈!"

예상보다 강한 충격에 구양진의 입에서 침음성이 나왔다.

자존심이 상했다.

자신은 모든 마의 정점인 천마였다.

다른 것은 몰라도 마기에 있어서는 자신이 최강이어야 했다.

구양진의 표정이 더없이 진지해졌다.

"오냐! 보여 주마! 진정한 마(魔)를!"

"진정한 마라고? 크크큭. 오글거리는 소리를 아주 잘도 떠드는구나. 그래. 어디 보여 봐라."

단목천이 능글거리며 답하자 구양진의 온몸에서 시커먼 마기가 분출되기 시작했다.

"천마멸천(天魔滅天)!"

천마신공의 최후 초식이 단목천을 향해 전개되었다.

예상보다 강하다고 생각했는지 단목천은 진중한 표정으로 자신의 검에 내공을 불어넣었다.

"만천유성검(滿天流星劍!"

단목천 또한 자신의 최후 초식을 전개하였다.

쩌저저저정-!

쿠콰콰콰쾅-!

사방에 휘몰아치는 기의 폭풍이 주변을 초토화시키고 있었다.

구양진의 천마멸천을 소멸시킨 만천유성검의 잔재가 구양진을 향해 날아갔다.

구양진은 재빨리 천마강기로 막으려 했다.

그때 단목천의 이마에서 무언가가 번쩍거렸다.

"큭! 모, 몸이!"

그 빛을 본 구양진의 몸이 아주 잠깐 동안 멈춘 것이다.

퍼퍼퍽-!

"커헉!"

아주 잠시간의 빈틈이었지만 결과는 엄청났다.

쿠당탕탕-!

결국, 단목천의 공격에 적중된 구양진은 운가장 쪽으로 날아갔다.

"쿨럭!"

피를 한 움큼 내뱉으며 고통스러워하는 구양진에게 손문이 재빨리 달려가 자신의 활인기로 그를 치료하기 시작했다.

치료를 받는 와중에도 구양진은 믿을 수 없는 표정으로 단목천을 바라보았다.

"그, 그게 무슨 기술이냐? 네놈이지? 나를 잠시 동안 못 움직이게 한 것이."

구양진의 말에 이게 무슨 소린지 몰라 하는 사람들을 뒤로 하고 단목천이 아쉬운 표정으로 말했다.

"큭! 죽일 수 있었는데 그래도 천마쯤 되니 아주 찰나 동안만 멈추게 할 수 있구나."

"정녕 네놈이 멈추게 한 것이 맞단 말이냐?"

의심이 확신이 되는 순간이었다.

"무슨 말이오? 멈추게 하다니?"

"이상한 기술을 쓰고 있소. 무공은 아닌데 몸을 움직일 수 없었소."

"사술(邪術)인가?"

은백광의 말에 단목천이 크게 웃으며 말했다.

"크하하하! 그래, 그렇지. 네놈들 눈에는 사술로 보이겠지. 알려 줘도 모를 것이다. 딱히 알려 줄 마음도 없고."

그러면서 기세를 다시 끌어 올리기 시작했다.

"일단 운가장이라는 곳을 폐허로 만들고 이야기하자꾸나."

단목천의 말에 다들 최선을 다해 지키려 입술을 꽉 깨물었다.

인정하기 싫었지만, 상대는 삼황급 무인이었다.

거기에 이상한 기술까지 쓰는 까다로운 상대였다.

단목천의 손에서 거대한 광구가 피어올랐다.

저 새하얀 광구가 어디로 향할지는 불을 보듯 뻔했다.

"막아라! 무슨 수를 써서라도 막아야 한다!"

"크크큭! 막을 수 있으면 막아 봐라!"

단목천의 손에서 떠난 광구가 운가장을 향해 포물선을 그리며 날아갔다.

장천과 울지랑, 여월이 광구를 막아 내기 위해 힘을 합쳐 내공을 방출했다.

빠지지직─!

세 사람의 힘이 담긴 내력으로도 광구가 날아오는 것을 막지 못했다.

"크으으윽! 아, 안 돼!"

"너, 너무 강하다!"

이를 악물고 힘을 내보였지만 역부족이었다.

절망스러운 표정으로 눈을 질끈 감을 무렵 구양진이 나섰다.

"천마일점강(天魔一點罡)!"

검은빛의 강기가 광구를 향해 날아왔다.

쩌엉─!

충돌과 함께 엄청난 소리가 들리며 광구는 다른 곳으로 튕겨 나갔다.

쿠와와와─ 콰콰콰쾅─!

광구가 폭발하면서 불어오는 폭풍만으로도 운가장이 무너질 것 같았다.

"크으윽! 이런 엄청난 기운이라니!"

광구를 막기 위해 다급하게 힘을 끌어 올린 구양진은 다시 자리에 주저앉았다. 너무 급격하게 내력을 끌어 올리다 보니 기혈이 엉킨 것이다.

평상시의 그였다면 절대로 있을 수 없는 일이었다.

하지만 이미 단목천과의 전투로 내상이 남아 있던 상태에서 단목천의 저 강한 힘을 막으려 자신이 가진 모든 것을 끌어 올리다 보니 무리가 간 것이다.

"쿨럭!"

각혈하며 고개를 숙이는 구양진을 바라보는 사람들.

그러나 그것도 잠시였다.

다시 느껴지는 엄청난 기운에 모든 시선이 단목천이 있는 곳으로 향했다.

"크크큭! 설마 그게 막힐 것이라곤 생각하지 못했는데."

웃으며 말하는 단목천의 손에는 아까보다 더 강력한 광구가 맺히고 있었다.

"어디 이것도 막아 봐라! 크크크, 이것을 막는다면 군소리 없이 오늘은 물러가 주지."

단목천이 자신 있게 말할 정도로 광구의 기운은 엄청났다.

다시금 단목천의 손에서 떠난 광구는 운가장을 향해 날아갔다.

다들 망연자실한 눈으로 운가장을 향해 날아가는 광구를 바라볼 뿐이었다.

"안 되지. 안 돼."

모두가 손도 못 쓰고 허망하게 날아가는 광구를 바라보고 있을 때 어디선가 또렷하게 들리는 목소리가 그곳에 있는 모든 사람의 귓속을 파고들었다.

운가장을 향해 날아가던 광구는 어느새 공중에 멈춘 채로 더 움직이지 않고 있었다.

"우리 애들을 저 지경으로 만든 것도 열받는데 집까지 부수려고?"

뒷짐을 진 채로 천천히 걸어오는 남자.

바로 천룡이었다.

능력을 각성하고 난 뒤에 가장 먼저 느낀 것이 바로 운가장에 들이닥친 위험이었다.

오행체의 기운이 요동치는 것이 아주 생생하게 느껴진 것이다.

운가장에 무언가 안 좋은 일이 생긴 것을 직감한 천룡은 제자들에게 먼저 간다고 하고 다급하게 날아 온 것이었다.

다행히 큰일이 벌어지기 전에 도착했기에 안도의 한숨을 내쉬며 이리 모습을 드러낸 것이다.

천룡의 등장에 좌절하던 수많은 사람의 표정이 일제히 환하게 펴졌다.

"주, 주군! 회, 회복하신 것입니까?"

장천의 물음에 천룡이 미소를 지으며 고개를 끄덕였다.

"전보다 더 강해졌다. 그러니 이제 걱정하지 않아도 된다."

"가, 감축드리옵니다! 주군!"

장천의 외침에 그곳에 있는 모든 이들이 일제히 입을 모아 외쳤다.

"감축드리옵니다!"

그들의 뇌리에서 단목천과 침입자들은 머리에서 지워졌다.

한편, 단목천은 엄청난 충격을 받고 있었다.

단목천의 눈에는 보였다.

단목천은 천룡이 가진 말도 안 되는 거대한 기운을 느끼고 두려움에 동공이 떨리고 있었다.

'저, 저게 사람이라고? 그, 그럴 리가 없다. 어, 어찌 인간이……'

두려운 눈빛으로 뒷걸음질 치는 단목천이었다.

'과, 과연 주군이 왜 호적수라 했는지 알 것 같구나. 내, 내가 상대할 수 있는 자가 아니다!'

세상에 상대할 사람이 있고 피해야 할 사람이 있다.

천룡은 후자였다.

자신은 절대로 상대할 수 없는 초강자였다.

'저런 자와 싸우라고? 그래서…… 자극하라고? 말이 되는 소릴 해야지! 역시 우리를 전부 처단하려고 마음을 먹은 것이군!'

단목천은 지금까지 가지고 있던 작은 희망마저도 버려 버렸다.

생각을 마친 그는 재빨리 그곳을 벗어나려 했다.

하지만 몸이 움직이지 않았다.

"어디 가려고? 이 난리를 피워 놓고?"

당황한 단목천이 고개를 돌려 보니 천룡이 무서운 얼굴로 자신을 향해 걸어오고 있었다.

"이익! 삼안속박(三眼束縛)!"

단목천의 이마에서 빛이 새어 나왔다.

"조, 조심하십시오! 이상한 기술을 쓰는 놈입니다!"

구양진의 말에 천룡이 웃으며 말했다.

"이상하다고? 이 빛 때문인가?"

순식간에 단목천의 앞으로 이동한 천룡은 호기심 가득한 얼굴로 빛이 나는 곳을 손가락으로 찔렀다.

콕–!

"끄아아아악!"

전혀 예상도 못 했던 행동에 제삼의 눈을 찔린 단목천은 이마를 감싸고 데굴데굴 굴렀다.

설마 그곳을 찌를 것이라고 누가 생각하겠는가.

"어라? 진짜 눈이었어? 미안하게…….."

말은 미안하다고 하는데 말투는 전혀 아니었다.

천룡의 말을 들은 사람들의 머릿속에선 한 가지만 떠올랐다.

'저건…… 알고 그러신 거다.'

'알고 그러신 거네.'

'저거 알고 계셨네.'

힘을 되찾고 다시 돌아온 천룡은 전과 달리 짓궂은 모습이 나왔다.

"이놈은 내가 맡을 테니 너희들은 저기 애들 처리해라."

"네! 알겠습니다!"

천룡의 말에 사기충천한 운가장의 무인들은 환하게 웃으며 단목천이 데려온 무사들을 공격했다.

천룡은 데굴데굴 구르는 단목천의 주변을 빙글빙글 돌며 말했다.

"너…… 마진강 수하구나? 진강이가 보냈니?"

천룡의 말에 단목천의 움직임이 멈췄다.

이마를 감싼 채 두려운 눈빛으로 천룡을 바라봤다.

자신의 권능이 전혀 통하지 않았다.

아주 잠시간이라도 멈추게만 한다면 이곳을 빠져나갈 수 있다고 생각했지만, 그것은 자신의 착각이었다.

눈앞의 남자는 정말 강했다.

단목천은 마진강이 자신들에게 내린 명령을 상기하고는 그것을 써먹었다.

"그, 그렇습니다! 주, 주군께서 당신을 즐겁게 해 주라고 명령을 내리셨습니다."

"나를 즐겁게 하라고?"

"그렇습니다. 수단과 방법을 가리지 말고 자극하라고 하셨습니다. 저는 명령을 받아 이곳에 온 것입니다."

단목천의 말이 거짓인지 유심히 바라보는 천룡이었다.

그의 말은 모두 진실이었기에 천룡은 눈치를 챌 수 없었다.

"진짜인가?"

고개를 갸웃거리는 천룡.

단목천은 그저 눈치만 살피며 속으로 간절히 빌고 있었다.

'제발, 믿어라. 믿어!'

간절한 마음이 통했을까?

천룡이 말했다.

"사실인 거 같군. 그래도 우리 애들을 저리 만든 것은 용서할 수 없지."

"네? 저, 저는……."

단목천이 변명을 하려 했지만 늦었다.

따악—!

"끄아아아악!"

아까 찔렸던 삼안에 엄청난 충격이 재차 가해졌다.

천룡이 딱밤을 날린 것이다.

"끄아아악!"

다시 바닥을 데굴데굴 구르며 고통에 몸부림치고 있었다.

"엄살은. 이제 시작인데."

잔인했다.

예전보다 더 잔인해졌다.

―주, 주군께서 저런 말투를 쓰셨던가?

―아니……. 무언가 변하신 것 같군.

사람들은 저게 좋은 것인지 나쁜 것인지 감이 잡히지 않았다.

계속해서 단목천을 때리기 위해 접근을 하려 할 때, 갑자기 자신의 수하들의 눈빛이 변하는 것이 느껴졌다.

'응? 뭐지? 이 이질감은?'

천룡이 고개를 돌리자 운가장의 수하들이 자신을 향해 덤비고 있었다.

그들의 눈은 이지를 상실한 것처럼 하얗게 변해 있었다.

그 모습에 다들 깜짝 놀라 허둥댔다.

다른 이들도 아닌 운가장의 무인들이 천룡을 향해 돌진한 것이다.

천룡 역시 깜짝 놀라 자신을 향해 달려오는 무인들이 다치지 않게 제압했다.

한눈에 보아도 상태가 정상이 아니라는 것을 느꼈기에 조심했다.

"뭐, 뭐야?"

자신의 수하들을 제압하고 주변을 둘러보니 단목천이 사라지고 없었다. 천룡이 재빨리 사방으로 기운을 퍼트려 사라진 단목천을 추적했지만, 기운이 느껴지지 않았다.

"뭐지? 이놈들 이상한 기술을 쓰네?"

천룡이 어처구니없는 표정으로 방금 단목천이 쓰러져 있던 곳을 연신 바라보며 중얼거렸다.

단목천이 사라지자 상태가 이상했던 사람들의 정신이 멀쩡하게 돌아왔다.

"어? 내가 왜 여기에 있지? 나는 밖에서 경계를 하고 있었는데?"

다들 밖에서 주변을 정리하거나 경계를 하던 무인들이었다. 어리둥절해하는 그들을 보며 천룡이 말했다.

"아무래도 저들 중에 사람의 정신을 조종하는 자가 있었는가 보군."

천룡의 말에 제갈군이 그의 곁으로 와서 대꾸를 하였다.

"주군께서 놓칠 정도면 그 능력이 대단한 자인가 봅니다."

제갈군의 말에 천룡이 고개를 저으며 말했다.

"그보다 기척을 없애는 기술도 있는 것 같은데……. 순식간에 내 앞에서 사라졌어."

"아무도 그가 사라지는 것을 느낀 자가 없습니다. 어찌 된 것일까요?"

"모르겠다. 오늘 일은 정말인지 황당하군."

그런 천룡을 제갈군은 미소 지으며 뚫어져라 바라보았다.

제갈군의 뜨거운 시선을 느낀 천룡이 고개를 돌려 물었다.

"왜? 잘하면 내 얼굴 뚫어지겠다."

"네? 하하, 주군. 말솜씨가 엄청 좋아지셨습니다."

"죽을 고비를 넘겼더니 이렇게 됐나 보다. 그래도 힘을 되찾아서 다행이다. 하마터면……."

천룡은 말을 하다 말고 주변을 천천히 돌아봤다.

그곳에는 자신과 인연을 맺은 수많은 사람들이 있었다.

뒷말은 하지 않았지만 그곳에 있는 모든 이들은 알아들었다.

"저희야말로 주군께서 이리 건강하게 돌아오셔서 너무 기쁩니다."

제갈군의 말에 장천과 여월, 조방 그리고 울지랑이 천룡의 앞으로 달려와 연신 눈물을 흘렸다.

그런 이들을 토닥이며 달래 주고 구양진과 은백광에게 다가갔다.

"사돈, 고맙습니다."

"아닙니다! 당연히 제가 해야 할 일을 한 것인데요. 이곳은 제 딸도 살고 있지 않습니까."

은백광의 말에 천룡은 고개를 끄덕이고는 그 옆에 있는 구양진을 바라보았다.

내상을 입어서 안색이 별로 좋지 않았다.

천룡이 구양진의 손을 감싸 쥐며 말했다.

"고맙다. 너에겐 큰 은혜를 입었구나."

"그, 그 무슨 말씀입니까? 저희가 받은 은혜에 비하면 아직 멀었습니다."

"아니다. 고맙다. 이들은 내 전부다. 네가 아니었다면 정말 큰일이 벌어졌을지도 모를 일이었다. 정말 고맙다."

천룡의 진심이 담긴 감사에 구양진의 표정이 밝아졌다.

그리고 천룡의 따스한 기운이 구양진의 몸 안으로 스며들었다.

너무나도 포근한 기분에 자신도 모르게 눈을 감아 버렸다.

서서히 무너지는 구양진을 천룡이 조심스럽게 감싸 안은 뒤에 수하들에게 말했다.

"조심해서 침상으로 옮겨라."

"네!"

백무위가 걱정스러운 얼굴로 천룡과 구양진을 번갈아 바라보자 천룡이 웃으며 말했다.

"걱정 말아라. 내상을 치료하기 위해 내 활인기를 몸 안에 넣었다. 한숨 푹 자고 일어나면 전보다 더 쌩쌩하게 움직일 게다."

"가, 감사합니다!"

감사 인사를 하고 구양진이 사라진 방향으로 달려가는 백무위였다.

천룡은 어수선한 장내를 정리하고 수하들과 함께 안으로 들어갔다.

꽃

찰싹—! 찰싹—!

"이보게! 정신 차리게! 단목천, 이 친구야! 정신 차려!"

만금충은 기절한 단목천을 연신 흔들었다.

잠시 후에 눈을 뜬 단목천은 만금충에게 무슨 일인지 물었다.

"자네, 기억이 안 나나?"

만금충의 말에 갑자기 이마가 아파 왔다.

"윽! 이마가 너무 아프네. 무슨 일이지? 여긴 어딘가?"

정말로 기억을 못 하고 있었다.

엄청난 충격에 기억을 잃은 듯했다.

"이 친구야! 자네 간신히 살아왔어! 여기는 내 방이고!"

"내가? 그러고 보니 나는 운가장에 쳐들어갔었는데…….."

서서히 돌아오는 기억에 단목천이 머리를 감싸 쥐었다.

"그, 그렇군. 겨우 살아 돌아온 게 맞았군."

"이제 기억이 좀 돌아왔는가?"

만금충의 말에 고개를 끄덕였다.

"내가 주위를 끄는 동안 자네가 공간 이동 부적을 사용했기에 망정이지, 자네나 나나 그곳에서 세상 하직할 뻔했네."

"그, 그렇지. 기억이 나네. 그 와중에도 부적을 찢어서 탈출할 생각을 한 내가 대단하군."

"나도 거기 무인들에게 최면을 걸고 그 자리에서 부적을 찢었네. 안 그랬으면 잡혔을 거야."

"그래도 마진강 그자에게 받은 부적이 요긴하게 써먹혔군."

"자, 자네 이제 완전히 등을 돌리기로 마음을 먹었는가?"

"거기서 느꼈네. 자네도 느끼지 않았는가? 운천룡이라는 자의 힘을."

"나는 정확하게는 못 느꼈네. 그저 자네가 속수무책으로 당하는 것을 보고 짐작만 하는 게지."

만금충의 말에 단목천이 욱신거리는 이마를 부여잡고 말했다.

"괴물이네. 마진강과 똑같은 괴물."

"그 정도인가?"

"그러네. 그런 자에게 우리를 던진 걸세. 그것이 무엇을 뜻하는 것인가. 우리를 버렸다는 뜻일세."

"우리는 정말로 버림을 받은 것인가?"

"버림? 하하하, 버림이라. 우리는 버림을 받은 게 아니고 원래 버려져 있었어. 이제야 그것을 깨달은 것이지."

"……."

만금충이 침울한 표정으로 고개를 숙였다.

"이럴 때가 아닐세. 어서 정리해서 숨어야 하네. 언제 저들이 우리를 찾아 이곳으로 올지 모를 일이네."

두려움 가득한 얼굴로 만금충에게 말하는 단목천이었다.

"그, 그렇군. 내가 이렇게 정신을 놓고 있을 때가 아니지. 일단 자네는 쉬고 있게."

"아니네. 나도 돕겠네. 같이 나가세."

❧

"흐음, 뭐지? 권능을 가진 영혼들이 나를 배척하는 느낌이 드는데?"

마진강이 인상을 찡그리며 연신 고개를 갸웃거렸다.

"이럴 줄 알았으면 영혼 각인을 해 놓을 걸 그랬나? 일일이 찾아다니려니 귀찮군."

마진강의 말에 옆에서 조용히 움직이던 남자가 입을 열었다.

"소신이 찾아보겠습니다."

그의 말에 마진강이 고개를 저었다.

"네놈은 느낄 수 없다. 그나저나…… 마기가 광동 쪽으로 이어지는구나. 그곳에 누가 있더라?"

"그곳은 만금충의 영역입니다. 주군."

"아! 그놈이 거기에 살던가? 그럼 그곳으로 가자. 얼굴도 볼 겸 잠시 휴식도 취할 겸……."

"알겠습니다."

남자는 곧바로 수하들에게 황금천으로 방향을 잡으라고 명했다.

마차가 방향을 바꿔 이동을 시작했다.

마진강은 마차 밖의 풍경을 보며 사색에 잠겼다.

한참을 그리 이동하다가 마진강이 나직하게 말했다.

"이제 이곳 풍경을 보는 것도 멀지 않았군."

마진강의 중얼거림에 앞에 있던 남자가 화들짝 놀라며 물었다.

"주, 주군. 멀지 않았다니요? 그게 무슨 말씀이십니까?"

"쯧, 왜 남의 혼잣말을 엿듣고 그러느냐?"

"소, 소신이 그러려고 그런 것이 아니옵고……."

"크크, 되었다. 말 그대로다. 중원 생활도 이제 얼마 안 남았다는 것이지."

"어디를 가십니까?"

수하의 말에 마진강이 조용히 그를 바라보다 말했다.

"가야지. 내 고향으로. 오랫동안 기다려 온 순간인데."

마진강의 말에 수하는 입을 다물었다.

고향으로 가겠다는데 더 이상 뭘 말한단 말인가.

"소신이 끝까지 모시겠습니다."

우직했다.

그런 수하를 보며 마진강이 웃으며 말했다.

"너는 내가 원망스럽지 않더냐? 너희들에게 전혀 신경을 쓰지 않고 항상 방관하는 나를 말이다."

마진강의 말에 남자가 손사래를 치며 황급하게 말했다.

"그, 그 무슨 말씀이십니까! 신은 단 한 번도 주군을 원망해 본 적이 없습니다!"

남자의 말에 마진강이 웃었다.

"고맙다, 수야. 내 고향에 있을 때 네놈 같은 수하만 있었어도 심심하진 않았을 텐데."

"신! 독고수! 반드시 그 고향에 소신이 꼭 따라가 주군을 끝까지 보필할 것입니다."

독고수의 답에 마진강은 그저 웃기만 할 뿐이었다.

그리고 다시 창밖의 풍경을 조용히 감상하기 시작했다.

❦

광동성(広東省) 광주(廣州).

사람들은 수많은 중원 요리 중에서도 광주 요리는 언제나 최고로 쳤다.

그 광동 요리의 중심이 바로 광주였다.

광주의 식당가는 한 명의 남자로 인해 파란이 일어나고 있었다.

들어가는 집마다 어마어마한 양을 먹어 치우며 그 가게의 몇 달분의 매상을 올려 주고 있었다.

그 덕에 광주의 모든 가게에서 그자를 모셔 가기 위해 혈안이 되어 있었다.

"대인! 저희 가게로 오십시오! 팔보채가 아주 맛있습니다!"

"대인! 저희 가게는 오장향육이 끝내줍니다! 한번 맛보시면 이해를 하실 겁니다!"

"대인! 대인!"

그가 가는 곳마다 주인장이 직접 나와 가게 안으로 안내를 할 정도로 광주에서 유명 인사가 되어 있었다.

그는 바로 은마성이었다.

─오늘은 저 집으로 정했다!

'하아, 이제 돈이 떨어져 간다. 적당히 좀 하자.'

─돈? 돈은 만들면 되지! 세상에 널린 게 돈이다!

'뭐? 훔치자는 소리냐? 나는 절대로 그런 짓은 하지 않는다! 내가 그런 짓을 한 것을 알면 세상 사람들이 나를 얼마나 우습게 알 것인가.'

─크크. 오해를 했구나. 훔치자는 게 아니지. 나눔을 받으면

되는 것이 아닌가.

'나눔?'

—어느 세상이나 뒷골목이라는 것이 존재하는 것으로 안다. 그놈들이 깨끗한 돈을 쓸리는 없고 조용히 가서 몇 대 쥐어박고 나누자고 하면 가능하지 않을까?

'나더러 지금 골목 건달들 돈을 뜯으라는 거냐? 이 나에게?'

—뭐 어때? 세상 사람들이 알 리가 없잖나.

'절대 그럴 순 없다.'

—고지식하긴. 하아, 그럼 다른 방법이…….

'있다.'

—있다고? 뭔데?

'이곳에 내가 목표로 한 놈이 있다. 그놈을 처리하고 그자가 가진 재산을 빼앗으면 되지. 그자는 중원에서 가장 많은 돈을 가진 놈이니 네가 중원의 모든 음식을 먹는다 해도 돈에 있어서는 부족함이 없을 것이다.'

—오오오! 그거 좋은 생각이군. 하하하하. 어디냐! 당장 가자! 내가 가진 모든 능력을 전부 개방해서라도 널 돕겠다.

마현의 말에 은마성이 고개를 끄덕이고는 어디론가 발걸음을 옮기기 시작했다.

—어? 지금 가려고?

'그럼?'

마현의 마음이 가리키는 곳을 바라보니 방금 마현이 들어 가자고 조른 가게다.

'하아, 그래. 먹고 하자.'

ㅡ크크크크. 탁월한 선택이다. 자, 어서 가자! 어서!

은마성은 고개를 흔들며 식당으로 발걸음을 옮겼다.

❦

한바탕 폭풍이 지나간 운가장.

천룡은 오행체와 함께 이야기를 나누고 있었다.

"흠, 그들이 너희들을 찾는 게 확실하다, 이거지?"

천룡의 물음에 다들 고개를 끄덕였다.

"왜 찾을까? 무슨 이유일까?"

"자신에게 위협이 되니 미리 제거를 하려고 찾는 게 아닐 까요?"

제갈군의 말에 손문이 고개를 저으며 답했다.

"아닙니다. 그들은 제가 다칠까 봐 항상 조심스러워 했습 니다. 아마 그것은 아닐 겁니다."

"그럼 뭐지? 수하로 만들려고 그런 건가?"

다들 이유를 찾아보려 고민했지만 명확한 답은 나오지 않 았다.

"됐다. 고민한다고 답이 나오는 것도 아니고. 내가 있으니 크게 걱정할 것 없다. 너희를 괴롭히는 놈들은 내가 다 혼내 줄 테니. 나만 믿어!"

천룡의 말에 다들 눈동자가 풀렸다.

선유동에서 알게 된 사실에 의하면 오행체 자체가 천룡의 수족이나 다름없었다.

그래서 그런지 더욱더 깊게 천룡에게 빠져드는 다섯 명이 었다.

특히 원각은 천룡과 첫 대면에서 큰 충격을 받았다.

마음 깊숙한 곳에서 피어오르는 복종심과 존경심. 그리고 경외감이 그의 몸을 감쌌다.

자신이 모셔야 할 것은 대자 대비한 부처님이라고 생각하며 천룡을 향한 마음을 돌리려고 수도 없이 불호를 외웠다.

그러나 모든 게 허사였다.

점점 마음이 기우는 것은 어쩔 수 없었다.

지금도 봐라.

자신도 모르게 눈이 풀린 채 천룡을 주시하고 있었다.

누가 봐도 충성심 가득한 수하의 눈이었다.

원각이 이럴진대 나머지는 오죽하겠나.

그중에 조방은 감격의 눈물을 흘리고 있었다.

"주, 주군! 크흑! 저, 저희를 그렇게까지……."

차마 말을 잇지 못하며 울먹거렸다.

조방에 이어 손문 역시 울먹거리며 말했다.

"주군······ 역시 제 운명은 주군의 품 안이었나 봅니다. 흑!"

"그, 그러니?"

손문은 고개를 격하게 끄덕이며 눈빛을 반짝였다.

손문의 눈빛이 부담스러워서 고개를 돌리니 옆에 조방이 더 반짝거리며 바라보고 있었다.

이대론 안 되겠다 싶은 천룡은 서둘러 이들을 내보내기로 했다.

"그, 그래. 일단 오늘은 여기까지 이야기하고 다음에 또 뭔가가 나오면 그때 다시 이야기하자."

"네!"

말은 또 엄청 잘 듣는다.

잘 듣는 정도가 아니라 거의 신앙 수준이었다.

애들이 다 나간 것을 확인한 천룡은 의자에 주저앉으며 한숨을 쉬었다.

오행체가 나가자 뒤를 이어 제자들이 문을 열고 들어왔다.

"아버지, 왜 그리 피곤한 얼굴로 앉아 계세요?"

"그럴 일이 있었다. 너희들은 어쩐 일이냐?"

"장천이 소식을 가져왔습니다."

"무슨 소식?"

"단목천에 관한 소식요. 광주에서 모습을 발견했다고 합니다."

"광주라……."

천룡이 조용히 광주라는 단어를 중얼거리자 무광이 물었다.

"어쩌실 거예요? 광주까지 쫓아가실 건지. 가신다고 하면 준비하고요."

"너희들 생각은 어떠냐? 잡아, 말아?"

천룡의 질문에 셋은 이구동성으로 답했다.

"당연히 잡아야죠! 하마터면 집을 날릴 뻔했는데! 거기에 우리 애들 다친 것에 대한 대가도 받아야죠!"

"맞습니다! 어휴, 진짜 그 얘기 듣고 얼마나 놀랐는지 아직도 그 생각만 하면 아찔합니다."

"우리가 없는 틈을 노려서 올 정도면 정말 치밀하게 준비했다는 겁니다. 아! 그리고 결정적으로 잡아야 할 이유가 있네요."

"뭐?"

"황명을 이행하셔야죠. 황명!"

"아……."

태성의 말에 천룡이 깜박했다는 표정으로 태성을 바라봤다.

"맞네! 아버지, 잡으러 가는 거로 결정이 난 것 같습니다. 나가서 당장 준비하겠습니다."

"서둘러야 합니다. 또 어디로 튈지 모르는 놈들이니."

"거기다가 이상한 술법까지 쓴다면서요. 사부, 어서 서두르시죠."

세 사람은 이를 바득바득 갈며 천룡을 재촉했다.

"그래. 일단은 황명도 있고, 궁금한 점도 있고 하니 잡으러 가자. 준비해라."

"네!"

광동성 광주 외곽에 거대한 전각이 자리하고 있었다.

그곳은 바로 황금천의 본거지였다.

그 앞에 은마성이 모습을 드러냈다.

ㅡ이곳인가?

마현의 질문에 은마성은 대답을 하지 않았다.

ㅡ크크크. 맞군. 자! 그럼 이제 힘을 좀 써 볼까?

마현의 말에 은마성이 고개를 저으며 말했다.

'이번엔 내 힘으로 직접 하고 싶다.'

ㅡ오호! 크크크, 좋아. 그거 재밌겠다.

마현의 말에 대꾸 없이 황금천의 정문만을 응시하는 은마성이었다.

잠시 문 쪽을 바라보던 은마성은 자신의 주먹에 내공을 불어넣기 시작했다.

그리고 그 주먹을 문 쪽으로 내질렀다.

퓨웅-!

쾅쾅-!

은마성이 내지른 주먹에 단단해 보이던 문이 산산이 조각
나며 박살이 났다.

굳게 닫혀 있던 문을 부수고 안으로 들어서자, 갑작스러운
사태에 당황한 무인들이 일제히 움직임을 멈추고 문 쪽을 바
라보고 있었다.

"뭐냐! 네놈은 누구냐!"

한 무사의 외침에 은마성이 입꼬리를 살짝 올리며 말했다.

"이곳 주인에게 볼일이 있는 사람. 그만 짖고 주인이나 데
려와."

자신들을 개에 비유하는 은마성의 말에 발끈한 무사들이
일제히 검을 뽑아 들었다.

"곱게 말을 하진 않겠다는 것이군. 문을 부수고 들어왔다
고 우리가 겁을 먹었을 것으로 생각하면 오산이다."

"그만 떠들고 잡아!"

옆에 있던 무사의 말에 검을 뽑아 든 황금천의 무사들이
일제히 은마성을 향해 몸을 날렸다.

은마성의 곁으로 제일 먼저 달려온 세 명의 무사가 은마성
의 몸 주위를 포위하며 검을 찔러 갔다.

까가강-!

몸 안으로 파고들어야 할 검들이 무언가에 막힌 듯 쇳소리를 내며 튕겨 나갔다.

"헉!"

다급하게 검을 회수하고 다시 공격에 들어가려는 찰나에 은마성의 손이 세 명을 스치고 지나갔다.

퍼퍼퍽-!

뒤늦게 들려오는 타격 소리가 그들의 마지막을 알렸다.

쿠당탕탕-!

보이지 않는 속도로 제일 먼저 덤벼 들어간 세 명을 쳐 낸 은마성은 이윽고 몸을 날려 자신을 향해 달려오는 수많은 무사들 사이로 뛰어들었다.

"막아! 적은 강하다! 방심하지 말고 전력으로 공격해라!"

은마성을 막기 위해 자신들이 가진 모든 내공을 끌어내 집중 공격을 가했다.

하지만 은마성이 누구인가?

한때 전 무림을 공포에 몰아넣었던 혈천교의 교주다.

이런 조무래기들이 아무리 힘을 합한다 해도 애초에 이길 수 있는 존재가 아니다.

적들의 공격은 은마성에게 그 어떤 타격도 입히지 못했고 무사들 사이로 뛰어든 은마성의 살육이 시작되었다.

"야랑천격권(夜狼千擊拳)!"

은마성의 몸에서 수백 개의 손이 사방으로 뻗쳐 나가며 자신의 주변에 있는 무인들을 갈가리 찢어 버렸다.

그것으로 인해 그곳에 있는 무인들의 피가 하늘 높이 솟구쳤고, 다시 땅으로 떨어지며 피의 비가 내렸다.

"만금충! 나와라!"

황금천의 마당을 시체 밭으로 만들고 사자후로 만금충을 부르는 은마성이었다.

갑작스러운 사자후에 다른 곳에서 짐을 싸고 있던 무인들이 우르르 정문 쪽 광장으로 몰려들었다.

"무슨 일이야! 적의 침입인가?"

"뭐, 뭐야!"

우르르 모여든 무인들은 광장이 피로 뒤덮여 있는 것을 목격하고 놀란 얼굴로 멈춰 섰다.

그리고 범인으로 보이는 은마성에게 모든 시선이 쏠렸다.

은마성은 모든 이의 시선이 자신에게 쏠리고 있음에도 무덤덤하게 자신이 찾는 이가 나오길 기다리고 있었다.

하지만 의외의 인물이 자신을 반겨 주었다.

"이게 누구야? 패배하고 도망간 은마성이 아닌가?"

그 말에 은마성이 눈썹을 꿈틀거리며 옆으로 고개를 돌려 보니 단목천이 천천히 걸어오고 있었다.

"그대도 이곳에 있었던가?"

"하하하! 그대? 그대라……. 많이 컸구나. 예전에는 내 앞에서 눈도 제대로 못 마주치던 놈이."

"기억이 잘못되었나 보군. 그대와 나의 실력 차이는 미비했다. 단지 그대의 특이한 기술 때문에 좀 더 강할 뿐이지."

은마성의 말에 단목천의 이마에서 핏줄이 솟아났다.

"네 말은 내가 쓰는 기술 때문에 조금 더 강하다는 것이냐? 네놈보다?"

"과거엔 그랬지. 지금은 아니다."

"하하하, 그렇군. 지금은 아니라는 것이군."

단목천은 말을 끝냄과 동시에 자신의 신형을 은마성의 앞으로 빠르게 이동했다.

"그래. 그럼 어디 한번 보자고. 얼마나 차이가 나는지 말이다."

가타부타 말도 없이 은마성을 향해 주먹을 내지르는 단목천이었다.

은마성은 그럴 줄 알았다는 듯 미소를 지으며 재빨리 뒤로 물러섰다.

후웅―!

허공을 가르는 주먹에서 풍압이 일어나 주변을 먼지로 뒤덮었다.

"여전하군. 그 비겁한 공격은."

과거 은마성은 단목천과 싸운 적이 있었다.

마진강이 저들만 싸고도는 것에 자신은 인정하지 못하겠다며 자극했었다.

그에 단목천이 지금처럼 갑작스럽게 기습으로 공격하며 은마성을 쓰러뜨렸다.

은마성이 이건 무효라고 외쳤지만, 단목천이 비열하게 웃으며 방심하고 있던 네놈이 잘못이라며 쓰러진 자신을 마구 밟은 적이 있었다.

그때를 잠시 상기한 은마성은 씁쓸한 미소를 지으며 단목천을 바라보았다.

"크크크, 네놈의 변명이야말로 여전하구나. 그래, 이번엔 피했으니 억울하지 않겠지?"

단목천의 말에 은마성의 미소가 점점 짙어지며 답했다.

"그래. 이제 내가 널 밟은 차례니까 억울한 것은 없지."

"뭐?"

슈아앙-!

퍼억-!

"커억!"

사라지듯이 순식간에 이동한 은마성의 주먹이 단목천의 복부에 꽂혔다.

갑작스러운 고통에 단목천의 눈엔 불신이 가득했다.

단목천은 허리가 앞으로 완전히 꺾긴 채 은마성의 무릎을 자신의 안면에 허용했다.

빠악-!

푸학-! 쿠당탕-!

피를 뿜으며 뒤로 넘어간 단목천.

재빨리 일어나며 입가에 묻은 피를 닦았다.

그런 단목천의 뒤로 만금충이 보였다.

은마성이 환한 미소를 지으며 말했다.

"크크크, 두 놈 다 이곳에 있었구나. 일일이 찾아다니지 않아도 되니 수고를 덜었군."

은마성의 말에 만금충이 고개를 갸웃거리며 물었다.

"우리를 찾아다녀? 무슨 이유로?"

만금충의 말에 은마성이 말했다.

"크크크크, 내 목표가 네놈들. 군자회를 세상에서 없애는 것이다. 네놈들이 사라지면 내가 네놈들보다 더 쓸모 있는 자였다는 것이 증명이 될 테니 말이다."

은마성의 말에 단목천이 말했다.

"건방지군. 잠시 방심해서 일격을 허용했지만, 그걸로 우리를 이길 거라고 착각을 하면 곤란하지."

"거기에 우린 둘이다. 네놈이 아무리 발버둥을 쳐도 힘들지. 군자회가 그리 만만해 보이더냐?"

만금충까지 가세하며 동조하자 은마성이 입꼬리를 올리며 말했다.

"하하하하! 만만하지. 곽정과 태양궁도 세상에서 지웠는데 그보다 약한 네놈들 따위야 당연히 만만해야지."

은마성의 말에 둘은 화들짝 놀라며 한 걸음 뒤로 물러섰다.

"뭐, 뭐라고!"

"마, 말도 안 돼! 네, 네놈이?"

그런 둘을 뒤로하고 주변을 둘러보며 계속 말을 하는 은마성이었다.

"상황을 보아하니 태양궁이 멸문한 것을 알고 도망가려 했나 보군. 크크크, 겁쟁이들."

단목천과 만금충은 지금 은마성이 말한 것으로 깨달았다.

정말로 은마성이 태양궁과 곽정을 없앤 장본인이라는 것을.

"저, 정말 네놈이? 어찌?"

단목천이 부들거리며 은마성을 가리키며 물었다.

"어찌라니? 당연히 내가 더 강하니 그런 것이 아닌가. 주군께서 항상 말씀하지 않으셨는가. 약육강식이라고."

주군이라는 말에 둘은 더 당황했다.

지금까지 마진강이 범인이라 생각하고 자신들은 도망을 치려 한 것인데 커다란 오판이었다.

자신들의 주군인 마진강은 전혀 관계가 없었다.

'마, 맙소사, 우리가 무슨 짓을……..'

'주, 주군을 끝까지 믿었어야 했는데…….'

둘의 표정이 침울해졌다.

"표정을 보아하니 너희들도 나처럼 주군을 의심했구나. 하하하하하, 이거 동병상련이란 게 이런 것이군."

은마성의 말에 뜨끔한 둘은 오히려 더욱 역정을 내었다.

"아니다! 네놈을 잡아서 주군에게 올리겠다!"

"나도 돕겠다! 지금은 자존심을 세울 때가 아니니까!"

만금충의 말에 단목천 역시 평소와 다르게 고개를 끄덕였다. 방금 은마성의 한 수에 만만치 않다는 것을 깨달았기 때문이었다.

ㅡ내가 권능으로 저놈을 옭아맬 테니 네가 최후 초식으로 공격해!

단목천의 전음에 만금충이 고개를 끄덕이며 자신이 가진 모든 내공을 손에 집중하기 시작했다.

우우웅ㅡ!

그 모습에 은마성이 피식 웃었다.

"그래. 너희들이 할 수 있는 발버둥은 다 해 보아라."

은마성의 말에 단목천이 발끈하며 이마의 눈을 개방했다.

"건방진! 일단 제압하고 나서 두고 보자!"

지잉ㅡ! 번쩍ㅡ!

단목천의 이마에서 눈이 부신 빛이 은마성을 휩쓸고 지나갔다.

"지금이다! 공격해!"

단목천의 말에 만금충이 양손을 펼치며 은마성을 향해 자신의 최후 초식을 쏟아부었다.

"수라멸절(修羅滅絶)!"

거대한 기운이 자신을 향해 날아오는 데도 무덤덤하게 서 있는 은마성을 바라본 단목천은 회심의 미소를 지었다.

자신의 권능이 통한 것이라 확신한 것이다.

이제 잠시 후면 바닥에 쓰러져 피를 토하며 자신들을 두려운 눈으로 바라보리라 생각하며 흐뭇한 미소를 지었다.

"크하하하, 살아 있는 것을 후회하게 해 주겠다!"

단목천이 광소를 터트리며 말했다.

쿠콰콰콰쾅─!

만금충의 수라멸절이 은마성을 덮치고, 그 충격파로 황금천의 수많은 무사가 날아갔다.

"크아아악!"

"으헉!"

쿠르르르르─!

그와 동시에 사방에서 전각이 무너져 내렸다.

충격파만으로도 이런 후폭풍을 일으킬 정도의 공격이었다.

"헉헉! 내, 내가 너무 온 힘을 다했나? 흔적도 없이 사라졌으면 고, 곤란한데."

만금충이 숨을 몰아쉬며 은마성이 있던 곳을 바라보며 말했다.

"그건 어쩔 수 없지. 그래도 오해가 풀려서 다행이다. 다시 당당히 주군을 맞이할 수 있겠어."

"도망을 안 가도 되니 그게 더 좋군."

"크크, 곽정 그 친구 복수도 했으니 편안히 저승으로 가겠지."

둘은 당연히 은마성이 자신들의 협공에 흔적도 없이 사라졌을 것으로 생각하고 여유만만하게 대화를 했다.

하지만 뒤이어 들려오는 목소리에 그 여유가 순식간에 사라졌다.

"나 아직 안 죽었는데?"

단목천과 만금충이 소리가 들려오는 곳으로 고개를 돌리자 그곳에 은마성이 상처 하나 없는 모습으로 환하게 웃고 있었다.

"어, 어찌? 부, 분명히 내 기술에 걸렸었는데?"

단목천이 떨리는 목소리로 묻자, 은마성이 더욱더 환하게 이를 드러내며 웃었다.

"권능을 말하는 것이냐? 안타깝군. 나에게 그것은 통하지 않는다."

은마성의 말에 단목천이 고개를 저으며 말했다.

"그, 그럴 리가 없다! 그, 그분이 주신 능력을 너, 너 따위가⋯⋯."

"너는 그분이 아니니까. 제대로 사용을 못 하는 것이지. 말이 길었군. 이제 그만 끝내자."

은마성은 자신의 마기를 활짝 개방하며 온 세상에 뿌렸다.

막대한 기운의 마기를 느낀 둘은 그제야 확실하게 느꼈다.

"이, 이건! 태, 태양궁에 남아 있던……."

"마, 맙소사! 저, 정말로 저놈이 범인이었던가. 그, 그보다 어찌 이런 마기를!"

마치 마진강을 목전에 둔 듯한 거대한 마기에 둘은 전의를 상실하고 뒷걸음질을 쳤다.

그런 그들의 귀에 희망의 목소리가 들려왔다.

"하하하, 이거 참. 반가운 얼굴들이 여기에 다 모여 있구나."

그곳에 모든 이들의 귀에 또렷하게 들리는 목소리.

사람들의 시선이 일제히 공중을 바라보았다.

그곳에는 마진강이 환하게 웃으며 아래를 바라보고 있었다.

제五장

　마진강의 모습에 단목천과 만금충은 재빨리 엎드리며 큰 소리로 외쳤다.

　"주, 주군을 뵈옵니다!"

　"주군을 뵈옵니다!"

　마진강은 그 둘을 바라보며 말했다.

　"네놈들은 왜 이곳에 있는 것이냐? 저놈은 또 왜 여기에 있고."

　마진강의 물음에 둘은 죄지은 표정으로 어버버 할 뿐이었다.

　"그, 그것은……."

　"주, 주군. 그, 그것이……."

그 모습이 수상했는지 마진강이 천천히 하강하면서 의심스러운 눈빛으로 둘을 바라보았다.

"뭐지? 나를 피하는 것 같은 이 행동은? 무언가 찔리는 짓을 한 것이로군. 그렇지?"

"아, 아닙니다."

"저, 절대로 아닙니다!"

"되었다. 지금은 네놈들이 중요한 것이 아니니까."

그리 말하고는 등을 돌려 은마성을 바라보았다.

"네놈도 오랜만이구나."

마진강의 말에 은마성은 복잡 미묘한 표정으로 마진강을 바라보았다.

한때 자신의 전부였던 사람이다.

언제나 인정받기를 원했고, 저 입에서 칭찬이 나오길 원했었다.

그런데 이리 만나니 기분이 이상했다.

"그, 그동안 강녕하셨습니까."

"오냐. 네놈도 잘 지낸 모양이구나."

"그렇습니다. 덕분에 강한 힘도 얻었지요."

은마성의 말에 마진강이 고개를 끄덕이며 은마성을 바라보았다.

"그런 것 같군. 곽정의 권능을 흡수한 놈은 네 몸 안에 있는 그놈인가?"

마진강의 말에 은마성이 화들짝 놀랐다.

마현의 존재를 한 번에 알아낸 것이다.

"그, 그것을 어찌?"

은마성이 깜짝 놀라며 뒷걸음질을 쳤다.

속에 있던 마현 역시 엄청나게 놀랐다.

─아니! 뭐야! 저 인간은? 뭐냐고!

'나, 나도 잘 모르겠다. 일단 이 세계 최강자인 것은 확실하다.'

은마성이 다급하게 마진강에 대해 간략하게 설명하자 마현이 수긍한다는 듯이 말했다.

─아, 그런가? 그럼 가능성이 없는 것은 아니군. 일단 네놈의 힘으로 이기기 힘들다. 내가 나서겠다.

마현이 나서려 하자 은마성은 머뭇거렸다.

아직도 남아 있는 마진강에 대한 마음이 머뭇거리게 한 것이다.

─크크. 저자에 대한 두려움을 떨쳐 내라. 저자를 내가 이기면 네가 이 세계 최강자가 되는 것이다. 그 후에 우리 둘이 이곳의 모든 음식을 섭렵하는 거다!

이 와중에도 농을 건네는 마현이었다.

그 말에 긴장이 좀 풀렸는지 피식 웃는 은마성이었다.

그 모습에 마진강이 말했다.

"강해지긴 했군. 담력이 말이야. 내 앞에서 그따위 미소를 짓다니."

마진강의 말에 은마성이 말했다.

"그러게 말입니다. 제 안에 있는 또 다른 인격이 당신을 상대할 것입니다. 부디 최선을 다하시길."

"하하하, 뭐라?"

마진강의 말을 끝까지 듣지 않고 눈을 감는 은마성이었다.

다시 눈을 뜬 은마성의 동공은 온통 새까맣게 변해 있었다.

그리고 기괴한 목소리를 내기 시작했다.

마현의 등장이었다.

"크크크크, 역시 현신하는 것이 가장 기분이 좋군."

잠시 숨을 크게 들이켜며 심호흡을 하는 마현이었다.

그러고는 마진강을 바라보며 말했다.

"네놈은 상대할 맛이 나겠군. 전에 곽정이라는 놈은 영 부실해서 재미가 없었거든."

마현의 말에도 마진강은 무언가를 계속 생각하는 듯 반응이 없었다.

"크크크, 겁을 먹은 것이냐? 그러면 실망인데?"

단목천과 만금충 역시 마진강이 움직임이 없자 당황했다.

"주, 주군."

"괘, 괜찮으십니까?"

둘의 말에 그제야 반응을 하는 마진강이었다.

"어? 아! 어디선가 많이 느껴 본 기운이라."

마진강의 말에 단목천과 만금충은 동시에 속으로 외쳤다.

'주군요! 주군이 풍기는 기운하고 똑같다고요!'

속으로만 생각했다.

지금은 그의 심기를 건드리는 짓을 하면 안 되었다.

그들의 마음을 아는지 모르는지 마진강은 계속 고개를 갸웃거렸다.

그런 마진강을 향해 마현이 몸을 움직이며 말했다.

"금방 편하게 해 주마! 크크크, 그리 겁먹지 않아도 된다."

마현은 공중에 검은색 마기로 만든 창을 마진강에게 뿌렸다.

마진강은 자신을 향해 맹렬하게 날아오는 검은 창들을 피하지도 않은 채 그대로 맞아 버렸다.

"뭐야? 이렇게 싱겁다고? 이러면 안 되지! 기대했는데!"

마현이 버럭 화를 내며 큰 소리로 외쳤다.

일단 상대방의 힘을 보기 위해 가볍게 공격을 했는데 피하지도 않고 그것을 전부 맞은 것이다.

온몸을 꿰뚫렸으니 이제 곧 쓰러져서 숨을 거둘 것이라 생각했다.

그런데 마진강은 쓰러지지 않았다.

오히려 환하게 웃었다.

그 모습이 너무도 기괴하여 마현마저 움찔하게 했다.

"뭐, 뭐야? 미친 건가?"

마현의 말에 마진강이 환하게 웃으며 말했다.

"크크크크, 기억이 났다."

마진강의 입이 열리면서 동시에 그의 몸에 박혀 있던 마기로 만든 창들이 소멸했다.

마진강의 몸에는 상처 하나 나지 않았다.

그의 구멍이 난 옷만이 그곳에 마현이 던진 마기의 창이 박혔었다는 것을 보여 줄 뿐이었다.

"내, 내 마기를 흡수한다고? 그, 그럴 리가! 내 마기는 이곳의 마기와 다른 마기다! 흡수할 리가 없어!"

마현이 크게 당황한 모습으로 외쳤다.

"크크크, 그렇지. 네놈의 마기를 이곳의 사람이라면 흡수할 수 없겠지. 하지만 나는 다르지."

"뭐?"

"네놈과 같은 곳에서 왔으니까."

"……!"

마현은 이게 무슨 말인지 이해하기 위해 잠시 멍하니 서 있었다.

"네, 네놈은 누구냐?"

"오랜만이구나. 나를 이곳으로 보내고 그동안 잘 지냈느냐? 크크크크, 정말로 보고 싶었다."

마진강의 말에 마현의 동공이 점차 커져 갔다.

"마, 말도 안…… 돼. 그, 그가 여기에 있을 리 어, 없어……."

마현의 표정이 두려움 가득한 표정으로 점차 변해 갔다.

"있을 리 없다니? 너희가 보냈잖아. 네놈들 여섯 놈이 합심해서 나를! 이곳에."

마진강이 마현을 향해 천천히 걸어가며 말하자, 마현은 거리를 벌리기 위해 뒷걸음질을 치며 고개를 격렬하게 저었다.

"아, 아니야! 그, 그일 리가 없어! 네, 네놈은 그가 아니다!"

마현은 현실을 부정하기 위해 계속 아니라고 말했다.

그러나 뒤이어 나온 말에 마현은 경악을 하며 도망가려 했다.

"뭘 그리 놀라워하는가. 라자르여."

마진강의 입에서 나온 이상한 이름.

그 이름에 마현의 눈은 찢어질 듯이 커졌다.

"오랜만이다, 크크크크. 이곳에서 너를 만나니 더더욱 반갑구나."

"아, 아니야! 이것은 현실이 아니야!"

마현은 자신이 낼 수 있는 최대한의 속도로 도망가기 시작했다. 하지만 순식간에 자신의 앞으로 이동한 마진강에게 막히고 말았다.

마현은 떨리는 동공으로 연신 그를 바라보며 말했다.

"나, 나는……."

"크크크, 일단 좀 맞자. 내가 그동안 쌓인 게 많아서……."

"자, 잠까⋯⋯."

퍼억-!

"커헉!"

"이 고통, 기억나지?"

고통스러워하는 마현의 귓가에 나직하게 소곤거리며 웃었다. 하지만 너무 큰 고통에 반응이 없자 마진강이 말했다.

"기억이 안 난다고? 저런. 그럼 기억이 나도록 이제 시작하지."

그 말에 마현이 고개를 흔들려고 했으나 늦었다.

마진강의 주먹이 수십 개의 잔상을 남기며, 마현의 온몸으로 꽂히면서 몸에 주먹 모양의 흔적을 남겼다.

퍼퍼퍼퍽-!

"꾸에에엑!"

한 방, 한 방이 극한의 고통을 불러오고 있었다.

마진강은 주먹을 휘두르며 계속 말을 했다.

"정말 반갑다. 크크크. 이곳에서 네놈을 만날 줄은 몰랐는데."

퍼퍼퍽-!

"네놈도 나처럼 쫓겨 온 것이냐? 아니면⋯⋯."

털썩-!

"쿨럭쿨럭!"

바닥에 쓰러진 마현은 고통스럽게 꿈틀거리며 연신 피를

토했다.

마진강이 주먹을 멈춘 것은 그가 불쌍해서가 아니었다.

마현이 사라지고 은마성으로 바뀌었기 때문이었다.

극한의 고통을 못 이기고 은마성의 영혼과 바꾼 것이다.

"숨었어? 하하하, 이거 참."

마진강의 말에 은마성이 고통을 참으며 말했다.

"주, 주군. 부, 부디 용서를……."

한편, 그 모습을 지켜보던 주변의 사람들과 단목천, 만금충은 공포에 질린 얼굴로 오들오들 떨고 있었다.

자신들이 어찌지 못할 정도의 강자가 되어 나타난 은마성이었다.

그런 은마성을 가지고 놀고 있었다.

ㅡ저, 절대로 주군을 떠나려고 했다는 사실이 알려지면 안 된다.

ㅡ마, 맞네. 자, 자네도 입을 조심하게.

둘이 전음을 주고받고 있을 때 마진강이 인상을 찡그리며 그들을 바라봤다.

마진강이 자신들을 쳐다보자 재빨리 입을 다물고 부동자세로 섰다.

"허어, 나를 버리고 도망가려 했어? 정말?"

마진강의 말에 둘의 표정이 기이하게 변했다.

사람이 너무 놀라면 자신도 모르는 표정이 나온다더니 사실이었다.

"표정을 보니 맞군."

마진강의 말에 둘은 필사적으로 변명했다.

"아, 아닙니다! 주, 주군! 오해십니다!"

"저, 정말로 아닙니다! 주군!"

둘의 말에 마진강이 손을 휘저으며 말했다.

"이따가 얘기하자. 그리고 조용히 입 닥치고 있어라. 자꾸 신경 쓰이게 전음도 보내지 말고. 다 들리니까."

"험!"

전음이 들린다는 말에 둘의 표정은 점점 죽어 갔다.

자신들의 말을 들은 것이 확실했다.

그러든지 말든지 마진강은 다시 시선을 은마성에게 돌렸다.

"어찌 된 일인지 자세히 말해라."

나직하게 말하고 있지만, 그 안에 들어 있는 절대적인 힘은 은마성이 거역할 수 있는 것이 아니었다.

"그, 그게…… 혀, 혈천교가 무너지고 살길을 찾아 밀교가 있는 곳으로 갔습니다……."

은마성의 입에서 지금까지 자신이 겪은 이야기가 흘러나왔다.

마진강은 조용히 그 이야기를 들었다.

"……그래서 이리로 오게 된 것입니다. 정말입니다."

은마성의 말에 마진강은 턱을 쓰다듬었다.

"그래서 그놈이 네 안으로 들어갔다? 밀교 놈들이 그놈을 소환했고?"

"그, 그렇습니다!"

"소환한 이유가 제석천이라는 자를 세상에 불러오기 위함이라 했다고?"

"그, 그렇습니다."

은마성의 말에 마진강은 무엇이 그리 재밌는지 웃으며 말했다.

"크크크크. 멍청한 놈들. 자기들이 찾는 제석천은 이미 세상에 내려와 있거늘. 크크크. 아무튼, 재미난 이야기네. 이쪽 세상에서도 다른 세상의 존재를 소환할 능력이 있다는 소리니까."

마진강은 쪼그려 앉으며 바닥에 있는 은마성과 눈을 마주쳤다.

"그래. 그동안 고생했다. 네놈은 이제 푹 쉬어라."

"네?"

은마성의 반문에 대답은 하지 않고 조용히 그의 머리를 잡았다.

"어차피 네 안에 있는 놈에게 머지않아 흡수될 것이다. 그러면 너는 영원히 고통을 받으며 살아가야 하지. 그전에 편하게 해 주지. 내가 너에게 주는 마지막 선물이다."

"주, 주군! 그, 그게 무슨!"

은마성이 마진강의 손을 뿌리치려 그의 손목을 잡았지만, 손을 뿌리치기엔 은마성은 너무 약했다.

"끄아아아악!"

은마성의 입에서 주변에 있는 모든 이들의 등골을 오싹하게 만드는 괴성이 흘러나왔다.

소리만 들었을 뿐인데 온몸에 땀이 흐르고 자신들이 고문을 당하는 기분이었다.

"그동안 고생했다. 마성아, 쉬어라."

푸슉─!

무언가 바람이 새어 나오는 소리가 들리며 은마성의 몸이 흐물흐물 바닥으로 쓰러졌다.

그런 은마성의 몸을 보며 중얼거리는 마진강.

"이제 그만 나오지? 그 몸 안에 있는 영혼은 너 하나니까. 지금 나오지 않으면 아주 소멸시켜 버린다?"

마진강의 말에 마현이 다급하게 은마성의 몸을 장악하며 모습을 드러냈다.

"나, 나왔어! 나왔다고! 그, 그러니 제발⋯⋯."

마현은 울먹거리는 표정으로 벌떡 일어나 싹싹 빌었다.

'미친! 하필이면 이 자식이 있는 세상으로 소환이 되다니! 재수도 없지! 빌어먹을!'

연신 속으로 욕을 하며 겉으로는 최대한 불쌍한 표정을 지어 보이는 마현이었다.

"다른 놈들은? 너 혼자 온 거냐?"

"나 혼자다! 나 혼자 왔어! 다른 놈들은 그곳에 그대로 남아 있다."

마현의 말에 고개를 끄덕이며 주변을 둘러보는 마진강이었다.

"일단은 여기가 어수선하니 정리를 좀 하고 대화를 나누자."

"그, 그래. 이제 그만 때, 때릴 거지?"

"크크크. 그래도 잘못한 것은 알고 있나 보다?"

"나, 나는 너희들 중에 힘이 가장 약하다. 나머지 애들의 강압 때문에 어쩔 수 없이 도, 동조한 거다. 저, 정말이다."

"그건 차차 얘기하자니까? 자꾸 두 번 말하게 할래?"

마진강이 정색을 하며 말하자, 마현은 두 손으로 자신의 입을 막으며 고개를 끄덕였다.

그런 마현을 뒤로하고 단목천과 만금충을 불렀다.

"네놈들에 대한 죄는 나중에 묻겠다. 일단 내가 쉴 곳을 마련하라."

"추, 충!"

"충!"

마진강의 말에 둘은 서둘러 수하들에게 명령했다.

그리고 만금충의 안내를 받아 마현을 데리고 이동하는 마진강이었다.

그 뒤를 단목천과 만금충이 축 처진 채로 졸졸 따라갔다.

꿈

황금천이 어느 정도 정리가 되고 마진강은 마현을 앉히고 본격적인 이야기를 들으려 했다.

"자, 이제 말해 봐. 도대체 왜 날 이곳으로 보낸 것인지."

마진강의 물음에 마현이 잠시 머뭇거리더니 작심한 듯이 고개를 끄덕이고는 입을 열었다.

"너 때문이다."

"뭐? 나 때문이라고?"

"그렇다! 우리가 너를 다른 세상으로 보내기로 마음을 먹은 것은 바로 너의 그 싸움에 대한 열정 때문이라고!"

마현은 과거 생각에 열이 올랐는지 자신도 모르게 소리를 질렀다.

"하! 그게 변명이냐? 명색이 마왕이라는 것들이 겨우 그게 문제였다고? 그런 나약한 말을 지금 변명이라고 하는 거냐?"

"겨우? '겨우'라고 했어? 네가 우리한테 한 짓을 생각해 봐! 그게 '겨우'라고? 하루가 멀다 않고 쳐들어와서 싸우자고 했잖아. 우리 중에 멀쩡한 놈이 없었어! 네가 언제 쳐들어와서 싸우자고 할지 항상 조마조마하며 지내야 했다! 나약하다고? 너로서나 나약하지! 다른 곳에 가면 공포의 대명사다!"

마현의 말에 마진강은 정말로 이해가 안 되는 얼굴로 물었다.

"너희는 마왕이다. 마계의 일곱 지역을 통치하는 마왕. 당연히 수련을 게을리 해선 안 되지. 나에게 오히려 고마워해야 하는 거 아닌가?"

"뭐? 수련? 그것도 상대가 되는 사람에게 통하는 말이다! 너는 우리가 전부 덤벼도 이길 수 없는 존재잖아! 툭하면 쳐들어와서 대련을 핑계로 두들겨 팼잖아! 오죽하면 마계에서 너를 대마왕이라고 부르겠냐!"

마현이 울분에 가득한 얼굴로 씩씩거리며 말했다.

생각해 보니 다시 분통이 터졌나 보다.

"우리가 누누이 말했잖아! 심심하면 인간계로 눈을 돌려 보라고! 인간계로 통하는 길은 무슨 수를 써서라도 만들어 주겠다고! 그런데 넌 뭐라고 그랬어."

"흥! 그딴 약한 놈들 따위……."

"그래! 그거다! 인간은 약하지 않다! 너 그거 편견이야! 과거에 선조들이 인간들과의 전쟁에서 지고 물러난 것을 모른단 말이야?"

"그딴 거 몰라! 그래도 인간이 강하다는 것은 인정한다."

"인간이 강하…… 어? 인정한다고? 정말? 왜? 갑자기?"

마현의 말에 마진강이 대답은 하지 않고 미소를 지었다.

"이곳에서 인간에게 크게 데였냐? 하긴 네놈 부하라는 놈도 제법 하더라."

"너는 모른다. 크크크."

의미심장한 미소를 지으며 웃는 마진강이었다.

"그나저나 이곳에 소환이 되었다면 돌아가는 방법도 알겠지? 알고 있으니 소환에 응한 것 아닌가?"

마진강의 말에 마현이 고개를 끄덕였다.

"무엇이냐?"

"방법은 있는데 시간이 좀 걸려. 일단 마법진을 짜야 하고 그 마법진에 기운을 축적할 시간이 필요하지. 대략 이백 년쯤? 그 정도면 다시 돌아갈 힘이 충분히 축적되지."

"뭐? 몇 년?"

"이백 년?"

"그렇게 오래?"

"에이, 이백 년이 뭐 오래야. 보통 인간계로 유희를 하러 가면 그 정도는 하고 오는구먼. 우리 수명에 비하면 그리 긴 시간도 아니지."

마현의 말에 마진강이 고개를 흔들며 말했다.

"너무 오래 걸려. 그냥 내가 하려는 방법으로 실행해야겠군."

"방법이 있어?"

"그렇다. 이곳에서 열심히 찾았지. 다시 돌아가기 위해서."

"다, 다시? 왜? 보아하니 이곳에서 자리도 잡고 잘 살고 있는 것 같은데……."

마현의 말에 마진강의 눈이 시커멓게 변했다.

그가 정말로 분노했을 때 나오는 현상이었다.

"몰라서 묻나?"

"아, 아니. 그냥 모르고 말래."

마현이 재빨리 시선을 돌리며 말을 돌렸다.

조금 전까지 감정이 격해져서 눈앞의 상대가 얼마나 무서운 인물인지 까먹고 있었다.

"크크크. 너는 운이 좋다. 그나마 마계에서 나에게 잘해 줬고, 반강제로 참여했다는 사실도 진짜인 것 같고 해서 내가 이 정도에서 끝내는 것이다. 하지만! 다른 놈들은……."

마진강의 몸에서 거대한 마기가 넘실거리기 시작했다.

"몇 대 맞는 거로는 안 끝나지."

그 모습에 마현이 침을 꿀꺽 삼키며 생각했다.

'미친! 이곳에서 뭘 처먹었길래 더 강해졌냐? 다른 놈들 이제 죽었네.'

마현이 고개를 절레절레 흔들고 있을 때 밖이 소란스러워지기 시작했다.

"뭐지?"

궁금증이 생길 때 밖에서 나는 큰 소리에 이유를 알 수 있었다.

"침입이다! 모두 정문 쪽으로 모여라!"

"젠장! 또?"

"이번엔 또 누구래! 얼마 전의 그 괴물 같은 놈들은 아니겠지?"

"그런 괴물들이 흔한 줄 알아?"

마진강이 다 듣고 있는 것을 알 리 없는 무사들이 투덜거리며 달려가고 있었다.

"크크, 나가자. 아무래도 재미난 일이 벌어진 것 같구나."

마진강의 말에 마현도 동의한다는 표정으로 고개를 끄덕였다.

그 모습에 피식 웃으며 자리에서 일어나 밖으로 나갔다.

한 무리의 무인들을 황금천의 무인들이 빙 둘러싸고 있었다.

단목천과 만금충 역시 기세를 끌어 올리며 일전을 준비하다가 마진강을 발견했다.

곧바로 기세를 거두고 마진강의 앞으로 달려와 고개를 조아렸다.

그런 그들은 신경조차 쓰지 않고 한 곳을 지그시 쳐다보았다.

마진강의 눈에 반가운 얼굴이 들어왔다.

천룡이 온 것이다.

천룡 역시 마진강을 발견하고 고개를 갸웃거렸다.

옆에 있던 마현은 천룡의 기운을 제대로 느끼지 못했는지 흥분한 채로 말했다.

"내가 나서도 될까? 저놈들 나름 재밌겠는데?"

싸울 생각에 신나 하는 모습을 보고, 마진강이 웃으며 말했다.

"이렇게 싸우는 것을 좋아하는 놈이 왜 나를 피해 다녔냐?"

그 말에 마현이 시무룩해하며 말했다.

"난 내가 이길 수 있는 싸움을 좋아하는 거야. 질 게 뻔한 싸움 말고."

"그렇군. 그럼 한번 나서 봐라. 크크."

"정말? 크크크, 알았다. 너는 이곳에서 쉬어라. 내가 깔끔하게 처리하고 오마."

"기대하지. 크크."

잔뜩 상기된 표정으로 고개를 끄덕이는 마현을 보며 의미심장한 미소를 짓는 마진강이었다.

그 모습을 조금이라도 수상하게 생각했다면 앞으로 벌어진 재앙을 피할 수 있었을 텐데, 애석하게도 마현은 그러지 못했다.

마진강의 허락이 떨어지자마자 천룡을 향해 몸을 날리는 마현이었다.

"크크크크! 내 공격을 받아라!"

마현은 거대한 마기를 끌어 올린 뒤에 천룡을 향해 날렸다.

마기로 만들어진 검은색 창들이 일제히 천룡을 향해 날아가자 무광이 앞으로 나서서 그것들을 모조리 쳐 냈다.

푸파파파팡-!

"오호?"

그 모습에 흥미로운 표정으로 무광을 바라보는 마현이었다.

"이놈이! 살려 줬더니 은혜를 이따위로 갚느냐!"

무광의 말에 마현이 고개를 갸웃거리며 자신을 손가락으로 가리켰다.

"나 말인가? 나를 아는가?"

"은마성! 무슨 소리냐!"

무광의 말에 마현이 웃으며 말했다.

"아, 은마성 그놈은 세상에 없다. 나는 마현이다. 크크크. 네놈도 좀 하는구나."

"뭔 개소리야? 내 눈앞에 있는데 세상에 없다니!"

"설명하자면 길다. 그냥 너도 그놈 따라 보내 줄 테니 가서 물어보거라!"

후웅-!

마현의 몸에서 거대한 마기가 분출되기 시작했다.

그 모습에 무광의 표정이 굳었다.

자신이 아는 은마성의 기운이 아니었다.

"크크크. 모두 다 죽……."

퍼억-!

말을 하다 말고 갑작스럽게 몰려오는 복부의 충격에 마현이 놀란 표정으로 앞을 바라보았다.

그곳에는 언제 나타났는지 미소를 짓고 있는 천룡이 있었다.

"반가운 친구가 앞에 있어서 말이야. 너랑 놀고 있을 시간이 없다."

"끄으윽! 이, 인간이…… 어찌 이런……. 쿨럭!"

검은색 피를 한 움큼 각혈하며 뒤로 날아가는 마현이었다.

쿠당탕탕-!

"크윽! 비겁하게 기습을 하다니."

마현이 입가의 피를 닦으며 천룡을 노려보았다.

다시금 덤비려 할 때 마진강이 나섰다.

"그만."

"뭘 그만이야! 나 맞은 거 안 보여? 피까지 흘렸다고!"

씩씩거리며 마진강의 말을 무시하고 공격을 개시하려 했다.

"거기서 한 발만 더 나서면 나랑 싸우겠다는 소리로 간주하지."

그 말에 얼음이 된 듯이 순식간에 뛰쳐나가던 자세 그대로 멈춰 버린 마현이었다.

"네가 이길 수 있는 상대가 아니다. 그러니 닥치고 가만히 좀 있어."

"뭐라고? 이, 인간인데? 내가 이길 수 없다니? 그게 무슨 말이야."

"크크크. 나도 이기지 못한 인간인데 네놈이?"

마진강의 말에 마현은 정말로 경악했다.

지금까지 살면서 들은 이야기 중에 제일 믿기지 않는 이야 기였다.

"거, 거짓말…… 그, 그걸 지금 나더러 믿으라고?"

마진강이 답변을 하려 할 때 천룡의 음성이 들려왔다.

"여기에 있었네? 걔들은 다 네 부하?"

천룡의 말에 마진강이 마현을 잠시 바라보다가 피식 웃으 며 고개를 끄덕였다.

"그런 셈이지. 미안하군. 자네를 앞에 두고 다른 곳에 정신 을 팔다니."

"괜찮아. 친구끼리 뭐 그 정도는 이해해야지."

"하하하, 그렇군. 우린 친구였지."

"그래도 제법 강하네. 나는 기절시킬 요량으로 주먹을 날 린 건데. 그걸 버티고 반격까지 하려 하다니."

"크크크, 그렇지. 제법 강하지."

마진강의 말에 마현의 눈은 찢어지기 일보 직전이었다.

천상천하유아독존에다가 자신밖에 모르는 저 이기적인 놈에게 친구라니.

거기에 그 친구가 마족도 아니고 인간이었다.

"미, 미친! 이, 이걸 믿으라고?"

마현뿐 아니었다.

그곳에 있는 모든 이들이 경악을 한 채로 눈을 부릅뜨고 있었다.

하지만 마현처럼 경악하는 소리는 내지 않았다.

필사적으로 입을 막은 채 참고 있었다.

"저자는 왜 우리는 못 알아보지?"

천룡이 마현을 바라보며 묻자, 마진강이 답했다.

"다른 이의 영혼이 몸을 잠식했다고 하면 믿을까?"

마진강의 말에 무광의 표정이 변했다.

그는 은마성을 자신의 호적수로 여겼는데, 마진강의 말뜻이 심상치 않았기 때문이었다.

"다른 이가 저자의 몸을 차지했다고? 그게…… 가능하군."

천룡은 믿지 않으려다가 유가연의 경우를 생각하고는 고개를 끄덕였다.

"어쩔 수 없었다. 그대로 두면 영원히 고통 속에 살아야 했기에 내가 편히 보내 주었다. 내 부하이기도 했고."

마진강의 말을 들은 천룡은 앞에서 부르르 떠는 무광을 잠시 토닥인 후에 앞으로 나섰다.

일단은 이곳에 온 목적부터 처리하기 위해서였다.

천룡은 단목천을 가리키며 말했다.

"저 친구를 좀 데려가야 하는데 허락해 주겠나?"

"무슨 일인가?"

"아, 황명이라서. 내가 이래 봬도 이 나라 상국이거든."

천룡의 말에 마진강은 잠시 단목천을 바라보다가 고개를 끄덕였다.

"그러지."

"주, 주군!"

단목천의 외침에 마진강이 웃으며 말했다.

"왜? 너희는 날 버리려 했는데 나는 그러면 안 되느냐?"

"그, 그것은……."

천룡은 단목천에게 순식간에 달려가, 그의 점혈을 짚은 후에 재웠다.

"그것이 여기 온 볼일의 전부인가?"

기절한 단목천을 무광에게 넘기고는 마진강을 바라보았다.

"이게 목적이었는데……. 자네를 보니 목적을 바꾸어야겠군."

천룡이 기세를 풀었다.

고오오오ー!

아주 조금 개방을 했음에도 마현은 그 기운을 느끼곤 경악을 했다.

"이, 인간이 이런 힘을 가지고 있다고? 인간이?"

마현의 말대로 마진강 역시 짙은 미소를 지으며 말했다.

"크크크. 대단하지? 내 갈증을 해소해 줄 인간이다."

마진강의 말에 마현이 그럴 수 있겠다는 표정으로 고개를 끄덕였다.

마진강 역시 흥분되는 마음을 드러내며 마기를 개방하려 했다.

그때 천룡이 기세를 풀며 말했다.

"싸우기 전에 널 우리 집에 초대하고 싶은데, 가겠나?"

"뭐?"

"왠지…… 이게 마지막 싸움이 될 것 같은 기분이 들어서 말이지. 자네를 내 집에 정식으로 초대하고 싶네."

천룡의 말에 마진강이 웃으며 고개를 끄덕였다.

"그러지. 크크크. 처음이네, 친구의 초청은."

마진강의 말에 천룡 역시 환하게 웃으며 고개를 끄덕였다.

천룡의 초청에 운가장에 온 마진강은 자신을 노려보는 다섯 명을 보았다.

그들은 오행체였다.

마진강은 운가장에 모여 있는 오행체를 보며 웃었다.

"어디에 있나 했더니 여기에 다 모여 있었구나."

마진강이 웃으며 대수롭지 않게 말했다.

그러나 그곳에 있는 이들은 그것을 대수롭지 않게 받아들이지 않았다.

누가 봐도 오행체를 원하는 눈빛이었기 때문이었다.

다들 긴장을 하며 경계를 했다.

그 모습에 마진강이 부드러운 미소로 말했다.

"너무 겁먹지 말아라. 너희들을 어찌할 마음은 없으니."

마진강의 말에 천룡이 물었다.

"저 아이들이 왜 필요한 거지?"

"내 고향으로 가기 위해선 저들이 필요하다."

"고향?"

"응. 나도 고향이 있다. 가서 해야 할 일이 있어."

"이 아이들이 너를 고향으로 보내 줄 수 있다고?"

천룡의 물음에 마진강이 무언가를 던지며 말했다.

"거기에 자세히 적혀 있다. 그거 얻는다고 정말 고생 많이 했지."

마진강이 던진 두루마기를 펼친 천룡.

그 안에는 오행체에 대해 서술되어 있었다.

─하늘에서 제석천이 세상의 질서를 바로잡기 위해 지상에 내

려올 때 제석천을 보좌할 이들 역시 세상에 그 모습을 드러낸다. 그들을 일컬어 오행체라 부른다. 화, 수, 목, 금, 토의 기운을 가진 이들은 제석천의 세상 정화를 돕기도 하지만 다른 쪽으론 제석천이 폭주를 할 경우 그를 천상으로 돌려보내는 역할을 하기도 한다. 이를 세상에선 잘못 알려져 오행체가 세상을 지키기 위해 내려오는 것으로 알려져 있다.

오행체에 대해 자세하게 서술되어 있는 두루마기.

─제석천이 지니고 있는 하늘의 신물을 바닥에 두고. 각성한 오행체의 힘을 그 신물에 집중하면 천상으로 통하는 공간이 생긴다. 제석천 자체가 하늘의 몸이기 때문에 그에게 힘을 집중하면 그로 인해 생긴 공간으로 제석천이 빨려 들어갈 것이다.

"이것이 어디서 났지?"

"우길이라는 사람에게 얻었지."

"우길?"

"크크. 자칭 선인이라던데 나도 잘 모르겠군. 아무튼, 그가 알려 준 방법에 따르면 내가 가진 고향의 물건에 오행체의 힘을 집중하면 돌아가는 공간이 열릴 것이라더군. 덕분에 나는 수백 년을 오행체를 찾기 위해 많은 노력을 했지."

"그랬군."

"가기 전에 너와 승부를 내고 가야겠지."

마진강이 기세를 끌어 올리며 말했다.

그 모습에 천룡이 미소를 지으며 말했다.

"나 엄청나게 강해졌는데……. 괜찮겠나?"

그 말에 마진강이 엄청나게 크게 웃었다.

"크하하하하! 역시! 자네는 최고야! 하하하, 내가 정말 자네 때문에 고향으로 갈까 말까를 고민했었지. 어차피 가 봐야 내 상대가 되는 놈들도 없는데 이곳에 뿌리를 박고 자네와 평생 이렇게 대결하며 지내는 것도 나쁘지 않겠다고 생각했거든."

"그거 좋은 생각이네. 고향으로 가서 해야 할 일이 뭐지? 중요한 일이 아니라면 이곳에 있어도 돼."

천룡의 말에 마진강이 웃으며 말했다.

"크크크, 나도 그러고 싶지만 내 성격상 당하고는 못 살아서 말이지. 다시 오지 못한다 해도 일단은 가서 내 뒤통수를 친 놈들에게 복수해야겠어."

그러면서 자신의 옆에 있는 마현을 잡아당겼다.

"이놈 몸 안에 있는 녀석도 그중 하나고."

마진강이 으르렁거리며 노려보자 마현의 표정이 죽어 갔다.

"복수라……. 그렇다면 어쩔 수 없지."

"크크크, 자네와 마지막 전투일세. 모든 것을 다 쏟아붓고

갈 것이야."

"심하게 다쳐서 못 갈 수도 있는데?"

천룡의 말에 마진강이 다시 웃었다.

"그러면 어쩔 수 없고. 뭐 당장 못 가더라도 저놈들이 어디 사라지는 것은 아니니까."

그러면서 주변에 있는 오행체들을 바라보았다.

"그러니 그런 걱정하지 말고 있는 힘을 다해라. 그것이 나를 위한 것이니까."

"하하하, 알았네. 자네가 만족할 수 있도록 최선을 다하지."

천룡이 뒷짐을 풀며 말했다.

"다들 최대한 멀리 떨어져. 이제부터 나는 전력을 다할 것이니."

천룡의 말에 다들 침을 꿀꺽 삼키며 최대한 거리를 벌리기 시작했다.

시야에서 아이들이 사라지자 천룡이 자신의 기세를 개방했다.

화아아아악-!

천룡의 온몸에서 거대한 기세가 넘실거리기 시작했다.

어찌나 강한지 천룡의 주변 풍경이 일렁거리고 있었다.

그 모습에 마현이 침을 꿀꺽 삼켰다.

정말로 인간이 아니었다.

그리고 정말로 마진강이 말한 대로 그의 호적수가 맞았다.

한편 마진강은 천룡의 모습에 매우 만족한 미소를 지으며 말했다.

"크크크크, 역시 너는 절대로 평범한 인간이 아니었어."

"네가 원하던 힘이 이거였나?"

"그렇지! 기다린 보람이 있었다. 하하하, 제석천이라 불리는 그 힘. 그 힘을 진정으로 느껴 보고 싶었다."

"이제 실컷 느낄 수 있겠군. 그만 떠들고 시작하자."

"크크크. 좋지!"

마진강이 손을 까닥거렸다.

"양보해 주니 먼저 가지."

후웅―!

천룡의 몸이 순식간에 사라졌다.

파앙―!

마진강은 자신의 앞에 나타난 천룡의 주먹을 가볍게 쳐 냈다.

천룡은 그럴 줄 알았다는 듯 미소 지으며 자신의 거리를 벌리며 진짜 공격을 하기 시작했다.

"만뢰!"

순식간에 모여든 구름에서 뇌전들이 뿌려졌다.

그동안의 만뢰와 다른 점은 지상의 모든 곳을 뿌리는 것이 아니라 마진강에게 집중되어서 뿌려지고 있다는 점이다.

뇌전들이 소용돌이처럼 뭉치더니 거대한 기둥처럼 변했다.

그렇게 생성된 거대한 뇌전의 기둥이 마진강을 덮쳤다.

"으그그그그!"

뇌전을 온몸으로 체감하는 마진강.

그의 입이 바르르 떨리기 시작했다.

"크으윽! 퍼펙트배리어!"

마진강이 충격을 버티지 못하고 거대한 보호막을 전개했다.

"후아! 대단하군! 예전의 만뢰를 생각하고 맞았는데 차원이 다르군."

마진강이 자신의 보호막을 뚫지 못하고 사방으로 비산되는 만뢰를 바라보며 말했다.

그 모습에 천룡이 웃으며 말했다.

"그것인가? 자네 세상의 기술이?"

천룡의 말에 마진강이 고개를 끄덕였다.

"내가 아무리 무공을 익힌다 해도 내 원래 기술은 능가하지 못하더군. 두 번의 싸움에선 중원의 무공을 사용했으니 이번은 내 진짜 기술로 상대해 주지."

"좋네! 새로운 무공이라…… 기대되는군."

"크크크크. 무공이 아니네. 마법이라는 공부일세."

"마법?"

"백문(百聞)이 불여일견(不如一見)이라 했나? 보여 주지."

마진강이 환하게 웃으며 외쳤다.

"라이트닝 레인!"

천룡이 사용했던 기술처럼 하늘에 거대한 뇌전이 형성되었다.

"너도 한번 맞아 봐라! 얼마나 아픈지!"

빠지지직─!

천룡을 향해서 뿌려지는 뇌전들.

그 모습에 천룡이 웃으며 말했다.

"흡결천신공(吸結天神功)!"

천룡의 머리 위로 검은 구체가 생성되더니 자신을 향해서 뿌려지는 뇌전들이 그 구체로 빨려 들어가기 시작했다.

"뭐, 뭐야? 그건?"

마진강이 처음으로 당황했다.

지금까지 한 번도 보지 못한 무공이었다.

"이익! 기가 라이트닝(Giga Lightning)!"

더 굵고 강한 뇌전이 천룡의 머리 위로 떨어졌다.

하지만 천룡의 머리 위에 떠 있는 검은 구체를 이기진 못하고 빨려 들어갔다.

그 모습에 마진강이 버럭 화를 냈다.

"그만 빨아먹어! 그건 도대체 무슨 기술이냐?"

"깨달음의 산물이랄까? 세상의 모든 것을 포용하는 마음을 무공으로 만든 거라고 하면 이해가 가려나?"

"세상을 포용? 그런 것치곤 생긴 게 우리 쪽인데?"

마진강의 말대로였다.

천룡이 사용하는 기술은 암흑 그 자체였다.

정말로 세상 모든 것을 빨아들일 것 같았다.

"내공이든 마력이든 모두 다 빨아먹는다는 거지? 오냐! 그렇다면!"

마진강의 몸이 순식간에 이동하여 천룡의 앞으로 나타났다.

"실질적인 타격은 흡수하지 못하겠지!"

마진강의 주먹이 천룡의 얼굴을 향해 파공음을 내며 날아갔다.

보이지도 않는 재빠른 속도로 그것을 쳐 내며 마진강의 복부 쪽으로 자신의 무릎을 날리는 천룡이었다.

파파파파팍-!

순식간에 수십 합을 주고받은 둘이었다.

단순한 타격 공방이었음에도 주변의 모든 대지가 갈라지고 있었다.

쩌쩌쩍-!

쿠쿠쿵-!

그 장면을 멀리서 지켜보던 사람들은 경악하고 있었다.

"맙소사! 저게 인간의 전투란 말이야?"

"주먹을 주고받을 뿐인데, 지형이 바뀌고 있어요."

"부딪힐 때마다 오는 충격파는 어떻고요. 저 충격파만으로도 근처의 모든 것을 파괴하고 있네요."

천룡이 없었다면 어찌할 뻔했을까.

중원은 그야말로 저자의 세상이 되었을지도 모른다.

저런 힘을 가진 이를 어찌 인간이 막는단 말인가.

있을 수 없는 일이었다.

한편, 천룡에게 그 어떤 타격도 입히지 못한 마진강은 슬슬 짜증이 나기 시작했다.

"나는 한 대 맞고 시작했는데, 한 대도 못 때리니 정말 짜증이 나는군."

"그러니 피했어야지. 그걸 미련하게 맞고 있었나."

"크크. 그건 맞는 말이군. 이제부터 강하게 갈 것이네."

마진강의 몸에서 엄청난 기운이 솟아올랐다.

"디모닉 어스퀘이크(Demonic Earthquake)!"

쿠쿠쿠쿠쿠쿵—!

"설마 땅을 흡수하진 않겠지!"

땅을 향해 무언가를 외치자 온 대지가 요동치기 시작했다.

쩌저쩍—!

사방에서 땅이 갈라지며 지면이 박살이 나기 시작했다.

그것에 놀란 천룡이 재빨리 공중으로 날아오르자 마진강이 웃으며 외쳤다.

"볼케이노 오브 데스(Volcano of Death)!"

갈라진 땅 사이에서 시뻘건 용암들이 천룡을 향해 솟구치기 시작했다.

그 모양새가 마치 거대한 붉은 뱀처럼 보였다.

수백 마리의 붉은 뱀이 천룡을 놓칠세라 쫓아가는 모양이었다.

천룡이 다급하게 이리저리 피해 다녔다.

마진강은 그런 천룡을 가만두지 않겠다는 듯이 하늘을 향해 손을 내저었다.

"윈드 퍼니쉬먼트(Wind Punishment)."

자신이 피하는 방향으로 무언가 심상치 않은 바람이 불어왔다.

지면은 울렁거리고 있었고, 자신을 쫓아오는 시뻘건 용암들과 하늘에서 자신을 향해 날아오는 날카로운 바람의 칼날들.

"무상천강기(無上天罡氣)!"

천룡 역시 강기로 자신의 몸을 둘러싸며 마진강의 공격을 막았다.

쩌저저저쩡−!

강기막을 두드리는 용암과 바람의 칼날들이 엄청난 소리를 내고 있었다.

그 힘에 천룡이 혀를 내둘렀다.

"우와! 하마터면 정말 큰일 날 뻔했군."

그런 천룡의 모습에 마진강이 그제야 만족스러운 미소를 보였다.

이번 대결에서 처음으로 천룡을 당황하게 한 것이다.

"크크크, 처음이다. 네놈 입에서 그런 말이 나온 것은."

"그랬나? 대단하군. 솔직히 당황스러웠네."

천룡의 인정에 마진강의 웃음이 더욱더 짙어졌다.

지상은 어느새 안정을 되찾고 요동치던 것이 가라앉은 상태였다.

"그러지 말고 각자 최후의 초식으로 승부를 보세. 이러다간 끝이 없겠어."

"그러지. 좋은 생각이야!"

둘은 자신들이 가진 모든 기운을 끌어 올렸다.

"메테오 스톰(Metheo Storm)!"

마진강이 무언가를 하긴 했는데 아무런 현상이 없었다.

그때 하늘에서 느껴지는 엄청난 기운에 천룡은 경악했다.

하늘에서 운석들이 비처럼 자신이 있는 곳을 향해 떨어지고 있었다.

"미친! 뭐야!"

천룡의 입에서 처음으로 거친 말이 나왔다.

"크하하하! 내가 가진 기술 중에 가장 파괴력이 큰 기술이다."

이건 파괴력이고 자시고 이 지역이 통째로 날아가게 생긴 것이다.

"일섬폭광무(一殲爆光武)!"

천룡이 하늘을 향해 수십 개의 빛줄기를 쏘아 보냈다.

하늘의 운석에 초집중하고 있을 때 마진강의 목소리가 들려왔다.

"거기에 집중하게 둘 것 같으냐?"

마진강이 손을 위아래로 겹치며 용의 입 모양을 만들었다.

그러자 손안에서 붉은 광채가 뿜어 나왔다.

"이것도 막아 봐라! 데스 브레스(Death Breath)!"

용의 입 모양을 한 손이 활짝 벌려지며 천룡을 향해 거대한 빛줄기가 쏘아졌다.

천룡은 하늘에서 떨어져 내리는 운석들을 막다가 자신을 향해 날아오는 거대한 기운에 고개를 돌렸다.

그때 천룡의 몸에서 또 다른 천룡이 튀어나왔다.

무극분신강이었다.

천룡의 분신은 자신을 향해 날아오는 빛줄기를 그대로 갈라 버렸다.

그리고 마진강을 향해 돌진했다.

마진강은 아차 싶었다.

하지만 이미 늦었다.

천룡의 분신이 마진강의 코앞까지 온 것이다.

"이익!"

마진강이 천룡의 분신을 밀어내려 할 때 분신이 거대한 빛을 뿜어냈다.

쯔앙-!

기괴한 소리와 함께 분신이 폭발했다.

쿠오오오오-!

분신이 폭발한 곳에선 거대한 버섯 모양의 구름이 피어올랐다.

이윽고 공기의 파동이 사방으로 퍼지며 파동이 지나간 곳이 폭발하기 시작했다.

콰콰콰콰쾅-!

반경 수십 장에 달하는 공간이 이글거리며 타오르고 있었다.

그 안에 마진강이 온몸에 상처를 입은 채 비틀거리며 걸어 나오고 있었다.

천룡은 땅으로 떨어지던 운석들을 모조리 갈라 버리고 천천히 하강하고 있었다.

"크크큭. 내가 졌네. 역시 자네는 강해. 사실 난 알고 있었지. 자네를 이길 수 없다는 것을."

"내가 약할 때 이런 공격을 하지 그랬나."

천룡의 말에 마진강이 웃으며 말했다.

"미쳤나? 그것은 전투가 아니야. 자네는 내가 인정한 내 진정한 라이벌일세."

"라이벌?"

"아아, 호적수란 말일세."

"아, 그렇군. 자네는 가끔 내가 이해하지 못하는 말을 사용하는군."

"크크. 미안하군. 암튼 오랫동안 기다려 온 순간이었지. 사실 나는 내가 살던 세상에서 최강자일세. 그곳에서 나는 대마왕이라 불렸지."

"천마와 같은 건가?"

"음, 뭐 그렇게 생각하면 그럴 수도……. 내가 사는 곳은 그곳 사람들이 마계라 부르네. 인간계는 따로 있지."

"마선 같은 거였군."

천룡의 말에 마진강이 손뼉을 치며 웃었다.

"그게 가장 비슷하겠군. 하하하."

어느새 마진강의 몸은 원상태로 돌아와 있었다.

경이로운 회복력이었다.

이렇게 순식간에 회복을 할 수 있음에도 마진강은 더 이상 덤비지 않았다.

의미가 없었기 때문이었다.

자신은 가진 모든 것을 쏟아 냈다.

그러나 그 어떤 것도 천룡에게 타격을 입히지 못했다.

반면에 천룡은 자신의 마지막 초식을 쓰지 않았다.

느낌이 그랬다.

"자네는 최후 초식을 사용하지 않았어. 그렇지?"

마진강의 말에 천룡이 미안한 얼굴로 고개를 끄덕이며 말했다.

"미안하네. 자네를 잃을 순 없었네."

천룡의 말에 기분이 상할 법도 한데 마진강은 크게 웃으며 말했다.

"크하하하, 그런가? 이유가 무언가?"

"자네는 내 유일한 친구이자 라, 라이블? 아, 암튼 호적수 일세."

천룡의 말에 마진강이 더없이 환한 미소를 지으며 말했다.

"고맙네. 나를 그렇게 생각해 줘서. 내가 지금까지 들은 말 중에 가장 가슴 벅찬 말이군."

"……이제 갈 건가?"

천룡의 말에 마진강이 고개를 끄덕였다.

"자네와 승부도 보았고, 오행체도 모았으니 이제 가야겠지."

마진강의 말에 천룡이 씁쓸하게 웃었다.

유일한 지기를 떠나보내야 하는 것이다.

그렇다고 막을 순 없었다.

그저 웃으며 보내 줄 수밖에.

"그래도 술 한잔은 하고 가야지. 내가 담근 술 안 마셔 봤지?"

천룡의 말에 마진강의 고개를 갸웃거렸다.

"술? 자네가 술도 담그나?"

"그러네. 한 번 맛보면 아마 가고 싶은 마음이 안 생길지
도?"

"크하하하! 그 정도란 말인가? 그럼 꼭 마셔 보고 가야지.
하마터면 천추의 한이 될 뻔했군."

"좋네! 내가 만든 술 중에서도 최고급으로 대접하겠네."

"으음……."

고민하는 마진강에게 천룡이 말했다.

"그리고 자네에 대해 말을 해 주고 가야지. 자네가 사는 세
상 이야기도 해 주고."

"그런가? 하하, 알겠네. 가세."

언제 싸웠냐는 듯이 둘은 활짝 웃으며 사람들이 있는 곳으
로 이동했다.

운가장 접객당에 차려진 거대한 상엔 중원에 존재하는 모
든 종류의 음식이 가득 차려져 있었다.

마진강을 위한 천룡의 마지막 배려였다.

가기 전에 중원에 존재하는 모든 음식을 맛보고 가라는 뜻
이었다.

하지만 마진강은 천룡이 만들었다는 술에 감격하고 있었

다.

"우와! 이게 뭐야!"

마진강이 천룡이 준 술을 마시고 경악을 했다.

"어떤가? 먹을 만한가?"

"먹을 만하냐고? 자네 미쳤어? 이걸 먹을 만하다고 지금 말하는 거야?"

마진강이 발끈했다.

자신의 인생에서 이렇게 맛있는 술은 처음 맛보았기 때문이었다.

"세상에…… 이 술은 미쳤어. 가지 말까? 진지하게 고민하게 만드네."

연신 빈 술잔을 들여다보는 마진강이었다.

쪼르륵-!

천룡이 술병을 들어 빈 잔을 다시 채워 주었다.

꿀꺽-!

침이 저절로 삼켜지는 마진강이었다.

"실컷 마시게. 내가 담가 놓은 술을 전부 마시고 가야 할 걸세."

"크하하하하. 그게 조건이었나? 걱정하지 말게!"

쭈우욱-!

"크아아! 최고야! 최고라고!"

연신 감탄사를 내뱉으며 황홀해하는 마진강이었다.

그렇게 몇 잔의 술을 목으로 넘긴 뒤에 마진강이 입을 열었다.

"자, 어느 정도 분위기가 올라왔으니 나에 대해 이야기를 해야겠지?"

천룡은 기다렸다는 표정으로 고개를 끄덕였다.

"크크크. 이럴 때 보면 자네는 참 순진무구한 거 같군."

"왜 그렇게 생각하는가?"

"내가 거짓으로 나에 대해 말을 하면 어쩌려고 그리 기대를 하고 있는 건가?"

"하하하, 거짓이든 아니든 나는 자네에 대해 궁금한 것이 많네."

"크크크. 알았네, 알았어. 이 세상에서 나에 대해 자세히 아는 사람이 있다면 그것도 나쁘진 않겠지. 가만있어 보자. 어디서부터 이야기를 해야 하나."

마진강이 턱을 쓰다듬으며 고심했다.

"전에 마왕이라고 했는데 그곳에서 자네는 왕인가?"

"아! 그거 말인가? 하하하, 아니야. 이곳으로 치면 음…….
그래. 삼황 같은 존재라고 보면 되네."

"아, 그런가? 그럼 자네 세상도 중원 같은 곳인가?"

"여기보다 더하지. 거긴 괴물들이 판치는 세상이야. 말하지 않았나. 그쪽 세계 인간들이 우리가 사는 세상을 일컬어 마계라고 부른다고."

"마계라. 여기도 그런 세상이 있지."

"크크. 그건 어딜 가나 똑같은가 보군. 암튼 마계에는 일곱 명의 마왕이 있네. 나와 저기 저놈이 그중 하나지. 참고로 저놈은 서열이 제일 아래네."

"자네는?"

"나? 싸우면서 얘기하지 않았나. 그곳의 최강자라고. 내가 가장 강하지. 안 그러냐?"

마진강이 마현을 바라보며 물었다.

그러자 마현이 고개를 끄덕이며 답했다.

"마, 맞다. 그가 마계의 최강자다. 마계에선 그를 대마왕이라 부른다."

마현의 말에 마진강이 고개를 끄덕이며 말했다.

"그런데 저놈들이 연합해서 나를 다른 세상으로 날렸지. 크크크크, 정말 그때를 생각하면……."

마진강의 눈에서 거대한 살기가 뿜어 나왔다.

"진정하게."

천룡의 말에 마진강이 살기를 누그러뜨리며 술을 마셨다.

"크으! 순식간에 마음을 안정시키는 술이라니. 대단해."

"다행이군. 마음이 안정되어서."

"나 돌아갈 때 이것도 같이 좀 챙겨 주시게."

"하하하, 알았네. 그런데 저자는 왜 용서했는가?"

천룡이 마현을 가리키며 묻자, 마진강이 피식 웃으며 말했다.

"저놈이 자기가 자발적으로 나섰겠나? 제일 허약한 놈인데. 마안으로 보니 저놈이 말한 모든 것이 진실이었지. 그저다른 놈들의 협박에 못 이겨서 참여한 거겠지."

"마, 맞다! 나, 나는 살기 위해 협력했을 뿐이다."

여전히 겁에 질린 얼굴로 마진강의 말에 맞장구를 치는 마현이었다.

"그들은 강한가?"

"강하냐고? 하하하, 강하다면 나를 이렇게 다른 차원으로보내지 않았겠지. 그래도 한 놈은 제법 놀만 했는데."

마진강의 말에 마현이 속으로 투덜거렸다.

'놀만 한 게 아니지. 단지 맷집이 좋아서 오래 버틴 것뿐이다.'

마현은 정확하게 알고 있었다.

속으로 투덜거렸는데 천룡이 그 모습을 보고 말았다.

"저기 쟤 표정은 그게 아닌가 본데?"

천룡이 자신을 가리키며 말하자 마현은 정말로 놀라서 펄쩍 뛰었다.

"아, 아니야!"

"뭐가?"

마진강의 말에 마현의 동공이 흔들렸다.

"진강이 자네가 아는 사실과 다른 모양인데?"

"정말이냐? 내가 아는 사실과 다른 이유가 있는 거냐?"

마진강이 엄청난 기세를 보내며 묻자, 마현이 고통스러워하며 입을 열었다.

"크으읔! 다, 다 말할 테니 제발 기운 좀……."

마현의 말에 마진강이 기운을 거두자 마현이 숨을 몰아쉬며 호흡을 골랐다.

그리고 천천히 입을 열었다.

"사실 마진강…… 아니, 알칸트라는 독재자나 다름없었다. 그래도 따를 수밖에 없었지. 그의 힘은 정말로 강했으니까."

"뭐? 나는 너희를 자유롭게 풀어 주었다. 더욱더 강하게 만들기 위해 노력도 했고."

마진강이 반박을 하자 마현이 어이없다는 표정으로 말했다.

"자유? 무슨 자유? 툭하면 싸우자고 덤벼들어서 항상 초조한 상태로 지내야 하는 자유? 그게 자유야?"

"그건 너희가 수련을 자유롭게 하라는……."

급히 흥분하며 말하는 마현이었다.

"아냐! 너는 단지 심심했던 거야! 다시 한번 얘기하지만, 제발 인간 세상으로 눈을 돌려 보라고 그렇게 요청을 했잖아! 인간 세상도 나름 재미있을 테니 가서 유희를 즐겨 보라고! 그런데 너는 약한 놈들에겐 흥미가 없다면서 계속 우리를 괴롭혔어!"

울분을 토해 내는 마현이었다.

"그래! 솔직히 나도 절반은 진심으로 동참했다! 왜? 네가 사라지면 우리 세상이 펼쳐지니까! 우리 마음대로 하고 싶은 것을 하며 살 수 있으니까!"

"그래서…… 나를 즐겁게 해 줄 새로운 수법을 찾았다며 그런 짓을 벌인 거다?"

"그, 그래! 덕분에 너도 이곳에서 즐거움을 느꼈잖아! 너의 라이벌도 만나고!"

마현의 말에 마진강이 천룡을 바라보았다.

"그건 맞는 말이지. 내 갈증이 풀렸으니까."

마진강의 인정에 마현은 침을 꿀꺽 삼켰다.

'정말로 저 괴물을 이기는 인간이 있을 줄이야. 이 세상이 마계보다 더 무섭다.'

"좋다! 돌아가도 너는 괴롭히지 않겠다."

마진강의 선언에 마현은 감동의 눈빛으로 마진강을 바라보았다.

"저, 정말이야?"

"그렇다. 대신 나머지 놈들은 아마 지옥을 경험하게 될 거야."

그 말에 마현이 온몸을 부르르 떨었다.

안 그래도 지옥이었는데 더한 지옥을 경험하게 만들어 준다니.

한편, 그 옆에서 듣고 있던 천룡이 아쉬운 표정으로 말했다.

"그럴 것이면 여기 있지? 가 봐야 널 반겨 주는 사람도 없는 것 같은데."

"하하하, 왜 아쉬운가? 날 이리 아쉬워해 주는 사람이 있다니 정말 행복하군. 이것이 행복이라는 기분이겠지? 하하하하!"

한참을 즐거운 듯이 웃다가 마진강이 다시 말했다.

"하지만 돌아가야지. 그곳이 내 고향이니까. 오랫동안 기다려 왔던 순간이다."

마진강의 말에 천룡은 아쉬운 표정을 지었다.

"걱정하지 마라. 저놈들이 왜 나를 이쪽으로 보냈는지 알았으니 잘 설득해서 다시 차원의 문을 열면 되는 것이 아닌가."

"그곳이 여기라는 보장이 없지 않은가."

"하하하, 이곳의 물건을 챙겨 가니 다시 열 수 있네. 안 그러냐?"

마현을 바라보며 묻자 마현이 고개를 끄덕였다.

"그, 그렇지. 다만 나머지 마왕들이 협조를 해야 하겠지만."

"크크크. 그건 내가 잘 설득한대도."

마진강은 웃으며 말하는데 마현의 몸에선 소름이 돋았다.

저 설득(?)이 과연 말로 하는 설득일까?

침을 꿀꺽 삼키는 마현이었다.

그런 마현의 마음을 아는지 모르는지 연신 즐겁게 천룡과 대화를 나누는 마진강이었다.

ⓔ

깊은 산 속 넓은 공터에 사람들이 모여 있었다.

오행체를 이루는 다섯 명은 마진강을 중심으로 둥글게 펴져 있었다.

마현 역시 불안한 눈빛으로 연신 주변을 둘러보며 서 있었다.

"이제 모든 준비는 다 끝났는가?"

천룡의 물음에 마진강이 고개를 끄덕였다.

"그런 것 같군. 이제 저들이 나에게 자신의 기운을 집중해서 쏘아 내면 되네."

"이렇게 보내려니 아쉬움이 많이 남는군."

"하하하, 자네도 나처럼 오랜 세월 동안 그리워하며 지내보게. 복수일세."

"하하, 이 사람이 가는 길에 아주 악담을 하는군."

마진강과 천룡은 서로를 바라보며 웃었다.

"이제 시작할까요?"

조방이 묻자 천룡과 마진강이 고개를 끄덕였다.

천룡이 원 안에서 빠져나오자 조방을 필두로 오행체들이

기운을 모으기 시작했다.

고오오오오-!

오행의 기운이 사방에서 몰아치며 섞이기 시작했다.

각기 자신의 기운을 똑바로 다스리기 위해 땀을 뻘뻘 흘리며 노력하는 오행체였다.

잠시간 동안 휘몰아치던 기운이 마진강을 향해 집중되기 시작했다.

정확하게는 마진강이 던져 놓은 작은 단검으로 집중되었다.

작은 단검에 기운이 집중되자 단검이 공중으로 떠오르면 회전하기 시작했다.

맹렬한 속도로 회전을 하더니 산산이 조각나 버렸다.

그와 동시에 단검이 있던 곳이 서서히 갈라지기 시작했다.

허공에 작은 구멍이 생기더니 점차 커지기 시작했다.

칠흑 같은 어둠을 머금은 구멍은 보는 사람으로 하여금 공포에 빠지게 만들었다.

보이지 않는 공포라고 해야 하나?

"정말로 저길 들어간다고?"

천룡마저 두려움이 들어 몸을 부르르 떨었다.

그 모습이 재밌는지 마진강이 미소를 지으며 말했다.

"자네가 두려워하는 것도 있군. 하하하."

그리고 어둠이 가득한 구멍으로 발걸음을 한 걸음 한 걸음

옮겼다.

구멍 앞에서 마지막으로 천룡을 바라보며 말했다.

마진강 역시 아쉬움이 가득한 얼굴이었다.

"나 가네. 잘 있게. 친구여."

마진강의 말에 천룡 역시 아쉬움 가득한 얼굴로 고개를 끄덕였다.

"잘 가시게. 내 친구여."

둘의 인사는 길지 않았다.

마진강이 상체를 숙여 구멍 안으로 들어갔고, 이어서 마현이 들어가야 했다.

그런데.

"^*%% &%&!"

마현이 무언가를 외치며 달아나려 했다.

"나는 이곳에서 더 유희를 즐기다 갈 거야! 커헉!"

하지만 오행체의 기운에 가로막혀 튕겨 나갔다.

문제는 그 작은 충격으로 그곳의 공간이 일그러지기 시작했다.

"으아악! 기운이 폭주한다!"

"지, 집중해! 잘못했다간 이곳이 모두 날아갈지도 몰라!"

"크으윽!"

당황한 오행체들은 폭주하는 기운을 다스리기 위해 더 강하게 기운을 내뿜었다.

문제는 이들이 완전한 각성을 한 상태가 아니라는 것이었다.

그래서 자신들이 가진 기운을 완벽하게 다루지 못했다.

그 결과는 엄청났다.

제각각인 기운들이 요동치자 구멍이 맹렬하게 회전하기 시작했다.

그러더니 사방의 모든 것을 빨아들이기 시작했다.

가장 가까운 곳에 있던 마현이 빨려 들어갔다.

"아, 안 돼! 나는 안 갈 거야! 안 갈 거라고! 으아아아악!"

이곳에 미련이 남은 것인지 아니면 마진강과 같이 그곳으로 돌아가는 것이 싫은 것인지 마현은 절규하며 빨려 들어갔다.

"이, 이게 뭐야! 아버지! 조심하세요!"

무광이 다급하게 외쳤다.

구멍에서 가장 가까운 이가 바로 천룡이었기 때문이었다.

그런데 천룡의 표정이 예사롭지 않았다.

"아버지?"

무광이 다급하게 불렀다.

"내가 들어가서 막아야겠다. 그러지 않으면 이 세상을 삼키기 전엔 이 구멍이 닫히지 않을 것 같다."

천룡이 심각한 표정으로 말하자 그곳에 있는 모든 이가 당황했다.

"아버지! 그게 무슨 말씀이십니까! 절대로 안 됩니다!"

무광을 비롯해 모든 이들이 외쳤다.

오행체들은 이미 탈진해서 바닥에 쓰러진 상태였다.

힘을 거두었음에도 구멍은 맹렬하게 모든 것을 빨아들이고 있었다.

아니, 점점 커져 가고 있었다.

정말로 이러다가 온 세상을 전부 흡수할 기세였다.

천룡이 싱긋 웃으며 말했다.

"걱정하지 마라. 내가 누구냐? 다녀오마."

천룡은 자신의 기운을 최대한 끌어 올려 구멍의 기운을 조절하기 시작했다.

자신의 몸으로 그 기운들을 모조리 흡수하면서 구멍 속으로 빨려 들어갔다.

천룡이 사라지자, 정말로 구멍의 힘이 약해지면서 서서히 작아지기 시작했다.

"안 돼!"

무광이 다급하게 뛰어갔다.

천명과 태성 역시 다급하게 달려갔다.

그리고 작아지는 구멍 속으로 몸을 날렸다.

그 모습에 조방이 힘겹게 몸을 일으켜서 구멍 속으로 뛰어들었다.

조방까지 삼킨 구멍은 순식간에 사라지며 아무 일도 없다는 듯이 고요함만을 남겼다.

그곳에 남은 사람들은 이게 지금 무슨 상황인지 갈피를 잡지 못하고 있었다.

"주, 주군께서……."

"주군!"

상황 파악이 되자, 그곳에 있던 모든 이들이 사라진 구멍이 있는 방향을 보며 울부짖었다.

"안 돼! 주군! 주군!"

울부짖는 사람들 사이에서 제갈군만이 결연한 눈빛으로 말했다.

"이럴 때가 아니오! 무슨 방법을 찾아서라도 주군을 모시고 와야 하오!"

"무슨 수로 모시고 온단 말이오!"

"마현! 그자가 이 세상으로 온 방법이 있을 것이오! 그가 말했소! 이쪽 세상에서 자신을 소환했다고. 그러니 방법이 있을 것이오! 이제부터 모든 것을 동원해 그 방법을 찾으시오!"

제갈군의 외침에 다들 결연한 표정이 되었다.

지금 이렇게 허무하게 앉아 있을 시간이 없었다.

한 시라도 빨리 방법을 찾아야 했기에.

"그럼 어서 움직입시다!"

사람들은 서둘러서 이동하기 시작했다.

천룡이 세상에서 자취를 감춘 지도 어느새 십 년이라는 세월이 흘렀다.

그동안 세상은 많은 변화가 있었다.

유가연을 필두로 천룡을 찾기 위한 모임이 결성되었다.

운가장을 중심으로 그동안 천룡과 인연이 있던 모든 이들이 달라붙었다.

그러던 중에 밀교에서 방법을 찾은 그들은 그들을 닦달해서 차원의 문을 열었다.

하지만 그것은 잘못된 일이었다.

그들이 연 것은 지옥의 문이었다.

온갖 괴상한 생명체들이 사방에서 튀어나왔고 온 중원에는 비상이 걸렸다.

다행히 온 중원이 힘을 합해 그들을 물리쳤고, 그들이 연 지옥의 문은 영원히 봉인시켜 버렸다.

하지만 그들은 몰랐다.

그 문에서 나온 무언가가 아직 세상에 죽지 않고 남아 있음을 말이다.

시간이 지나 세상이 다시 평화로워질 때쯤 알 수 없는 살인 사건들이 연달아 일어나기 시작했다.

살인 사건들은 점차 그 범위가 커지며 나중에는 마을 단위로 사람들이 죽어 나갔다.

나중에 그 이유를 알게 된다.

사람들을 학살하고 다니던 것은 인간의 모습을 한 마물들이었다.

놀랍게도 그들은 이곳의 언어까지 습득했다.

그들은 자신들을 지옥마교라 지칭했다.

그들은 강했다.

가장 약한 졸개들마저도 강했다.

그들이 빠르게 늘어갈 수 있었던 이유는 바로 엄청난 양의 새끼를 뿌려 대는 여왕의 존재였다.

엄청난 크기의 뱀 모양을 한 거대한 생명체가 생성하는 마인들의 수는 어마어마했다.

그들의 공격에 제일 먼저 마교가 당했다.

마교는 중원으로 후퇴를 했다.

중원은 곤륜파가 있는 곳에 무인들을 모으고 그들이 더는 중원으로 내려오지 못하게 막았다.

"헉헉! 삼차 방어선까지 뚫렸습니다! 검후님! 지원군이 필요합니다!"

"벌써? 이런!"

자신의 손톱을 깨물며 연신 지도를 바라보는 그녀였다.

아무리 보아도 방법이 없었다.

"후퇴! 모든 병력은 사천까지 후퇴한다!"

"알겠습니다!"

전령이 나가자 유가연이 이마를 짚으며 인상을 찡그렸다.

너무도 힘들었다.

그때 제갈군이 들어오며 말했다.

"사천 일대에 저들을 몰아넣을 거대한 진을 완성했습니다! 그쪽으로 그들을 유인하시죠!"

제갈군의 말에 유가연의 표정이 그제야 풀렸다.

"고마워요. 군사."

"아닙니다! 주모님! 어서 가시죠!"

유가연은 제갈군을 따라 사천으로 이동했다.

사천에 거대한 진을 완성하고 그들을 기다리던 중원의 무인들.

이곳이 뚫리면 그때는 정말 대책이 없었다.

그런데 한 무인이 온몸에 상처를 입은 채 달려왔다.

"크, 큰일입니다!"

"무슨 일이오?"

"저, 적들이…… 미, 밀교의 진법을 익혔습니다! 저들이 무언가를 소환하기 위해 진법을 깔고 사람들을 제물로 바치고 있습니다!"

"미친!"

가뜩이나 지금 있는 놈들도 상대하기가 벅찬 마당에 또 다른 놈들까지 세상에 나온다면 절망이었다.

"막아야 한다! 칠왕십제분들과 오행체들 모두 부르시오! 전력을 다해 막아야 하오!"

"알겠습니다!"

제갈군과 유가연은 그들이 의식을 진행하는 곳으로 달려갔다.

그곳에는 거대한 피의 진이 그려져 있었다.

인간형의 마인들이 가부좌를 틀고 무언가를 연신 외치고 있었다.

"더 늦기 전에 공격하라!"

쯔아아앙─!

수천의 무인들이 활을 날리고, 수천의 무인들이 검을 들고 뛰어 들어갔다.

저들이 무언가를 소환하기 전에 먼저 막아야 했다.

하지만 적들의 저항이 너무도 강했다.

이럴 것을 예상하고 적들 또한 자신들의 정예 중에서 정예들로 집결시킨 것이다.

"크크크크크, 인간 놈들. 애가 달았구나."

시커먼 얼굴에 하얀 이가 연신 빛이 나는 마인이 그들 앞에 섰다.

"네놈은 누구냐!"

"지옥마교의 삼 호법이다."

"괴물 놈들이 그런 구색까지 갖추었구나!"

"크하하하하, 괴물이라고? 크크크크. 너희들이 멸종하면 과연 누가 괴물일까? 우리일까? 아님, 얼마 남지 않은 너희들이 괴물일까?"

마인이 연신 즐거운 표정을 지으며 사람들을 바라보고 있었다.

"뭣들 보고 있어! 공격해!"

"우와와와!"

무인들의 공격에 마인이 흡족한 미소를 지으며 신형을 움직였다.

슈캉-!

마인이 휘두른 검에 수십 명이 갈려 나갔다.

푸하학-!

"으아아악!"

"커헉!"

즐거운 미소를 지으며 사람들을 죽여 나가는 마인들이었다.

칠왕십제가 가세해서 저들을 죽이고 있지만, 그들이 상대하기엔 너무도 많은 마인들이 있었다.

죽여도, 죽여도 끝이 없이 몰려오는 엄청난 수의 마인들.

"헉헉!"

지쳐 가는 사람들.

칠왕십제 역시 지쳐 가고 있었다.

하지만 아직도 그들의 눈앞에는 수만에 달하는 마인들이 몰려오고 있었다.

“이, 이대로 중원은 끝인가?”

담선우가 허탈한 표정으로 중얼거렸다.

아무리 생각해도 방법이 없었다.

삼황급 무인인 유가연과 마교교주가 돕고 있었지만 역부족이었다.

수도 많았고, 강한 마인들도 많았다.

그때 저들이 준비한 진에서 환한 빛이 올라오기 시작했다.

그 모습에 달려오던 마인들도, 그들을 혼신의 힘으로 막던 중원의 무인들도 일제히 동작을 멈추고 그 모습을 바라보았다.

이윽고 빛은 온 세상을 뒤덮었다.

그리고 거대한 무언가가 세상에 모습을 드러냈다.

크와와와왕!

엄청난 크기의 날개가 달린 도마뱀이었다.

거대한 산이 있는 듯한 크기의 도마뱀.

사람들은 경악했다.

살면서 처음 보는 엄청난 광경에 다들 집중하고 있었다.

크르르르르!

그 도마뱀의 몸에서 엄청난 기운이 퍼져 나갔다.

얼마나 강한 기운인지 수만의 마인들이 고통스러워하며

무릎을 꿇었다.

중원의 무인들 역시 고통스러워했다.

"미, 미친! 이런 강함이라니!"

"도대체 뭘 소환한 거야! 지옥의 괴수라도 불러온 것인가?"

"미치겠군! 저들만으로도 지금 이 난린데 그것도 부족해서 저런 괴물이라니."

"강해! 엄청나게 강하다고! 이제 끝이야! 중원은 끝이라고!"

압도적인 힘을 내뿜는 괴생명체를 보며 그곳에 있는 모든 이들이 절망했다.

이제 정말로 희망이 없었다.

그런데 그때 그들의 귀에 환청이 들려왔다.

"그만해라. 사람들이 놀라지 않느냐."

제일 먼저 반응한 것은 유가연이었다.

유가연의 동공이 크게 흔들리며, 목소리가 들려온 곳을 바라보았다.

이윽고 들려오는 목소리.

"이 무슨 난리인지. 간만에 고향에 오니 난리구먼."

운가장의 사람들이 반응했다.

오매불망 기다린 목소리.

다시 한번 듣기를 희망했던 목소리가 그들의 귀에 생생하게 들려왔다.

거대한 도마뱀의 머리 위에서 한 명이 모습을 드러냈다.

사람들이 안력을 높여 그를 보았다.

유가연이 제일 먼저 눈물을 흘리며 외쳤다.

"가가!"

그제야 사람들은 그것이 환청도 아니었고, 환영은 더더욱 아니라는 것을 깨달았다.

거대한 도마뱀의 머리 위에 있는 것은 색다른 복장을 하고 있는 천룡이었다.

천룡이 환하게 웃으며 말했다.

"잘 있었어? 우리 가연이 몰골이 말이 아니네?"

그 말과 동시에 천룡이 주변을 둘러보았다.

대충 무슨 상황인지 감이 잡혔다.

그 뒤로 무광과 천명, 태성이 모습을 드러냈다.

"저놈들이 적인 것 같다. 일단 이곳을 정리하자."

"알겠습니다!"

천룡의 명령에 제자들은 일제히 마인들이 있는 곳으로 몸을 날렸다.

"감히 우리 애들을 괴롭혔겠다! 이놈들! 내가 가만두지 않겠다!"

무광이 몸을 날리며 외쳤다.

천명과 태성 역시 이를 악물고 몸을 날렸다.

쿠콰콰콰쾅-!

위력이 달랐다.

저 세 명이 공격을 시작하자 엄청난 수의 마인들이 쓸려 나갔다.

파죽지세였다.

그 광경에 그곳에 있는 중원인들은 환호했다.

희망이었다.

이제는 더는 좌절하지 않아도 되었다.

그들의 눈앞에는 중원의 최강자.

고금제일인이 있었다.

운천룡, 그가 다시 중원으로 돌아왔다.

"천하무적!"

"운가장!"

그곳에 있는 모든 사람이 하나 되어 외쳤다.

그리고 사기가 충전하여 마인들이 있는 곳으로 달려 나갔다.

"와! 삼황을 도와 마인들을 쓸어 버리자!"

"우리의 뒤에는 고금제일인이신 운가장주님이 계신다!"

"공격! 한 놈도 살려 두지 마라!"

사기가 잔뜩 오른 무인들의 힘은 상상을 초월했다.

언제 그랬냐는 듯이 마인들을 쓸어 버리기 시작했다.

천룡은 어느 한 방향을 바라보더니 자신의 손에 거대한 구체를 만들었다.

그리고 자신이 바라본 곳을 향해 그것을 날렸다.

잠시 후, 엄청난 폭발이 저 멀리에서 일어났다.

쿠와와와왕-!

거대한 바람 폭풍이 사람들이 있는 곳까지 날아왔다.

후방에서 몰려오던 마인들을 모조리 증발시켜 버린 것이다.

그러다가 천룡이 모습을 감췄다.

다시 나타난 그의 손에는 거대한 뱀의 머리가 들려 있었다.

바로 저들의 여왕이었다.

그 모습과 동시에 마인들이 일제히 쓰러졌다.

"역시 이것이 저것들을 움직이게 하는 동력이었네."

천룡은 대수롭지 않게 말하며 자신의 손에 들려 있던 뱀의 머리를 소멸시켜 버렸다.

파앗-!

그리고 천천히 하강해서 유가연과 운가장의 사람들이 있는 곳으로 내려갔다.

그들은 하나같이 울먹거리는 표정으로 천룡을 바라보았다.

천룡은 그런 그들을 바라보며 환하게 웃으며 말했다.

"오래 기다리게 해서 미안하다. 나…… 다녀왔어."

천룡의 말에 유가연이 눈물을 흘리며 그의 품에 안겼다.

운가장의 사람들은 저마다 대성통곡을 하며 천룡 앞에 부복했다.

그것을 시작으로 그곳에 있던 모든 무인이 일제히 무릎을 꿇었다.

그리고 외쳤다.

"천하무적(天下無敵)! 운가장(雲家莊)!"

"장주님의 귀환을 환영합니다!"

먹구름 가득했던 하늘에 해가 비추기 시작했다.

운천룡의 귀환을 하늘도 환영하듯이 말이다.

《천하무적 운가장》 마칩니다

꿈의 도약, 로크에서 하십시오
(주)로크미디어에서 신인 작가를 모십니다

즐거운 세상, 로크미디어는 꿈을 사랑하고 도전을 두려워하지 않는 작가 분들의 참신한 작품을 기다리고 있습니다. 21세기 장르 문학계를 이끌어 갈 차세대 선두 주자 (주)로크미디어에서 여러분의 나래를 활짝 펴 보시길 바랍니다.

모집 분야 판타지와 무협을 포함한 장르 문학
모집 대상 아마추어 작가, 인터넷 작가
모집 기한 수시 모집
  작품 접수 시 유의 사항
    1. 파일명은 작가명_작품명.hwp형식을 갖춰 주십시오.
    1. 파일에 들어갈 내용은 다음과 같습니다.
        ― 성명(필명인 경우 실명을 밝혀 주세요), 연락처, 이메일 주소.
        ― 제목, 기획 의도.
        ― A4 용지 1장 분량의 등장인물 소개.
        ― A4 용지 2장 분량의 전체 줄거리.
        ― 본문.
    1. 작품이 인터넷에 연재되고 있다면, 게시판명과 사이트의 구체적이고 정확한 주소를 기재해 주십시오.

선택된 작품은 정식 계약 후 출판물로 간행되어 전국 서점에 유통됩니다.
작가분은 (주)로크미디어의 전폭적인 지원하에 전속 작가로 활동하시게 됩니다.
※ 자세한 내용은 로크미디어 홈페이지(rokmedia.com)를 참조하세요.

(04167)서울시 마포구 마포대로 45 일진빌딩 6층
(주)로크미디어 편집부 신간 기획 담당자 앞
전화 : 02 ― 3273 ― 5135
www.rokmedia.com   이메일 : rokmedia@empas.com